ROMEU
&
VALENTIM

CALEB ROEHRIG

ROMEU & VALENTIM

São Paulo
2024

hoo
EDITORA

Diretor editorial
Luis Matos

Gerente editorial
Marcia Batista

Assistentes editoriais
Letícia Nakamura
Raquel F. Abranches

Tradução
Cynthia Costa

Preparação
Nestor Turano Jr.

Revisão
Rafael Bisoffi
Gabriele Fernandes

Arte
Renato Klisman

Ilustração da capa
Julie Dillon

Design da capa
Samira Iravani

Dados Internacionais de Catalogação na Publicação (CIP)
Angélica Ilacqua CRB-8/7057

R622r
  Roehrig, Caleb
  Romeu & Valentim / Caleb Roehrig ; tradução de Cynthia Costa.
  –– São Paulo : Hoo, 2024.
  336 p.

  ISBN 978-85-93911-49-1
  Título original: Teach the torches to burn

  1. Ficção norte-americana 2. Ficção LGBTQIA+ I. Título II. Costa, Cynthia

23-6638   CDD 8813.6

Universo dos Livros Editora Ltda. — selo Hoo
Avenida Ordem e Progresso, 157 — 8º andar — Conj. 803
CEP 01141-030 — Barra Funda — São Paulo/SP
Telefone: (11) 3392-3336
www.universodoslivros.com.br
e-mail: editor@universodoslivros.com.br

ATO I

FUMAÇA BRILHANTE, FOGO FRIO

1

A MANHÃ DESPONTA NO HORIZONTE QUANDO chego ao topo da trilha, com cores quentes começando a sangrar pelo céu escuro — faíscas dourado-alaranjadas afastando as nuvens no mar cinzento, dispersando-as como barcos à deriva. À minha frente, os primeiros raios do dia tingem a silhueta das torres das igrejas, dos telhados e das copas dos ciprestes que se encrespam sob a Colina de San Pietro.

Avistar a minha cidade daqui de cima é de tirar o fôlego. Tão silenciosa, tão linda.

Tão distante.

Não há Verona sem Montéquio, não há Montéquio sem Verona, como meu pai sempre diz quando julga necessário me lembrar. Por séculos, nossa família tem sido sinônimo da cidade; nossos antepassados contribuíram para sua construção e defesa com sangue, trabalho e ouro. Por bem ou por mal, Verona é a âncora à qual minha linhagem está presa. De geração em geração, Montéquios têm consolidado um status de poder, liderança e devoção notória e inabalável. Meu pai faz parecer uma honra carregar tal nome, porém, para mim, cada vez mais soa como um fardo. Há dois caminhos pela frente — tornar-me soldado ou comerciante — e preciso escolher apenas um. E nenhum outro.

Mas, se não há Montéquio sem Verona, como é que me sinto mais à vontade agora que a vejo de longe? Que ironia cruel só conseguir apreciar sua beleza à distância: o brilho dos lampiões, como estrelas fixas na paisagem; o leve calor da cerâmica de terracota e do mármore rosado; as árvores pontuadas e as heras espiraladas, de um verde tão forte que parece preto.

Aqui não há regras, nem exigências. Não há expectativas para atender, nem um destino implacável do qual não posso escapar; um futuro de gestos vazios, companhias tediosas e alianças estratégicas. Aqui não há Romeu Montéquio, apenas um jovem sob um domo de céu revolto, transmutado em novas cores, com suas estrelas faiscantes quase desaparecendo.

Daqui, com os pés sobre a terra e os lampiões da cidade ardendo sob o sol nascente, consigo entender por que meu pai a chama de "nossa bela Verona" em seus muitos discursos públicos.

Apesar de ser também, com base na minha experiência, um lugar deveras injusto para se viver.

Os sinos das igrejas anunciam o início de um novo dia quando chego aos portões da cidade. Minhas pernas estão fracas após a caminhada de quilômetros sem nada no estômago. Só tenho a mim mesmo para culpar por tal sofrimento, mas ainda assim xingo a terra pela distância que ela me obrigou a percorrer. Afinal, é como meu pai costuma dizer: "Se você não consegue achar alguém para culpar, é porque não está se esforçando o suficiente".

Mas ele nunca acha que estou "me esforçando o suficiente". Aliás, minha partida nesta madrugada foi motivada por algo que ele disse ontem, ao entrar em meus aposentos e me encontrar colorindo um desenho de flores silvestres.

— *Você não é mais uma criança, Romeu* — declarou em tom furioso, arrancando a folha de pergaminho das minhas mãos e rasgando-a pela metade. Fiquei arrasado, pois vinha trabalhando naquele desenho por semanas. — *Você tem dezessete anos agora. Um dia será o chefe desta família, e espero que você se comporte convenientemente! Sem tais… Atividades frívolas.* — Ele sacudiu a folha rasgada na minha cara. — *No outono, ou você trabalhará comigo, para aprender a administrar seus negócios futuros, ou se juntará ao exército do Príncipe, para aprender a ser homem.*

Desde que completei dezesseis anos, não posso fazer nenhuma escolha que não resulte em um sermão de meus pais, uma ladainha de lembretes sobre meus deveres e minhas obrigações — como se eu fosse esquecê-los. Seu peso faz meu coração afundar enquanto caminho pela estrada sinuosa que leva aos fundos de nossa *villa*, embora eu tenha passado a maior parte da última hora desabafando com o homem mais sábio que conheço.

E, como sempre, *seu* conselho foi obscuro de um jeito bem irritante. *O fim de toda história é um novo início.* Seja lá o que isso signifique. Mas eu devo mesmo merecer charadas por ter procurado o conselho de alguém que fala com plantas.

Meus aposentos ficam no segundo andar. A janela tem vista para o pomar e para as hortas que abastecem a cozinha; as trilhas de pedras são cobertas pelas nervuras densas da hera rasteira. Eu sempre adorei essa vista e, nesta época, fica ainda mais bonita — um exuberante mar verde cobrindo a encosta, com flores claras anunciando as frutas que estão por vir.

Para ser sincero, porém, o que mais aprecio no momento é que meus aposentos estejam no lado oposto da grande escadaria que leva até meus pais — assim, eles não conseguirão me ouvir escalando a trepadeira até a janela. Não que eu tenha feito nada de *errado*; na minha idade, não há razão para eu não ser autorizado a entrar e sair quando quiser. Mas meus pais raramente precisam de motivo para me fazer sentir que os decepcionei.

Tão ágil quanto possível, começo a escalada curta pela parede externa da casa. A trepadeira deve ser mais velha do que eu, e suas raízes se fortalecem a cada ano. Porém, *eu também* tenho crescido e me fortalecido a cada ano, então ouço as rachaduras abrindo-se enquanto subo. Quando enfim chego à beira do peitoril, estou suando debaixo da capa e não consigo abrir as venezianas e pular para dentro com habilidade suficiente.

Minha sensação de alívio é interrompida quando caio de cabeça no chão do quarto sobre algo quente, vivo e *raivoso*. Ouço um uivo e sinto um punhado de garras minúsculas rasgando meu colarinho, quase arranhando meu rosto; por fim, despencamos os dois, em uma confusão de membros desajeitados, roupas emaranhadas e chiados frenéticos.

À medida que a dor se espalha pelos meus ossos, uma bola de penugem laranja salta sobre meu peito e corre para as sombras debaixo da cama. Puxando o ar através dos dentes, sento-me e rosno:

— Maldita seja, Hécate! Você nem mora aqui!

Para o meu profundo choque, recebo uma resposta.

— Vocês, Montéquios, adoram uma entrada dramática.

Há um movimento na escuridão, uma figura deitada sobre minha cama de forma lânguida, e a luz crescente do amanhecer destaca suas características: cabelo ruivo, sardas, queixo forte e nariz arrebitado. A visão é tão familiar quanto irritante.

— *Benvólio?*

— Bom dia, primo. — Ele sorri docemente, mas há um brilho perverso em seus olhos. — Espero não ter vindo em péssima hora.

Pensamentos desconectados passam pela minha cabeça dolorida, depois se espalham como pombos em uma praça. Parente de sangue da minha mãe, Ben vive do outro lado de Verona, e tenho certeza de que não tínhamos nenhum encontro planejado para estas primeiras horas da manhã.

— O-o que você está fazendo aqui?

— Tudo bem, podemos começar com isso. — Benvólio encolhe os ombros, paciente. — Acontece que eu estava... visitando uma amiga que mora aqui em San Pietro. Então decidi cortar caminho pelo seu pomar. — Ele sorri, exibindo seus caninos diabólicos. — Imagine meu choque ao ver alguém descendo pela janela de meu querido primo, esgueirando-se noite adentro como um ladrão, tão silencioso e sem sequer uma vela acesa para ver o caminho.

A maneira presunçosa como ele sorri para mim faz meu estômago revirar de nervosismo. Não quero explicar onde estive. Talvez ele entendesse um pouco da angústia que sinto pelo ultimato de meu pai, mas esse não foi o único assunto sobre o qual procurei aconselhamento — e com toda certeza não quero contar para ele a história toda. Aturdido, demoro a dar uma resposta.

— Ben, isso faz quase uma hora.

— Faz *mais* de uma hora — ele responde de prontidão, espreguiçando os braços acima da cabeça — e estou esperando aqui desde então, para descobrir o que o meu primo tão certinho anda aprontando na calada da noite.

É tanto uma pergunta quanto uma acusação, e de novo eu desvio.

— Por favor, pelo menos me diga que, desta vez, a "amiga" que você estava visitando não era uma das nossas camareiras.

— Isso aí só aconteceu uma vez! — Suas bochechas ficam coradas, o que me deixa culpado e satisfeito ao mesmo tempo. — E, gostaria de ressaltar, a ideia foi dela.

— Então, quem é a sortuda que mora do outro lado do nosso pomar?

— Hmm… — Benvólio tosse, desviando o olhar. — Ela está um pouco relutante quanto a tornar pública a nossa… *ligação*. E eu lhe dei a minha palavra de que manteria segredo. Por isso nos encontramos de madrugada… Seria falta de cavalheirismo de minha parte trair sua confiança. — Com um gesto arejado, ele então conclui: — Tenho certeza de que você me entende.

— Creio que sim — respondo. — Você está me dizendo que ela é casada.

Ele revira os olhos.

— É claro que parece terrível quando você diz nesse tom de voz! Mas eles nem *felizes* são, Romeu. Ele tem o dobro da idade dela e a trata como um animal de estimação exótico. Eles nem gostam um do outro!

— Você não precisa se explicar para mim. — A maioria dos casamentos em Verona é arranjada, e o quadro que Ben pinta não é nada incomum. — Eu não sou seu guardião, e o que suas amigas fazem, sejam ou não casadas, não é da minha conta.

Gostaria que ele levasse essa filosofia a sério antes de entrar sorrateiramente em meu quarto, mas é claro que minhas esperanças são em vão.

— De fato, não é. — Ele cruza os braços. — Há apenas alguns motivos pelos quais o filho de Bernabó e Elisabetta Montéquio escaparia por sua janela sob o luar, como um gatuno, e estou cansado de esperar por uma explicação.

Pensando rápido, com meus dedos apertando a tira de couro da bolsa pendurada nas costas, arrisco:

— Eu estava desenhando a paisagem.

A expressão presunçosa de Benvólio transforma-se em decepção. E em suspeita.

— Você escapou de seu quarto para ir desenhar? No escuro?

— Quando o céu está clareando, o efeito da luz da lua sobre o rio é impressionante — digo a ele com honestidade. — Meu pai não aprova esse meu passatempo, então tenho de sair em segredo.

— Claro que ele não aprova. — Ben franze a testa, e meu coração afunda ainda mais. — É uma atividade feminina, Romeu. Não há problema em admirar uma pintura ou uma estátua, mas fazer desenhinhos de flores e árvores… é o que as meninas fazem para passar o tempo e deixar suas casas bonitas. Não é algo respeitável para um cavalheiro.

Meu rosto queima. Eu levanto o queixo.

— Suponho que você esteja dizendo que Giotto di Bondone não é respeitável, apesar de ter projetado o campanário da catedral de Florença… aclamado como uma obra-prima.

— Você não é Giotto di Bondone — ele revida sem hesitação —, você é Romeu Montéquio, e seu destino não é projetar campanários. — Esfregando as mãos no cabelo ruivo, ele suspira. — Grandes coisas estão à sua espera, primo… Coisas maiores do que aquelas com que a maioria de nós pode sonhar. E esse tipo de passatempo pode prejudicar sua reputação.

— Você parece meu pai.

Não consigo evitar a amargura em meu tom de voz. Uma parte de mim está tentada a revelar a verdadeira razão para minha expedição ao luar: eu estava visitando um monge, porque precisava de alguém que *me* entendesse, pela primeira vez na vida. Que *me* levasse a sério. Alguém com quem eu pudesse abrir o coração, pois seus votos exigem que ele guarde segredos.

A gata laranja escolhe este momento para reaparecer, pulando no colo de meu primo e esfregando seu rosto traiçoeiro contra seu peito. Ela ronrona tão alto quanto um moinho esmagando castanhas, e Benvólio acaricia entre suas orelhas.

— Vocês, ruivos, sempre unidos — resmungo, cansado pela falta de sono, mas grato pela chance de mudar de assunto.

— Claro que sim. — A voz de Ben transforma-se em um arrulho sentimental enquanto ele acaricia a ferinha, as costas dela arqueando com o carinho. — Ela é um anjinho. Não é verdade? Quem é um anjinho? Quem é meu anjinho de bigodes? *É você.*

Ele balbucia bobagens para ela de forma embaraçosa, e Hécate ronrona ainda mais alto. Eu reviro os olhos.

— Quero que você saiba que o seu "anjinho de bigodes" come o próprio vômito e morde meus dedos enquanto durmo.

— Bem, ela é uma gata — Ben bufa. — Por que você fica com ela se não gosta de gatos?

— Eu *não* fico com ela! — exclamo. — Hécate não mora aqui. Ela só… apareceu um dia, afiando suas garras na minha cama e tentando me esfolar vivo. E agora não vai mais embora! Ganhei um demônio particular só para mim.

— Ora, se você fosse mais gentil com ela, talvez pudessem se dar bem. — Ben faz uma careta para mim, colocando Hécate no chão. Então, de pé, ele começa a apertar os botões de seu gibão. — Agora levante-se, lave o rosto e sacuda essa poeira da estrada. Você parece um cavalo de arado, e eu terei vergonha de ser visto com você.

— Visto comigo? — Meus pensamentos estão turvos de fadiga, mas tenho certeza de que ele iniciou uma nova conversa. — Do que você está falando?

— Hoje tenho alguns negócios importantes na cidade, para os quais preciso de um acompanhante. — Ele sorri para mim com malícia. — Como você sabe, meu pai vai se casar dentro de seis semanas, e ele me instruiu a mandar fazer um "traje adequado" para a ocasião. Para esse fim… — Com um floreio e um sorriso, ele exibe um porta-moedas volumoso amarrado ao cinto, balançando-o como um pêndulo. — Ele me concedeu uma quantia bastante obscena de dinheiro!

— Oh, não. — É tudo que consigo dizer.

— Ele espera que eu contrate um dos melhores alfaiates de Verona e encomende um traje novinho para usar em seu abençoado dia; mas *eu*, inteligente que sou, encontrei um homem disposto a fazer o mesmo trabalho por menos da metade do preço… *deixando-nos* uma quantia mais que suficiente para gastar em um dia de boa comida e cerveja ainda melhor!

— Você planeja enganar seu pai, confiando em um alfaiate chinfrim que, por sua vez, pode enganar você também? — Quando Ben responde apenas com um aceno animado, belisco a ponta do nariz. — Ouça, eu adoraria me envolver nesse malfadado plano, mas…

— Eu mencionei que Mercúcio pode se juntar a nós?

Eu congelo no meio da frase.

— Ah… Ele pode?

— Achei que isso chamaria sua atenção. — Seu tom é seco, mas leio uma dúzia ou mais de significados nessa declaração antes de ele continuar. — *Pois é*. Mas sabe, Romeu, ele não é uma celebridade, por mais que você o adore. É apenas uma pessoa comum, como o resto de nós. Só que com modos à mesa muito piores.

— Eu não o "adoro"! — eu protesto, o calor inundando meu rosto.

— Adora, sim. — Meu primo veste o casaco e dirige-me um olhar teimoso. — Você sempre o adorou! Mesmo quando éramos pequenos, era sempre "Mercúcio *isso*", "Mercúcio *aquilo*". Como se ele fosse o amigo que você de fato queria, e eu fosse aquele que você tinha de tolerar.

Meu batimento cardíaco diminui quando percebo que estamos conversando mais sobre o ego de meu primo do que sobre mim.

— Não seja bobo, Ben. É claro que admiro Mercúcio... apesar de sua péssima etiqueta à mesa... mas você é meu parente favorito e sempre será.

— Eu sou seu *único* parente a dois dias de distância que não seja dez anos mais velho ou dez anos mais novo que você — ele pontua com um resmungo ranzinza —, mas aceito suas desculpas. Agora coloque uma roupa menos imunda. Temos muitos estabelecimentos para visitar hoje, e meu alfaiate não ficará sóbrio por muito tempo.

Eu gemo de autopiedade e viro-me para o armário.

— Ah, tudo bem, *tudo bem*. Quem sabe, se eu tiver sorte, seu alfaiate bêbado não costure sua boca.

— Se você tivesse sorte, teria nascido com minha devastadora beleza.

Enquanto sacudo a capa e tiro a roupa imunda, trocamos mais algumas farpas, em nossa perpétua batalha de alfinetadas da qual nenhum de nós sairá vencedor. Quando saímos de meus aposentos, ele já se esqueceu da razão pela qual entrou furtivamente ali.

QUALQUER OTIMISMO QUE EU TENHA EXPERI-
mentado, porém, não dura nem até a porta da casa.
Estamos atravessando o pátio central quando minha mãe,
de modo assustadoramente dissimulado, aparece do nada, surgindo da
galeria que leva à sala de visitas. Eu até solto uma exclamação de susto.

— Romeu? Para onde você vai tão cedo? — Ela franze a testa,
olhando para mim como se esperasse encontrar alguma confissão de
culpa escrita na minha testa. Fico duas vezes mais feliz agora por ter
arriscado a vida e a integridade física na trepadeira, porque é quase
como se ela estivesse ali à minha espera. — Você não vai caçar, vai?
Porque isso duraria o dia todo, e preciso que você leve algumas cartas
para mim até a cidade. São muito importantes, e esses nossos criados
novos não podem ser...

— Bom dia, tia Elisabetta — Ben a interrompe com um sorriso
radiante, deixando-me duas vezes mais grato por ele estar aqui. Ele
sempre foi o sobrinho favorito da minha mãe. — Que maravilhoso
que a senhora já está acordada! Temi não conseguir vê-la.

— Benvólio! — Sua expressão contrariada suaviza-se na mesma
hora; minha mãe abre um sorriso encantado. — Eu nem notei você
aí. O que o traz aqui antes mesmo de os sinos tocarem? E, Romeu,
por que você não me disse que receberíamos...

— Eu o peguei de surpresa — diz Ben, pegando a mão dela e
oferecendo-lhe uma reverência exagerada. — Meu pai vai se casar de
novo no final do próximo mês, e receio precisar de ajuda para mandar

fazer as vestimentas adequadas, então pensei em Romeu. Quem, além de um Montéquio, conheceria melhor tecidos e roupas?

— Oh, sim. — A expressão de minha mãe comprime-se de novo. — Eu tinha me esquecido desse próximo empreendimento do seu pai. Espero que seja bem-sucedido.

O sorriso de minha mãe é tão ácido que faz minha boca franzir. Ela não gosta do pai de Ben e não se preocupa em esconder isso. Nunca acreditou que ele fosse bom o bastante para sua irmã mais nova, Caterina. E, ainda que sua irmã tenha morrido no parto, há cerca de dezessete anos, ela ainda vê esse novo casamento como um ato de infidelidade.

— Com certeza transmitirei seus sentimentos — diz meu primo, puxando-me pelo braço e passando por ela. — Mas agora é melhor irmos. O dia nos espera!

— Quanto tempo acham que vão demorar? — Minha mãe recupera a compostura, pondo-se atrás de nós enquanto nos apressamos pelo piso de pedra. — É imprescindível que minha correspondência chegue à cidade hoje, e…

— Infelizmente, imagino que levará algum tempo — Ben interrompe de novo, movendo-se mais rápido. — Há tantas decisões a serem tomadas, e eu sou um completo idiota quando se trata dessas coisas. Além disso, meu pai insiste para que eu compareça hoje a uma horrível cerimônia na corte, e eu não quero ir sozinho de jeito nenhum. — Com um suspiro de tremendo sofrimento, ele continua: — Essas festas sempre estão repletas de moças bem-nascidas em busca de um marido, e precisarei de alguém para me manter longe de encrenca!

Ninguém poderia acusar Ben de não ser convincente; em um piscar de olhos, a atitude de minha mãe muda.

— Ora, suponho que eu possa dispensar Romeu esta tarde. Os céus sabem como faria bem a ele ir a uma festa de vez em quando e ver algumas das jovens elegíveis de nossa bela cidade. Sabem, na idade de vocês, eu já estava casada havia dois anos e…

— Carregando seu primeiro filho, sim, nós sabemos — digo, tentando moderar minha impaciência. — Mas ainda sou mais jovem do que meu pai era quando conheceu a senhora. Talvez eu seja como ele.

— Sim... Talvez. — Ela solta um suspiro descontente. — É diferente para os homens, é claro. Não há ampulheta pressionando vocês. Podem levar todo tempo do mundo para amadurecerem e se assentarem.

— Amadurecer é uma perda de tempo — Ben interrompe — e nossos ossos terão uma eternidade para se assentarem depois de sepultados. Homens como Romeu e eu fomos feitos para levar vidas emocionantes, tia Elisabetta! Além disso, quem me impedirá de jogar dinheiro fora e de brigar nas tavernas se meu primo me abandonar por uma esposa?

— Você graceja demais, sobrinho! — Minha mãe balança um dedo para ele. — Há mais em uma vida do que jogos de azar e costelas quebradas, e vocês não podem continuar como jovens solteiros para sempre. — Para mim, ela então acrescenta: — Essas emoções baratas são mesmo mais gratificantes do que dar um neto à sua pobre mãe antes que ela morra?

— A senhora viverá mais do que todos nós e sabe disso — respondo, ansioso para cortar a ideia. — Além disso, ainda não conheci uma garota que me tenha interessado por mais de uma temporada, muito menos uma que eu deseje tornar mãe de meus filhos!

— Isso pode acontecer mais rápido do que você imagina, meu querido — ela diz, quase como um carinho. — E é melhor que aconteça agora, desde que com uma jovem de posição apropriada, do que seu pai decidir tomar a decisão por você.

Não é um conselho, mas um aviso. Um pânico rápido e pegajoso atravessa meu corpo. Mais um aspecto do meu futuro sobre o qual não serei consultado, uma escolha iminente que nem será de fato *minha* escolha. Eu sempre soube que um dia me casaria e sempre imaginei essa fase de meu futuro como um retrato a óleo: eu, com ar distinto, ao lado de uma esposa elegante, cercado por nossos filhos.

Mas esse futuro sempre me pareceu muito distante, e a mulher em minha imaginação é sempre nebulosa e indistinta.

Agora o futuro está me alcançando cada vez mais rápido, a cada dia, e *ainda* não consigo fazer a esposa naquele retrato imaginário ganhar características reconhecíveis. Há muitas damas em Verona de cuja companhia gosto bastante, mas nenhuma com quem eu imagine compartilhar tal tipo de vida, a intimidade que meus pais compartilham. O casamento deles foi arranjado — eram quase estranhos quando se casaram —, mas o carinho que demonstram hoje um pelo outro foi conquistado com anos de negociação mútua.

Mas e se eu não tiver sido feito para esse tipo de esforço?

Benvólio fala sobre garotas do jeito que tento falar com *ele* sobre a luz do sol: como algo mágico, indefinível, primorosamente belo em todas as suas facetas; ele está sempre atrás de várias amantes, e todas são atraentes à sua maneira, irresistíveis à sua maneira. Mas nunca me senti assim por nenhuma garota. *Por que nunca me senti assim?*

— Não se preocupe, tia Elisabetta — diz Ben, empurrando-me para a frente, para o grande saguão de entrada. Seus modos são elegantes como sempre, mas conheço-o o suficiente para sentir a sua crescente impaciência. — Haverá muitas jovens encantadoras e *adequadas* na corte, e cuidarei para que Romeu fique cercado por todas elas.

Quando chegamos lá fora, o céu da manhã está pintado de cores brilhantes e decorado com pássaros. Trago o máximo de ar fresco para os meus pulmões. O calor já está aumentando nestas primeiras horas, esquentando o pó dourado sob nossos pés e extraindo um inebriante aroma dos ciprestes que ladeiam a estrada. Eu tento me deixar preencher por ele, de modo a afugentar minhas preocupações. Mas há uma sensação amarga em meu ventre, um lado sombrio em cada pensamento, e não será fácil me livrar dela.

— Se tia Elisabetta conseguir o que quer — Benvólio murmura sob sua respiração enquanto caminhamos pela rua —, você será amarrado ao leito conjugal pela conveniência de gerar netos.

— Por ela, eu já estaria casado há cerca de três anos. — Uma dor surda começa a se formar em minha cabeça. — Ela começou com isso no instante do meu décimo quarto aniversário, incitando meu pai a procurar uma noiva para mim.

— Este mundo é terrivelmente injusto. — Ben balança a cabeça, em sinal de frustração. — Sua mãe está quase *implorando* para você cortejar tantas garotas bonitas quanto puder, enquanto meu pai quase ameaçou me castrar caso eu não parasse de fazer isso! Não há justiça.

— Minha mãe não se importa se elas são bonitas, nem se tenho qualquer interesse por elas; ela quer apenas que sejam elegíveis, ou seja, de uma posição social adequada — explico, cansado. — Ela quer que eu encontre uma esposa, não a felicidade. Se eu agisse com garotas do mesmo jeito que você, ela seria tão tirânica quanto seu pai.

— Ela lhe deu permissão para ser licencioso, e você está de mau humor por causa disso. — Ele abana a cabeça. — Francamente, Romeu, às vezes é quase impossível entendê-lo.

Engulo qualquer resposta que possa dar a isso enquanto sinto aquela sensação sombria no estômago. Embora Benvólio deva ser meu amigo mais próximo, às vezes parecemos conversar e pensar de maneiras opostas. E, ultimamente, isso tem ficado ainda mais frequente.

Tínhamos sete anos quando Ben se apaixonou pela primeira vez, por uma garota que ficou brava porque ele estava perseguindo pombos na *piazza*. Por semanas, ela foi a única coisa sobre a qual ele conseguia falar. De seu cabelo sedoso, do jeito como seus olhos brilharam quando ela gritou com ele… Ele ficou obcecado.

Aos treze anos, ele já tinha uma nova paixonite a cada semana, uma garota após a outra. De início, eu imaginei que esse seu eterno frenesi de desejo fosse fruto de alguma glândula hiperativa, mas, então, a mesma síndrome começou a se espalhar entre todos os nossos amigos. Foi uma epidemia de loucura por meninas e, por algum motivo, eu passei imune a isso.

Ao mesmo tempo, eu estava começando a ter uma variedade de sentimentos… Sentimentos confusos, intensos, que eu não podia ignorar… E que não conseguia entender.

E a maioria deles tinha a ver com nosso amigo Mercúcio.

Dois anos mais velho que eu e filho de um distinto juiz, ele era o garoto mais notável que eu conhecia. Mais alto e mais forte do que nós, mais inteligente e mais ousado, mais engraçado e mais charmoso, mais interessante, mais *presente*, de alguma forma. Com certeza, o mais bonito. Não havia outro em Verona, menino ou homem, que tivesse tão boa aparência quanto Mercúcio.

Eu ficava desesperado para impressioná-lo, para ser seu favorito, para ganhar seu respeito. Eu queria *ser* ele e costumava praticar todos os seus gestos e expressões em casa, na frente do espelho. Em minhas fantasias, eu acordaria e me encontraria transformado — não em uma cópia de Mercúcio, mas talvez em alguém que ele reconheceria como seu igual.

E, então, uma noite, sonhei que Mercúcio me beijou.

Acordei assustado, com calor e frio ao mesmo tempo. O que invoquei durante o sono não foi um toque casual de lábios no rosto; foi um verdadeiro beijo, realizado com a mesma paixão de que Mercúcio falava quando nos contava sobre suas façanhas românticas com garotas. O sonho lateja em minha memória, assustador e emocionante, e, toda vez que me permito revisitá-lo, o calor inunda meu estômago e a pressão aumenta em minha virilha.

Foi naquele momento que comecei a perceber que havia algo diferente em mim.

Essa minha característica não é inédita. Por exemplo, não é segredo que o irmão do Príncipe passa muito menos tempo com sua esposa do que com o capitão de sua guarda. Mas o que um parente do Príncipe Éscalus faz em privado não é da conta de ninguém, nem mesmo de sua esposa. As pessoas comentam sobre isso de modo oblíquo, em sussurros abafados, e sempre, *sempre*, em tom de escândalo.

Não importa o quanto eu quisesse entender as coisas que sentia, saber o que elas significavam e como interpretá-las, eu também tinha consciência, por instinto, de que nunca deveria perguntar sobre isso com todas as letras. Buscar informações seria como fazer uma confissão. E eu não sou irmão do Príncipe. Por que razão a verdade tinha de ser tão escondida?

Meus pais esperavam que eu me casasse e tivesse herdeiros; meus amigos esperavam que eu perseguisse garotas e me gabasse de meus sucessos. E, ainda assim, nenhuma garota fazia minhas pernas bambearem como Mercúcio fazia. E eu não tinha ideia do que isso de fato quer dizer — nem para mim, nem sobre mim.

— Espero que você não pretenda ficar tão quieto e taciturno o dia todo — Ben comenta de modo abrupto, e eu olho para ele, percebendo que caminhamos bastante enquanto eu estava perdido em pensamentos. — Caso contrário, eu me arrependerei de ter escolhido você para compartilhar meu dinheiro ilícito. Pelo menos sua mãe estava disposta a conversar.

— Desculpe. — Lutando contra os pensamentos, eu bocejo. — Estou um pouco cansado. Deveria estar tirando uma soneca agora, mas alguém me convenceu a não fazer isso.

— Só convenci você a passar uma tarde de deleite e devassidão… e às custas de meu pai. — Agarrando meu ombro, ele me sacode um pouco. — Romeu, você é meu melhor amigo e eu o amo muito, mas às vezes acho que odeia se divertir!

Resmungo uma resposta, esperando que ele a tome como uma queixa bem-humorada. Mas a verdade é que não tenho certeza de como responder. *Você é meu melhor amigo.* Eu sempre me senti da mesma maneira com relação a ele… mas o que ele diria se soubesse a razão pela qual eu não vou atrás de garotas, assim como ele?

Ele está quase mais interessado em minhas predisposições românticas do que minha mãe, e toda vez que me pressiona sobre isso — se prefiro loiras a morenas, altas a baixinhas, ou esta irmã àquela

—, eu tento me esquivar, desviar ou mentir. Isso acabou criando, pouco a pouco, uma distância entre nós, que parece aumentar a cada dia.

— Vou me divertir quando você disser algo divertido — eu retruco, enterrando meus pensamentos perturbados atrás de um atrevimento de fachada, um fingimento no qual me tornei muito bom. — Ou quando esse alfaiate fajuto espetar você com um alfinete enferrujado.

Ben então sorri de forma maliciosa.

— Esse é um preço que vale a pena pagar, contanto que ele também me dê a lã de que preciso para tosquiar meu pai. Agora pare de arrastar os pés! Quanto mais tempo levarmos para chegar, menos tempo teremos para beber.

Dito isso, ele sai correndo pelo caminho, enquanto eu me arrasto atrás dele.

3

O ALFAIATE DE BENVÓLIO PARECE TÃO QUESTIOnável quanto eu imaginei que fosse. Seu estabelecimento precário fica em um dos bairros menos respeitados de Verona. Cheira a mofo e comida estragada, tem manchas nas paredes, e o homem já está meio bêbado, apesar de ainda ser cedo.

A seu favor, porém, pesa o fato de que ele parece saber o que está fazendo. Ele tira as medidas com rapidez e segurança e faz perguntas pertinentes; nossa visita acaba rápido. Quando os acordos são feitos e selados com apertos de mão, Ben me leva de volta para a rua, sorrindo de orelha a orelha.

— Resolvi meu negócio do dia. Agora vamos cuidar de alguma travessura! — Passando o braço em volta do meu pescoço, ele então diz: — Descobri uma taverna perto da arena que tem cerveja boa e garotas excepcionais. Prometo que seu pai não aprovaria nenhuma delas.

— Vamos para lá para sermos roubados?

De novo, tento contornar o assunto, mas essa também é uma pergunta séria; nada empolga mais Benvólio do que ser aceito como igual por criminosos e, nesse ímpeto, ele já nos envolveu em mais de uma situação perigosa.

— Você precisa *viver* um pouco, primo — ele me incentiva. — Você ouviu sua mãe: um dia desses, o velho Bernabó vai escolher uma noiva para você, e você terá de passar o resto de sua vida com ela. Se tiver sorte, ela será rica, quietinha e decente, mas uma gaiola de ouro não deixa de ser uma gaiola. — Sua expressão é incisiva. — Você acha mesmo que ele vai se importar em encontrar uma moça de quem você *goste*? Não é melhor você mesmo escolher uma, enquanto ainda pode?

Esta é uma pergunta capciosa, que merece uma resposta à altura.

— Você faz parecer que está pedindo uma camisa emprestada ou decidindo onde vamos comer. Como você pode querer... *estar* com alguém que mal conhece?

A resposta de Ben é rápida e decisiva:

— A familiaridade gera desprezo. Veja como estou aliviado por enfim ter me livrado da Maddalena, a quem amei tão profundamente. Mas acabei descobrindo nela o intolerável hábito de rir de suas próprias piadas. — Ele abre as mãos. — Você terá uma esposa entediante durante *anos*, então é melhor se divertir um pouco antes que as fofocas desta cidade deem conta de cuidar de seus assuntos particulares.

— Você sabe muito bem que já encontrei uma garota cuja aparência me agrada — argumento, aproveitando a oportunidade para lembrá-lo de uma ficção que venho elaborando. — Rosalina Morosini é a garota mais encantadora de Verona, provavelmente de todo o continente, e não faz sentido eu perseguir outras quando sei que só me decepcionarão em comparação com ela.

É possível que eu esteja sendo um pouco efusivo demais, mas ainda assim é verdade o suficiente para ele acreditar. Não há como negar que Rosalina é de uma beleza incomum, com olhos luminosos, boca carnuda e uma pele escura quente, sem um único defeitinho. Meu primo já comentou isso mais de uma vez, então convencê-lo de que estou sob o feitiço dela *deveria* ser uma tarefa fácil.

Mas, apesar dos encantos de Rosalina, Benvólio apenas geme.

— Primo...

— Eu sei que você se recusa a aceitar meus sentimentos, porque pensa que ela está fora de meu alcance, mas não posso evitar. — Eu faço uma careta viril. — Como vou fingir interesse em mulheres que possuem apenas uma fração de sua beleza? Sua elegância? Estou apaixonado, Ben, e não tenho nenhum desejo de buscar a companhia de substitutas muito mais fracas.

Ele revira os olhos.

— A única razão pela qual acho que Rosalina está fora de seu alcance é porque ela *está*.

— Você não tem fé em mim.

— Ela fez voto de castidade.

— Ninguém é perfeito.

Na realidade, porém, é precisamente graças a esse obstáculo que Rosalina Morosini é perfeita para mim. Enquanto for casta, é minha mulher ideal: intocável. Eu posso desejá-la tanto quanto quiser, porque jamais precisarei dar uma explicação sobre não conseguir cortejá-la.

Ben não desiste de tentar me dissuadir.

— Ela não está fora de *seu* alcance, mas fora do alcance de *todos* os homens! Você está pescando em um lago vazio e com certeza sairá sem peixe.

Tentando não soar ridículo demais, respondo:

— Como você pode contemplar a perfeição e ficar satisfeito com menos?

Ben fica quieto por um momento.

— Eu sei que você pensa em mim como um devasso, louco por qualquer garota, mas eu sei o que significa desejar alguém especial, primo.

Seu tom solene me pega de surpresa.

— Eu não quis insinuar que...

— Sim, você quis, mas está tudo bem. — Ele ri um pouco, sem olhar para mim. — Todas as moças são especiais à sua maneira, e suponho que seja sempre fácil desejá-las... Mas eu também não quero ficar solteiro para sempre. Um dia, serei pai, sabe? E espero que minha futura noiva, seja ela quem for, me fascine.

— Pois é isso que estou dizendo — digo de forma humilde, ciente de que não estamos falando a mesma coisa.

— Rosalina nunca será sua — ele rebate sem rodeios. — A menos que seu pai a force a retirar seu voto de castidade para que possa se casar, não há futuro que você possa esperar com ela. — Com um suspiro pesado, ele então acrescenta: — Esta não é uma tocha que valha a pena carregar, Romeu. Algum dia, muito em breve, seu pai vai casar *você*, e você vai perder grande parte da preciosa liberdade de escolher uma companheira de que goste.

As palavras despencam sobre mim como granizo, afiadas e contundentes, porque são ainda mais verdadeiras do que ele imagina.

— Não posso simplesmente me desfazer dos meus sentimentos, Ben.

— Ninguém está pedindo isso! — Ele bate em minhas costas de maneira encorajadora. — O mundo está cheio de moças; e, embora algumas não estejam à altura de Rosalina, você encontrará muitas que a superarão em charme e vivacidade. Afinal, existem qualidades mais importantes em uma mulher do que a capacidade de parecer ao mesmo tempo glamorosa e apática em banquetes.

— Você sabe que está sendo injusto com ela! Ela não se mostra *apática* em banquetes. — Porém, eu tenho dificuldade de redarguir porque ele falou uma verdade. Por fim, decido ser honesto: — Você não vai encontrar uma mulher que me atraia mais do que Rosalina, isso eu garanto.

— Essa é uma aposta que estou feliz em aceitar — ele responde. Tarde demais, eu percebo que falei a coisa errada. — Só me dê um mês. Se você for mesmo a lugares comigo, e sorrir e me deixar apresentá-lo, tenho certeza de que posso encontrar uma garota que faça você esquecer Rosalina. Se, no final das contas, você ainda assim achar que ela é a única mulher decente em Verona, eu desistirei e deixarei você em paz para sempre.

Apesar de tudo, hesito. Meu impulso imediato é tratar sua oferta como uma piada de mau gosto e distraí-lo com alguma outra coisa… Mas é impossível resistir àquela promessa final.

Arqueando uma sobrancelha, confirmo:

— Para sempre?

— Sim, sim. Deixarei você em paz para sempre — ele jura de forma teatral. — Nunca mais me preocuparei com sua perpétua e taciturna solidão.

Ignoro seu sarcasmo, ciente de que se trata de um pacto com o diabo. Não posso me dar ao luxo de recusar. Por mais relutante que eu esteja em passar um mês inteiro flertando com garotas para apaziguar meu primo, enquanto evito qualquer potencialidade de um verdadeiro romance, esse pode ser o caminho mais curto — ou talvez o único — para um futuro livre dessa pressão.

O que eu quero mais do que tudo é que Benvólio pare de se preocupar com a minha falta de interesse por garotas. Se devo comprometer as próximas semanas com uma farsa entusiástica para alcançar esse objetivo, é um preço que vale a pena pagar.

— Estamos combinados.

— Estou me oferecendo para atirar as moças mais bonitas e de temperamento mais doce de Verona aos seus pés, e você age como se estivesse *me* fazendo um favor. — Ben joga as mãos para cima e as deixa cair. — Às vezes é difícil entender você, primo.

Ao chegarmos a um dos becos que levam ao coração da cidade, de repente ele agarra meu braço e me puxa de volta.

— Não por aí. Iremos até a ponte que leva à igreja de San Fermo e depois cortaremos a partir dali.

— Tem certeza? — Torço o nariz e, quando ele não diz nada, eu insisto. — Você não disse que essa sua taverna ficava perto da arena? São apenas cinco minutos nessa direção, mas, se formos até San Fermo...

— Ficaremos com mais sede ainda de cerveja barata — diz Ben, me cortando e me arrastando para longe do atalho sensato, em direção à estrada que margeia o rio. — Confie em mim, você vai ficar feliz por termos feito uma viagem mais longa. Aquela ruazinha suja que você estava prestes a pegar está invadida hoje em dia por ratos e Capuletos... Que são, na verdade, a mesma coisa.

— Capuletos? — eu ecoo. — Do que você está falando? Nenhum deles mora nesta parte da cidade.

— Nenhum mora aqui, mas eles reivindicaram a região, de toda forma. — Ele lança um olhar cauteloso por cima do ombro enquanto passa uma carroça, com suas rodas de madeira rangendo contra o calçamento. — Veja por si mesmo.

Quando olho para trás, vejo que três figuras emergem da entrada do beco, com adagas embainhadas nos quadris. Enquanto se inclinam contra as paredes de cada lado da entrada da passagem, como sentinelas assumindo o seu posto, reconheço-os imediatamente: Venzi, Arrone e Galvano, três dos Capuletos mais briguentos. Seus modos são preguiçosos, mas a ameaça paira no ar, e um arrepio de apreensão percorre minha coluna.

— Há duas semanas, Jacopo desceu aquela mesma rua para encontrar uma dama amiga sua e foi atacado por Teobaldo e alguns de seus rapazes — Ben continua, apressando-me. — Disseram a ele "Montéquios não são bem-vindos ao sul da Via de Mezzo" e o deixaram sangrando na sarjeta.

— Jacopo? — repito, um pouco perplexo. Jacopo Priuli, apenas oito anos mais velho do que nós, trabalha no armazém de meu pai… não era um Montéquio, exceto talvez por associação. — Ninguém me contou que ele foi atacado! Por que estou ouvindo isso só agora?

— Bem, ultimamente você tem andado com a cabeça nas nuvens. — É difícil ignorar o tom acusatório de Ben. — É impossível contar coisas a alguém que não conseguimos encontrar.

— Isso é um absurdo! — Eu o ignoro, investindo no argumento mais seguro. — Os Capuletos controlam San Zeno e nós, San Pietro. Tudo que está no meio é território neutro, sempre foi assim. Eles não podem simplesmente reivindicar partes da cidade como se coubesse a eles dividi-la!

— Pois é isso que estão fazendo — Ben rebate secamente. — Se você decidir desafiá-los, tenho certeza de que Teobaldo ficará feliz de deixar você explicar seu ponto de vista aos punhos dele. Quanto a mim, se for para fazer meu nariz sangrar, prefiro que seja quando estou bêbado ou flertando com uma mulher casada na frente do marido dela.

Os Capuletos são uma das famílias mais poderosas de Verona; alguns até dizem que são *os* mais poderosos, para grande tristeza de meu pai. Cada respiração sua está a serviço do aprimoramento da glória e do prestígio do nome Montéquio, e ele odeia pensar na concorrência. Mas Alboíno Capuleto, famoso por sua devoção e pelo serviço que presta à Igreja, é tão sedento por influência quanto por riqueza. E sua riqueza é, de fato, *fabulosa*.

Verona pode ser o nosso mundo inteiro, porém mal é grande o suficiente para conter ambas as nossas linhagens ao mesmo tempo. Os Capuletos vivem em uma *villa* perto da Basílica de San Zeno, a leste das antigas muralhas romanas. Nós, Montéquios, residimos no exclusivo bairro de San Pietro, no lado norte do rio Ádige, do outro lado da cidade velha. Nossos caminhos nunca se cruzam, a menos que não tenhamos como evitar.

Por gerações, nossas famílias têm lutado uma contra a outra — de modo figurativo e literal. Até hoje persiste uma amarga rivalidade entre nós. Segundo meu pai, os Capuletos cometeram uma série de crimes hediondos contra os Montéquios ao longo da história: roubo, fraude, falsas acusações, calúnia, assassinato.

A rivalidade começou, de acordo com o que sempre ouvi, quando um de seus ancestrais — com inveja da boa sorte de nossa família — matou um patriarca Montéquio a sangue-frio, ansioso por ocupar seu lugar. Os Capuletos, é claro, contam a história ao contrário; e porque não sobrou ninguém vivo que se lembre de qual versão é a mais próxima da verdade, ambos os relatos prosperam até hoje, e a longa sombra do ódio é lançada sobre o berço de cada nova geração.

Meu pai acredita na maldade inata dos Capuletos com uma convicção de mártir e inculcou em mim a desconfiança contra todos eles. Suponho que ele fosse ficar feliz em saber que, de fato, eu não confio em nenhum. Embora isso se deva menos à lenda que ele me transmitiu e mais às minhas experiências com um Capuleto em particular: Teobaldo.

Alboíno e sua esposa têm uma filha, mas, como sobrinho mais velho do sr. Capuleto, não há dúvida de que Teobaldo é o favorito. Destinado a ser o próximo patriarca, ele também é o primeiro na linha de sucessão do lucrativo negócio da família no comércio de peles e passa a vida acreditando que isso o torna intocável. Com a mesma idade de Mercúcio, ele é a pessoa mais cruel que já conheci — o mais rápido para dar um soco e o último a hesitar ante a um ataque violento. Quando penso nisso, não tenho dificuldade em acreditar que ele violaria o acordo tácito que exige interações pacíficas dentro das muralhas da cidade.

— Espere, então eles simplesmente… *decidiram* que este bairro agora pertence a eles, é isso? — eu protesto. — Percorreremos caminhos mais longos, escondendo-nos nas sombras de nossa própria cidade e deixando-os agir como bem entenderem?

— Que outra solução você propõe? — Ben arqueia uma sobrancelha. — Você não vai convencer Teobaldo e seus comparsas mal-encarados de que estão sendo injustos, e tenho bastante certeza de que você não está sugerindo que devamos desafiá-los para uma briga. Você odeia brigar, eu devo ter metade do tamanho de Teobaldo.

— Existem leis contra brigas dentro da cidade — argumento, um pouco irritado com sua atitude. Nós dois andamos armados com facas, é claro, assim como a maioria dos homens de Verona. Mas nunca tivemos de usá-las, ao menos não dentro das muralhas. No entanto, se os Capuletos estão derramando sangue de Montéquios no coração da cidade, é uma reviravolta nova e alarmante. — É isso que quero dizer. Eles *atacaram* Jacopo, e à luz do dia! Por que não foram denunciados à guarda do Príncipe?

— Se Jacopo denunciasse Teobaldo e seus comparsas, ele precisaria de testemunhas para apoiá-lo, e acredito que você fosse encontrar uma epidemia de amnésia ao sul da Via de Mezzo. — Há ressentimento no tom de Ben. — Apenas um tolo arriscaria irritar Alboíno

Capuleto por causa de um humilde funcionário do armazém... E todo mundo em Verona sabe que tipo de retribuição receberia ao fazer de Teobaldo um inimigo.

— Mas...

Só que não tenho mais nada a dizer. Tal injustiça é irritante, mas também é apenas mais um grão de areia no deserto crescente dos meus problemas.

— É culpa do Príncipe — Ben murmura, olhando por cima do ombro para ter certeza de que ninguém está perto o suficiente para ouvir. — Ele deveria enfrentá-los, mas é um covarde. Ou talvez um idealista. Não sei o que é pior.

Sua ousadia também me faz olhar ao redor, mas não há ninguém nas margens do rio. Está um dia ensolarado, com o calor aumentando gradualmente, e uma brisa lenta agita o cheiro verde e denso das águas.

— Ele disse ao meu pai que se recusa a tomar partido porque acha que a rivalidade é infantil e que não há razão para "antigas animosidades guiarem as nossas vidas".

— *Antigas animosidades.* — Benvólio dá uma risada desdenhosa. — Até parece que os Capuletos não fazem questão de reavivar essas animosidades uma ou duas vezes por dia. A verdadeira razão pela qual Éscalus se recusa a tomar partido é porque ele tem medo da desvantagem política. — Suas bochechas coram. — Os habitantes da Via de Mezzo não são os únicos veronenses que temem irritar Alboíno. Se Tibério ainda estivesse no comando...

Ele deve estar repetindo algo que ouviu de seu pai, mas isso não significa que esteja errado. O Príncipe Tibério foi um aliado comprometido dos Montéquios, tendo se casado com uma prima distante de meu pai, e sua lealdade à nossa linhagem removeu qualquer possível dúvida sobre quem era a principal família de Verona. Mas, quando ele morreu de repente há três anos, a coroa passou para seu irmão mais novo, Éscalus — que é solteiro, sem afiliações, e não tem interesse de atuar como árbitro.

Se nascida do idealismo ou da covardia, o fato é que sua indiferença para com nossas hostilidades contínuas criam um desequilíbrio na estrutura de Verona. E, ao que parece, Teobaldo vê essa falta de favoritismo óbvio como uma oportunidade para inclinar a balança a favor dos Capuletos.

Quando enfim alcançamos a ponte que atravessa o rio perto da igreja de San Fermo, olho para o outro lado, para o bairro de Campo Marzio. A partir dali, a margem oposta não tem nada além de árvores verdejantes e telhados cor de ferrugem. Em algum lugar além dela, estende-se a longa e admirável muralha de pedra que protege nossa cidade — a mesma que envolve San Pietro, San Zeno e a cidade velha e nos mantém fechados em um território que está ficando pequeno demais para ser confortável.

Nos últimos tempos, para onde quer que eu olhe, tudo que consigo ver é outra muralha, outro limite. Por um momento, não consigo respirar. Mirando o outro lado da ponte, para uma alameda preguiçosa que não leva a lugar nenhum, não consigo pensar em nada além das possibilidades cada vez mais estreitas em meu futuro. Verona está encolhendo, meus dias de controle de minha própria vida se esgotando, e cada porta que abro me leva a mais quatro outras muralhas.

Ao meu lado, Ben afasta-se da ponte, dirigindo-se de novo à cidade. Depois de um momento, arrasto meus pés e o sigo — por mais um caminho que, em última análise, me fará, de novo, dar de cara com uma muralha.

4

ATAVERNA ESCOLHIDA POR BEN É ÚMIDA, ESCURA e tão questionável quanto eu imaginava, mas tem uma atmosfera animada. Somos recebidos de forma calorosa. O ambiente é decadente, mas alegre, e decido que até gosto do lugar.

Enquanto buscamos uma mesa livre, homens de rosto corado dão tapinhas nas costas de Ben e o cumprimentam pelo nome. Fico impressionado, mais uma vez, com a facilidade com que meu primo faz amigos. A cerveja começa a fluir no segundo em que ele se senta — sobre a mesa, pois isso lhe permite ver e ser visto — e, em poucos minutos, ele inicia uma performance que atrai a atenção de todos ao redor. Primeiro, um pouco de flerte com a garçonete; depois um pouco de "Eu já contei a você sobre quando...?" e, por fim, quando uma caneca cheia de cerveja aparece em sua mão, ele embarca em uma história maluca que prende a atenção de todo o salão.

— E lá está a cozinheira — diz ele enquanto se aproxima do clímax de seu primeiro solilóquio — com um cesto de louça quebrada em uma mão e minha pedra favorita na outra, e seus olhos brilham como as chamas do inferno! — Então, com a voz subindo duas oitavas, ele faz uma má imitação de mulher: — *"Qual de vocês é responsável por isso?"*.

— Você está contando tudo errado! — eu o interrompo, incapaz de suportar suas imprecisões por mais um segundo que seja. Pela primeira vez, ele escolheu contar algo que de fato tinha acontecido, mas estava confundindo tudo, o que era típico dele.

— Nunca conto minhas histórias de maneira errada — ele rebate com confiança. — Se há uma ou outra discrepância, então é o passado que está errado, não eu.

Só consigo rir.

— Não é assim que funciona!

Ele retoma:

— Então, lá estava a cozinheira com a minha pedra da sorte, aquela em que gravei as minhas iniciais, dizendo: "*Qual de vocês é responsável por isso?*". — Por um piscar de olhos, a taverna fica em silêncio enquanto Ben finaliza seu causo. — E eu ali sentado, com o estilingue ainda preso em meu punho trêmulo, fingindo meu olhar mais inocente, até que respondo: "*Sua casa deve ter um fantasma!*".

O salão cai na gargalhada, e outra caneca de cerveja é colocada ao lado do meu primo — a segunda que ele não terá de pagar, eu noto —, mas eu já perdi a paciência.

— Não, não, está tudo errado!

Ben dá de ombros.

— Se melhorei algum detalhe, é porque não estava certo para começar.

— Para começar — respondo —, ela não era cozinheira, mas babá. *Minha* babá, na verdade. — Levantando-me, inclino-me sobre a mesa. — E acredito que suas palavras exatas tenham sido: "Ele *me disse que foi um fantasma*". E você estava apontando para *mim*!

Há um momento para o público juntar essas novas peças, depois todos caem de novo na gargalhada. Mas meu primo não se perturba. Quando a algazarra diminui, ele ergue as mãos.

— Viram? Minha versão era melhor.

Há então mais risadas, mãos compassivas me dando tapinhas nas costas e nos ombros, e uma caneca cheia de cerveja desliza para o lugar diante de mim, como que por mágica — acredite ou não, é só neste momento que percebo o quão habilmente meu primo me manipulou.

Com muito pouco esforço, ele me convenceu a ser o centro das atenções, uma fonte de novo entretenimento para a clientela regular, que há muito já memorizou as histórias que ele conta. De uma hora para outra, eu me torno o mais popular do salão, sendo persuadido e instado a contar mais histórias das travessuras bizarras de Ben; e, perto do fim de um relato, meu primo já me pede para emendar com outro.

Não passa despercebido por mim que há muitas garotas no público, que vai ficando cada vez maior, e que todas estão à altura do que Ben prometeu quanto à beleza e à vivacidade. Os homens ficam ansiosos para ouvir as histórias embaraçosas, comprometedoras ou desagradáveis que eu conto, mas as garotas estão claramente me avaliando para um tipo diferente de entretenimento. O que me deixa muito incomodado.

Não que eu não esteja acostumado com situações como esta. Toda vez que meus pais organizam um baile ou uma festa no jardim, fico cercado por jovens damas que devo impressionar, e foi assim que acabei me tornando especialista nessas conversas. No flerte casual, mas nunca sério — criando uma ambiguidade meticulosa impossível de ser questionada abertamente segundo a etiqueta de nossa camada social.

Mas as mulheres desta taverna, com seus olhares dirctos e charmes exibicionistas, não são como as garotas com as quais estou acostumado. Não há nada de despretensioso nelas, e elas não agem sob a influência de qualquer senso de "respeitabilidade" artificial que costuma me ajudar a manter uma distância confortável.

— Conte-lhes a história de como uma vez você confundiu uma terrina de caldo de galinha com um penico — sugere Benvólio, com o rosto iluminado com alegria travessa.

— Acredito que você tenha acabado de contar por mim, primo — digo, colocando a caneca sobre a mesa e avistando uma porta nos fundos da taverna, com a luz do sol vazando pelas frestas ao redor. Tenho uma ideia. — Aliás, eu poderia usar aquela terrina agora… Preciso abrir espaço no meu corpo para um pouco mais de cerveja. Não faça fofoca sobre mim enquanto eu estiver fora!

Antes que eu possa ser emboscado, passo pela pequena multidão, atravessando a taverna e deslizando pela porta para a passagem estreita que corta o lado oeste do estabelecimento. O ar está empoeirado e quente, e o cheiro de uma latrina próxima estraga tudo o que resta de divertimento. Mesmo assim, fecho os olhos, sentindo meus ombros relaxarem e o nó no meu peito se desfazer. A tranquilidade aqui fora vale o preço que meus vários sentidos têm que pagar.

Nem sempre me senti assim — aliviado por fugir de meu melhor amigo, das pressões crescentes que acompanham uma sala cheia de pessoas. Até não muito tempo atrás, eu gostava de fazer novas amizades. Já me deleitei com a minha popularidade, mesmo que grande parte dela não fosse merecida. Afinal, é difícil não ser popular em Verona quando seu sobrenome é Montéquio. Mas, ainda assim, adorava ter pessoas interessadas em mim, querendo me conhecer.

Mas isso foi antes. Agora, não tenho certeza se posso tirar a máscara que estou usando em qualquer lugar que seja. Tenho de evitar a inquisição de meus pais, a curiosidade implacável, embora bem-intencionada, de meu primo. Tenho de evitar questionamentos sobre minha vida amorosa, e tenho de evitar — a qualquer custo — uma situação em que deva explicar a uma garota por que não retribuo seu afeto. Existem poucas maneiras diplomáticas de dizer "Não acho você atraente", e já usei *todas elas*.

Sinto falta de quando uma tarde como esta era fácil e divertida, de quando não ficava nervoso ao ver Benvólio, a única pessoa, dentre as que conheço, com quem sempre pude contar. E eu não sei como lidar com o fato de o problema estar cada vez mais agudo. Parte de mim quase espera que meu pai escolha uma noiva em breve, para que eu possa acabar logo com o medo disso, e acabar com o sofrimento causado pela intromissão persistente do meu primo.

Quando reabro os olhos, posso jurar que o beco ficou menor — como se toda Verona estivesse se estreitando.

Aproveito esse tempo para me aliviar, prolongando o silêncio do beco o máximo que posso, tentando pensar no que direi quando retornar. E, quando não há mais como enrolar, começo a voltar para a porta da taverna... mas paro ao avistar uma figura magra encolhida na soleira da porta. Um menino de cerca de doze ou treze anos está ali sentado como se tivesse sido abandonado, com os joelhos dobrados, o rosto manchado de lágrimas, segurando uma bolsa de couro robusta que repousa na poeira ao lado dele.

— Não quero incomodar você — começo delicadamente, sem saber que tom adotar, mas certo de que estou usando o errado. Não ter irmãos me tornou incompetente para lidar com qualquer um mais jovem do que eu. — Mas está tudo bem? Você parece triste.

Ele se levanta, claramente envergonhado.

— Estou bem... Senhor.

A mentira é palpável, e ele funga alto e se afasta, na esperança de eu não notar que ele esfregava os olhos. Ele está limpo demais para ser um dos órfãos que mendigam na praça, mas tem um aspecto tão desesperado que arrisco:

— Você está perdido?

— Sim. — Ele respira fundo. — Talvez. — Seu rosto se desfaz de novo. — Eu não tenho certeza.

Quando ele começa a soluçar — emitindo um som desesperado entre as mãos que cobrem seu rosto —, eu fico congelado de horror. Felizmente, a porta se abre no exato momento, dando um susto em mim e no menino, que olha para cima e vê Benvólio se inclinando sobre o beco.

— Ah, *aí* está você. Eu estava começando a pensar que você tinha fugido de mim. — Seu olhar se move para o garoto com a bolsa. — *Paolo?*

O alívio toma conta do rosto do garoto, e eu pisco para Ben em sinal de surpresa.

— Você o conhece?

— Este é Paolo Grassi. A mãe dele lava a nossa roupa. — Meu primo entra no corredor, deixando a porta se fechar atrás de si, e coloca a mão no ombro estreito do menino. — O que diabos você está fazendo aqui?

— Eu estava procurando um homem. — Paolo faz um gesto de derrota em direção à taverna, balançando a cabeça. — Mas ele não está aqui. Eu tinha tanta certeza...

— Quem é que você está procurando?

Paolo estufa um pouco o peito.

— Giovanni da Peraga. Ele é um famoso *condottiere* da Lombardia, cujos soldados ajudaram as forças milanesas na Batalha de Parabiago.

Do jeito que ele pronuncia a última parte, fica claro que está repetindo alguma coisa que ouviu; mas, de fato, os *condottieri* — capitães militares no comando de exércitos independentes e altamente qualificados — *são* mesmo uma classe distinta e elitista de homens. As sobrancelhas de Ben se movem em direção à linha de seu cabelo.

— Estou quase com medo de perguntar que necessidade você tem de encontrar um bando de combatentes mercenários. Ou talvez sua mãe esteja tentando erradicar a competição entre as lavadeiras de Verona?

— Consegui um emprego — responde Paolo, estufando o peito ainda mais. — Estou servindo como pajem para uma família de prestígio, e eles me incumbiram de fazer algumas entregas importantes, mas... — Sua voz falha, lágrimas brotando em seus olhos mais uma vez. — Não consigo encontrar nenhuma das pessoas da lista. Levei mais de uma hora só para localizar esta taverna, e ainda assim o proprietário insiste que Giovanni da Peraga não está entre seus hóspedes! Não sei o que fazer. — Com mais lágrimas rolando, ele choraminga: — Não posso me dar ao luxo de perder o emprego.

— Ora, não chore, isso só vai desperdiçar a água de seu corpo! — Ben olha Paolo de maneira encorajadora. — Mostre-me a sua lista, talvez eu possa ajudar.

De modo obediente, o menino acena com a cabeça e tira um pedaço de pergaminho dobrado de dentro da bolsa, que Ben examina com uma expressão duvidosa.

— Não quero questionar você, mas... parece que todos os endereços estão escritos bem aqui ao lado dos nomes.

Ficando primeiro corado e depois vermelho brilhante, Paolo murmura:

— Eu não sei ler.

— Ah! — Ben assimila a informação. — Ah, entendi. — Ele lhe dirige seu sorriso mais brilhante e mais acolhedor, dando tapinhas no ombro de Paolo com tanta força que o menino quase cai. — Para sua sorte, nossos caminhos se cruzaram hoje, porque aposto que meu primo e eu podemos ajudá-lo a rastrear todas as pessoas desta lista! Por exemplo, parece que esse tal de Da Peraga está hospedado em outra taverna, em Vicolo Alberti, enquanto *esta* taverna aqui fica na Via Alberico.

O rosto de Paolo permanece escarlate.

— Parece a mesma coisa.

— Vicolo Alberti é onde fica o mercado de peixe — acrescento, tentando ser útil. — Há um busto do Príncipe Tibério na esquina, perto da taverna.

— Ah. — Paolo franze a testa. — Eu sei onde fica. Por que não falaram isso?

— Este, então, você já sabe. — Ben percorre a página com o dedo. — E depois vêm Ugolino Natale e sua esposa... E o endereço deles fica em San Pietro, onde mora Romeu!

— Seja o que for que precise entregar, pode deixar que cuido disso para você — eu digo. — Posso quase ver a *villa* dos Natales da minha casa.

— São convites — explica Paolo, com seu rosto voltando ao normal enquanto tomamos conta de seus problemas. — Haverá um baile de máscaras, e eles organizaram músicos e pavões e tudo mais.

Eu observo o menino com novos olhos. Há alguns pavões no zoológico real do Príncipe, e às vezes um barco chega pelo rio Ádige com criaturas exóticas à venda, mas povoar uma propriedade privada com pássaros raros para uma festa? Era indicativo de uma riqueza considerável.

— Parece ser um evento bastante grandioso.

— O maior da temporada — responde Paolo com firmeza. — Haverá nobres presentes.

— Que legal. — O comentário de Benvólio não expressa nenhuma emoção especial. Sua atenção está voltada para a lista de Paolo. — Este *parece* um índice bem abrangente da alta classe de Verona. Conde Anselmo, Conde Páris, a senhora viúva de Antonio Vitruvio, Lucio e Helena Azzone... Ah, e veja isto, primo! — Sua expressão se ilumina com malícia. — A bela Rosalina deverá comparecer, junto com seu pai e irmão.

— Que legal — respondo, minha voz cheia de cautela.

— Ela é a moça mais bonita de toda a Verona, sabe — Ben esclarece para Paolo, ao que o menino apenas dá de ombros. — Você já a viu? Ela enfeitiçou esse nosso Romeu aqui...

— Quem mais está na lista? — eu pergunto bruscamente, sem vontade de voltar ao assunto. — Os Azzones vivem ao sul da antiga muralha romana, não muito longe da Cittadella.

Ben volta para a página, franzindo a testa.

— Hmm.

— O que foi?

— Mercúcio e Valentim também serão convidados — ele comenta de modo desinteressado, virando a folha para inspecionar o verso, embora pareça estar em branco.

— E a família deles quase nunca é lembrada por aqueles que podem comprar pavões. Que estranho.

— Valentim? — Fico surpreso, pois não ouvia o nome há anos. — Irmão de Mercúcio, Valentim? Ele não mora em Vicenza?

— Não, primo. — Ben dirige a mim uma expressão irritada. — Mercúcio mandou buscá-lo no mês passado, quando ele enfim conseguiu um emprego de aprendiz e pôde pagar por um lugar com espaço suficiente para ambos. Por semanas, ele só falou disso! — Agitando a cabeça, ele dá mais uma olhada na lista, resmungando: — Por onde é que *você* andou, hein?

Conversando com um monge, quase conto a ele.

— Será bom reencontrar Valentim — digo em vez disso, sem muita convicção. — Eu me lembro dele de vez em quando.

Valentim é um ano mais novo que nós e um dos seis irmãos de Mercúcio. Até o ano em que Ben e eu completamos catorze anos, todos viviam juntos sob um teto relativamente pequeno. Quando o pai deles morreu de uma doença repentina naquele inverno, sete bocas logo se tornaram demais para alimentar, então alguns parentes abastados de Vicenza concordaram em acolher Valentim, que, aos treze anos, foi despachado durante a noite — assim, do nada, apenas com a bagagem na mão — para ir morar com estranhos em uma cidade estranha. Exceto por uma ou duas cartas nos primeiros dias, não tínhamos ouvido nada sobre ele desde então.

Todos sentíamos falta dele, é claro, mas Mercúcio ficou de coração partido. Acho que foi a única vez que o vi chorar.

— É claro que *todos* têm pensado nele. Ele mal chegou de volta à cidade e já está sendo convidado para participar do "maior evento da temporada"! — Ele dá uma risada constrangida. — Pelo que consigo dizer, as únicas pessoas em Verona que *não* foram convidadas para esta pequena festa somos você e eu.

Ele empurra a página em minha direção e, de relance, é fácil ver que a lista confirma essa sua observação: quase todas as figuras notáveis de Verona estão ali, com exceção de qualquer um que seja ligado à dinastia dos Montéquios.

Com um gosto ruim na boca, pergunto a Paolo:

— Qual família, exatamente, está organizando esse baile de máscaras?

O menino fica escarlate.

— O sr. e a sra. Capuleto… mas eu preciso desse emprego, Ben, você não entende! Ele estão me pagando bem, e sem isso…

— Ah, acalme-se. — Benvólio evita uma nova onda de lágrimas do menino. — Não me incomodo com isso, pelo amor de Deus. Só porque está cumprindo as ordens de nossos inimigos mortais não significa que eu vá usar isso contra você. Nem por você estar convidando pessoas variadas para uma suntuosa festa com comida, vinho e pavões, da qual estamos categoricamente excluídos e na qual tenho certeza de que haverá muitas moças lindas que eu nunca…

— Ben.

— Os Capuletos estão organizando o evento da temporada, Romeu! — Ele olha para mim, e há um brilho astuto em seus olhos que já aprendi a reconhecer… e a temer. — Todos os nossos queridos amigos e conhecidos estarão lá, junto com quase todas as jovens damas que moram entre Milão e Veneza, inclusive sua preciosa Rosalina! Não é simplesmente *maravilhoso*?

— *Ben.*

Eu não sei bem o que se passa em sua cabeça, mas tenho certeza de que não vou gostar. Essa expressão dele sempre precede uma catástrofe.

— Primo — ele diz, abrindo um sorriso inocente —, acabei de ter a mais maravilhosamente terrível das ideias.

5

QUASE DUAS SEMANAS DEPOIS, NA CALADA DA noite, Benvólio e eu estamos nos aventurando pelo distrito de San Zeno, apesar de toda a minha objeção. A lua está cheia, o céu está claro e o ar perfuma-se de jasmim conforme caminhamos por uma viela estreita margeada por um alto muro de pedra. A noite está linda, com as estrelas brilhando e os grilos cantando, mas não tenho vontade alguma de me divertir. Minhas dúvidas duplicam-se a cada passo que damos.

— Não acredito que deixei você me convencer a me infiltrar em uma festa dada pelos *Capuletos* — eu sussurro enfim, com um medo irracional de ser ouvido. Não há ninguém aqui além de nós e dos insetos, porém, sinto como se já tivesse sido pego.

— E *eu* não consigo acreditar em como, nos últimos tempos, você se tornou tão alérgico a divertimento — Ben rebate. — Você adorava esgueirar-se pelas festas sem ser convidado, apostando quanto vinho conseguiríamos beber antes de sermos pegos!

— Sim, quando eu tinha treze anos, e o pior que poderia acontecer era sermos repreendidos por um lacaio furioso. — Eu faço um gesto para o horizonte. — Teobaldo e seus comparsas estão dispostos a atacar qualquer um que *cheire* a Montéquio e se atreva a pisar em seu território imaginário! O que ele fará quando entrarmos na casa de seu tio e começarmos a festejar? O que acha que *Alboíno Capuleto* fará?

Ben encolhe os ombros, despreocupado.

— Nada.

— *Nada?* — repito, quase gritando. — Primo...

— Para começar, este é um baile de máscaras. — Ele aponta para o meu traje. — Contanto que mantenha seu disfarce e guarde sua prosa, ninguém jamais saberá quem você é.

Estou vestido de pastor — uma das poucas fantasias que consegui planejar em curto prazo — com uma máscara de porcelana que cobre todo o meu rosto. Mas, ainda assim, não parece suficiente.

— Por outro lado — continua Ben —, esta não é uma reuniãozinha de família. Haverá parentes do Príncipe Éscalus nesta festa. Nem Teobaldo é tão tolo a ponto de cometer violência na frente deles, com a reputação de seu tio em jogo. O mesmo vale para o velho Alboíno. Ele se preocupa demais com sua imagem pública para permitir que a aristocracia de Verona o veja agindo em nome de um antigo rancor contra dois meninos inocentes.

— Tudo isso parece muito razoável, Ben. — Deixo escapar uma respiração nervosa. — Mas você está depositando confiança demais em pessoas que nos desprezam abertamente.

— Romeu. — Ben vira-se para mim, e há uma expressão em seu rosto que eu nunca vi antes: uma mistura de irritação, tristeza e exaustão. — O que aconteceu com você? Você costumava adorar esse tipo de travessura, mas agora é como se não quisesse fazer mais *nada*. Você me evita, inventa desculpas, e eu tenho de negociar com você como um embaixador propondo um tratado de paz, apenas para que você se divirta um pouco!

Abro a boca e fecho-a de novo, o calor escorrendo pelo meu rosto. A avaliação de meu primo soa muito verdadeira, e eu não sei como reagir a ela, porque ele não está errado. Só estou com ele nesta escapada noturna porque, depois de ter rejeitado sumariamente sua primeira sugestão de invadir a festa dos Capuletos, ele ameaçou reestruturar os termos de nosso lamentável acordo.

"Você me prometeu que me deixaria procurar uma moça para você melhor do que Rosalina", ele ressaltou naquela tarde, no ambiente encharcado de calor de um beco, com a determinação brilhando em seus olhos. *"Bem,*

não haverá oportunidade melhor do que essa. Ela mesma estará lá e você pode tentar o seu melhor para convencê-la a retirar seu voto de castidade; e, caso você não obtenha sucesso, haverá dezenas de outras moças ali, e todas elas de famílias que seu pai aprovaria!"

"Eu não quero invadir a fortaleza dos Capuletos, e definitivamente *não quero fazer isso para caçar uma esposa!". Tentei não denunciar o pânico em minha voz. "E como conseguiria impressionar Rosalina como um clandestino em um baile de máscaras, aliás?"*

"O que vai impressioná-la é como você escolher falar com ela, e talvez até mesmo quão suavemente vocês dançarem... As damas adoram homens de pés leves". Ele esfrega as mãos. "Além disso, o que poderia impressioná-la mais do que saber até onde você estaria disposto a ir apenas pela chance de se encontrar com ela? Você deve mostrar-lhe a que veio, apesar de não ser bem-vindo; as garotas acham essas coisas muito românticas!"

Mais uma vez, eu hesitei, porque aquele era um argumento muito bom... quase bom demais. *Rosalina me parecia sensata demais para ser persuadida por gestos imprudentes, mas Ben sabia muito mais sobre esse tipo de coisa do que eu. E se ela achasse de fato romântico? E se isso mudasse a opinião dela sobre mim e sobre casamento? Que azar seria o meu conquistar o amor dela por acidente; por isso, tenho de descobrir uma maneira de sair* dessa confusão.

Porém, depois de toda a energia que investi para convencer Benvólio de que Rosalina era dona do meu coração, que possíveis motivos eu poderia inventar para desconsiderar seu plano?

Interpretando mal meu silêncio desconcertado, Ben soltou um suspiro. "Romeu, estou quase implorando que você deixe de lado suas preocupações por uma noite e embarque em uma aventura. Em vez de me dar um mês para ajudá-lo a conquistar uma garota, apenas me dê esta noite... Só esta. Por favor". Ele sorriu com esperança. "Vamos nos meter em encrenca, como costumávamos fazer! Dê o seu melhor para conquistar Rosalina e depois dance com cinco garotas de minha escolha. Apenas cinco e, depois disso, largarei você na solidão para sempre".

Odiei o som daquelas palavras: eram como um ultimato ou uma causa perdida. Como uma última chance antes de ele lavar as mãos. E, ainda assim, apesar de tudo, eu experimentei uma sensação de puro alívio. Em vez de um mês inteiro evitando suas tentativas de arranjar contatos para mim, eu só teria de suportar uma única noite de flertes decorosos, todos de acordo com o código estrito de conduta moral que eu já sabia como explorar. Por fim, nem havia mais o que escolher.

"Muito bem", eu disse. "Farei isso".

Esta noite, é claro, à medida que nos aproximamos cada vez mais da *villa* dos Capuletos, estou em dúvida. E Ben, claro, torna impossível para mim me explicar de uma forma que não me faça parecer tedioso, chorão ou indiferente aos seus sentimentos.

— Não é você que estou tentando evitar — digo a ele, tão honestamente quanto posso. — É só que... às vezes as coisas que meus pais esperam de mim estão além de meu controle, e aí eu fico... não sei. *Esmagado* sob o peso de tudo isso. — Encolhendo os ombros, com minhas mãos nervosas segurando a máscara que usarei esta noite, acrescento: — É difícil me divertir quando só consigo pensar no que meu pai fará se me pegar buscando o tipo errado de felicidade.

— Está aí mais uma razão para vivermos uma aventura! — Ben exclama, resoluto, sem me ouvir nem tentar entender a mensagem que estou tentando transmitir. — Seus pais querem drenar seu espírito, e você não pode permitir isso. Nós vamos arrancar a alegria desta noite com as próprias mãos, nem que para isso ela nos mate!

— Ben... — eu começo, mas ele me interrompe.

— Você não pode mudar o futuro que seu pai decidiu para você, mas pode decidir o que fazer enquanto esse futuro não chega. — Vestido como um soldado, com o velho uniforme de seu pai, parece que ele quer me encorajar em uma batalha. — Lembra-se de quando entramos furtivamente na festa de casamento do magistrado

Stornello? Comemos demais e bebemos demais, derrubei aquela treliça tentando escalá-la, e você confundiu a terrina de sopa com um penico? — Com os olhos brilhando, ele então declara: — Aquela foi a melhor noite da minha vida, Romeu. E eu quero que nós vivamos algo assim de novo.

— Eu também, mas... — E então ele se volta para mim, sua expressão tão irritada e sincera que me assusta, e eu fico em silêncio.

— Estou sentindo sua *falta*, primo! Costumávamos passar todo o tempo juntos, mas você tem sido quase um estranho para mim desde o inverno passado. Eu não sei como você passa seu tempo, nem com quem; não sei o que se passa pela sua cabeça, porque você faz questão de não me contar; e você age como se uma noite na minha companhia fosse uma tarefa a ser suportada! — Ele balança a cabeça, frustrado, e eu começo a suar na minha túnica. — Fiz algo de errado? Você se cansou de mim?

— Não, Ben!

Procuro uma resposta, rezando por um raio ou um terremoto repentino, qualquer coisa para mudar de assunto.

É claro que também sinto falta dele, mas não posso dizer isso sem o encorajar ainda mais. Eu odeio ter de evitá-lo; odeio a sensação de conhecê-lo cada vez menos a cada vez que *nos* encontramos. Mas evitá-lo é mais fácil do que mentir para ele, do que ter de desviar o assunto, sempre inventariando todas as minhas mentiras para não me contradizer.

Agoniza-me pensar que magoei os sentimentos dele, mas não há boas escolhas a serem feitas. No fim das contas, as muralhas de Verona vão esmagar-nos a todos nós.

— Eu... Eu sei que não tenho sido eu mesmo e sinto muito por isso — consigo dizer a ele. — Mas prometo que não me cansei de você. — E, dando uma espiada na rua vazia atrás de nós, que leva de volta a San Pietro, murmuro: — É só que tenho achado difícil ser feliz de uns tempos para cá, e sei que isso me torna um fardo quando você só deseja se divertir. Mas também senti sua falta.

— Romeu, você é um tanto impossível às vezes. — Ben olha para os pés, balançando a cabeça. — Não precisamos ir sempre para a farra, sabe. Quando você não estiver com disposição para isso, pode simplesmente me dizer, e aí podemos fazer outra coisa. Eu poderia até acompanhar você em uma de suas excursões artísticas. Desde que você nunca conte para ninguém, é claro — acrescenta ele no mesmo instante. E, então, com um sorriso provocador: — Afinal, é meu dever como seu amigo e parente apoiar você… mesmo que você seja um fardo.

— Obrigado — digo a ele, embora não consiga sorrir.

O assunto é complicado, mas estou genuinamente emocionado de saber o quanto nossa amizade significa para ele. Ele desaprova meus desenhos, e ainda assim estaria disposto a ceder só para passar mais tempo comigo? A pressão aumenta em meu peito, e eu pisco para afastar a névoa fina que se forma em meus olhos.

Pela primeira vez, eu me pergunto se Benvólio é alguém a quem posso confiar meu segredo.

É neste momento, enquanto estou perdido em pensamentos, que a *villa* Capuleto enfim surge à vista. No topo de uma colina pronunciada, cercada pela infinidade leitosa do céu noturno, a grande casa se espalha pelo horizonte em camadas empilhadas. A silhueta é vasta, com lamparinas brilhando em todas as janelas e passarelas, balançando em seus ganchos e aquecendo a pedra enluarada. É como uma rede de estrelas lançada sobre a encosta, e a visão é de tirar o fôlego.

A casa deles deve ser ainda maior que a nossa.

— Aqui, segure isto — diz Ben, empurrando sua máscara para mim. Então, recuando alguns passos, ele corre em direção ao muro ao nosso lado… E salta, agarrando-se à borda lá no topo, suas botas encontrando apoio entre as vinhas de jasmim. Levantando-se, ele se inclina para trás e estende a mão. — Pronto, agora me dê as máscaras e vamos lá!

Felizmente, o muro só arranha um pouco minha canela, e então nós dois pousamos no chão do outro lado, onde nos encontramos diante de um mar de oliveiras que cobrem as colinas em direção aos fundos da *villa* lá em cima. O ar está argiloso e resinoso quando cruzamos o bosque plantado em fileiras ordenadas, e eu percebo que estávamos margeando a propriedade dos Capuletos esse tempo todo. Tudo deste lado do muro faz parte de sua propriedade.

Ben passa por entre as árvores, iluminado pelo luar filtrado pelas folhas, e eu corro atrás dele. Estou ofegante quando enfim chegamos ao topo da colina, onde terminam as oliveiras e começam extensas hortas, com canteiros perfumados de tomilho, erva-doce e alecrim.

Ben me interrompe antes de eu pisar no espaço aberto, falando em um tom de sussurro áspero.

— A porta da lavanderia deve estar aberta e sem vigilância, mas devemos nos ater às árvores por enquanto. Se alguém nos vir, nossa noite terminará antes de começar.

Ele coloca a máscara e, com um pouco de dificuldade, consigo fazer o mesmo. Sr. Capuleto poderá hesitar em expulsar-nos se as nossas identidades forem expostas diante de seus nobres convidados, mas, se formos capturados e reconhecidos antes mesmo de chegarmos ao local, nenhuma regra de decoro público nos protegerá.

À medida que avançamos pelos fundos da *villa*, onde varandas e arcadas vazias deixam claro que a festa não se estende até esta parte da propriedade, o ar vai ficando mais denso com a fragrância de cebola assada, peixe grelhado e carne de veado no espeto.

Meu estômago ronca, e de repente espero ter tempo para comer antes de *sermos* jogados para fora.

— Ali — Ben murmura, apontando para uma porta ao pé de uma escadinha cercada por roseiras.

Trata-se de uma das várias portas ao longo da parede dos fundos da casa, todas destinadas ao uso da criadagem. Pegando-me pelo braço, meu primo me arrasta para fora do abrigo das árvores, correndo direto para o que deve ser a lavanderia.

E quase conseguimos entrar.

6

— O QUE VOCÊS ESTÃO FAZENDO AQUI? — uma voz estridente inquire quando uma figura aparece de repente de trás de uma treliça coberta de tomateiros.

É uma mulher, uma ajudante de cozinha de rosto corado, carregando um balde de restos de comida debaixo do braço. Meu coração sobe até a garganta quando ela obstrui nosso caminho. Ben e eu trocamos um olhar mudo, mas não vejo sua expressão por trás da máscara de porcelana. A mulher continua:

— O sr. Capuleto disse que nenhum convidado seria permitido nos jardins esta noite… Vocês devem ficar lá dentro!

Leva um momento até que eu assimile suas palavras, com meu sangue faiscando em uma corrida acelerada. *Já fomos confundidos com convidados.*

Com uma reverência humilde, Ben responde:

— Lamentamos muito. Devemos ter virado para o lugar errado enquanto procurávamos o pátio. Se a senhora pudesse…

— Como alguém pode não encontrar o pátio central? — a mulher questiona, mais irritada ainda. — E nos disseram que haveria rapazes para guiar os convidados. Algum deles deixou seu posto? Temos mais de duas dúzias de pratos para preparar e não daremos conta do trabalho com pessoas vagando por aí…

— Minha senhora… — Ben começa com deferência, mas não consegue progredir.

— Como vocês vieram parar aqui? Em que parte da casa estavam, para ninguém ver vocês? — A mulher limpa a testa. — O sr. Capuleto precisará saber...

— Doroteia! — Uma voz urgente a interrompe, vinda de algum lugar atrás de nós, e a mulher se vira com um sobressalto. Paolo está parado em uma porta aberta, o vapor ondulando ao seu redor, iluminado pelo brilho pulsante e alaranjado de uma fogueira. — Uma das chaleiras está fervendo.

— Ai, pelo amor de Deus, a sopa! — A mulher pressiona uma mão em sua têmpora e dá um gemido agitado. — Eu preciso cuidar disso, mas esses jovens...

— Vou cuidar para que eles encontrem o caminho de volta para a festa — Paolo promete, seu rosto ilegível na penumbra.

Doroteia hesita, dirigindo-nos um último olhar infeliz, mas depois acena com a cabeça. Jogando o conteúdo do balde no meio dos tomateiros, ela então junta as saias e segue em direção à porta da cozinha. Antes de desaparecer, no entanto, olha para trás.

— Cuide para que Sua Senhoria seja informada de que seus convidados estão vagando livremente pela casa. Alguém deveria perder o emprego por isso!

E então ela se foi, e um silêncio caiu sobre o jardim, perturbado apenas pela sinfonia culinária de duas dezenas de pratos sendo preparados nas entranhas da *villa*. Erguendo a máscara, Ben olha para Paolo, encantado.

— Muito bem, meu amigo! Se não fosse por você, nós é que seríamos transformados em fertilizantes de tomates.

— Você disse que estariam aqui há mais de dez minutos! — Paolo sibila em resposta, com as bochechas rosadas. — Se Sua Senhoria começar a olhar ao redor, serei *eu* o único fora do meu posto!

— Então já desperdiçamos todo o tempo que tínhamos de sobra. — Ben não expressa nenhuma preocupação. Colocando a máscara de volta, ele faz um gesto para seguirmos em frente. — Mostre o caminho, jovem senhor.

— Estou falando sério. — Enquanto ele nos guia pela lavanderia, eu observo como Paolo parece tenso e pálido. Suas mãos estão trêmulas, e ele precisa de duas tentativas para destravar a porta. — Minha mãe está contando com o dinheiro que o sr. Capuleto me paga! Eu não posso me dar ao luxo de ser demitido desta casa.

— Não há nada a temer, Paolino. Doroteia está ocupada demais para criar problema, e nós nunca trairíamos sua confiança. — Benvólio assume seu tom mais carismático e persuasivo, e eu observo o menino se deixar seduzir. — Além disso, não viemos roubar a casa; estamos aqui apenas para dar uma animada neste baile chato!

— Não me faça desejar que tivesse continuado chato — retruca Paolo, mas sem forças. Ele já caiu nas graças de Ben e sabe disso.

Nós nos enveredamos por um labirinto de corredores, o ar tão úmido nas cozinhas e lavanderias que quase forma uma película contra minha pele, e depois uma escada envolta em teias de aranha até o andar de cima. Espiando nas esquinas, Paolo apressa-se para nos levar a um salão que cheira a poeira e falta de uso, então solta um suspiro trêmulo. Há duas portas na parede oposta, e através delas eu já posso ouvir acordes de música.

Confirmando o que disse Doroteia, há criados perambulando pelos corredores dos fundos, guiando as pessoas para longe dos aposentos fechados para os convidados — inclusive do salão em que estamos agora; somente quando Paolo tem certeza de que o caminho está livre é que atravessamos uma das portas, passando por uma pequena galeria e enfim chegando a um grande salão de baile.

Meu medo de ser reconhecido e expulso diminui à medida que dou uma olhada ao redor, boquiaberto por trás da máscara. Está longe de ser uma reuniãozinha; há cerca de sessenta pessoas somente neste salão, esbarrando umas nas outras e comparando seus trajes luxuosos. Velas apoiadas em espelhos difundem a luz por todo o salão, dando um tom fulvo ao mármore e à madeira. Guirlandas de seda cor de esmeralda cintilam penduradas nas balaustradas. Tudo parece luxuoso e romântico, e seremos apenas dois peixinhos neste grande mar de foliões.

A festa passa de uma sala à outra, pelos corredores e galerias, os músicos lutando para serem ouvidos devido à tagarelice alta da nata veronense. Em pouco tempo, lembro por que sempre adorei quebrar as regras. Benvólio transforma nosso anonimato em um jogo, criando um sotaque diferente e uma nova história de vida para cada pessoa que encontramos. Improvisamos brincadeiras, conflitos e passatempos. Conheço quase todo mundo que está aqui, já que algumas de suas identidades estão mal escondidas atrás de máscaras feitas de renda ou fita, e manter as pessoas na dúvida sobre quem somos é uma diversão inesperada.

Aqui e ali, tenho de levantar a máscara para beber e comer as iguarias que circulam em bandejas transportadas por incontáveis criados, mas, se alguém me reconheceu, fez o favor de manter o silêncio. Uma ou duas vezes até vejo um olhar surpreso de um rosto familiar — seguido por uma piscadela ou um sorriso, desviado com firmeza logo a seguir.

Afinal, este é um baile de máscaras; aqui, posso ser um farsante.

À medida que o vinho flui, o aperto em torno do meu coração diminui e o calor da luz das velas penetra em meu sangue. Talvez eu esteja mais confiante do que deveria. Estou em um lugar interditado para "Romeu Montéquio", mas, pela primeira vez, não tenho de ser a pessoa que se chama Romeu Montéquio. Sou quem desejo ser, quem eu diga que sou conforme a minha vontade, e me entrego a essa fantasia.

Pelo menos até alguém atrás de mim agarrar meu cotovelo, cravando dedos fortes na carne tenra do meu braço. Dardos de dor sobem até meu ombro, e o medo revira minhas entranhas enquanto uma voz baixa rosna em meu ouvido:

— Você sabe que a escória dos Montéquios não é bem-vinda em San Zeno!

Minha cabeça gira com todos os destinos terríveis que estão prestes a atravessar meu caminho, e então me viro para encarar meu captor… Meu terror apazigua-se ao reconhecê-lo.

— M-Mercúcio?

Estou com lábios dormentes, cristais de gelo correm em minhas veias, mas a pele formiga de modo agradável no local onde ele segura meu braço. Mesmo por trás da meia máscara que ele usa, eu o reconheceria em qualquer lugar; seu cabelo escuro e ondulado, o queixo quadrado e os ombros largos, as orelhas que se projetam de forma atraente… Eu já memorizei as suas feições.

Ele levanta a máscara, mostrando seus olhos escuros e brilhantes e uma expressão encantadora que ilumina seu rosto bonito. Eu o perdoo na mesma hora por me assustar e até por rir ao dizer:

— Você devia ver sua cara agora, Montéquio! Eu peguei você, não foi?

Enquanto tento dar uma resposta, Ben aparece sobre o ombro de Mercúcio e me dirige um sorriso tão largo quanto o do amigo:

— Confesse, primo, você estava prestes a molhar as calças!

Encolhendo os ombros com o braço ainda na mão de Mercúcio, tento a qualquer custo recuperar minha dignidade. Gostaria muito de controlar melhor minha reação, porque odeio dar-lhes essa satisfação.

— Você com certeza me pegou — eu admito por fim, demonstrando calma com uma sobrancelha arqueada. — Agora, se você conseguisse pegar uma garota, aí sim ficaria impressionado.

Ben ri enquanto os olhos de Mercúcio se arregalam, mas logo ele também cai na risada. Puxando-me para perto, ele bate com o punho feliz no meu peito.

— Estou feliz que tenha decidido vir, velho amigo! E não só porque as damas presentes me acharão duas vezes mais atraente que você.

— Ah, então você planeja manter sua máscara? — Benvólio interrompe alegremente, e Mercúcio dá-lhe uma pancadinha.

Apontando um dedo para o rosto do meu primo, Mercúcio continua:

— Sabe, Ben, todo mundo diz que você não passa de um bêbado preguiçoso e falso que pensa só com a virilha, mas não é verdade. Faz anos que você não pensa!

— Não se eu puder evitar — retruca Benvólio. — Mas eu não aprecio tal descrição. — Tirando uma taça de vinho da bandeja de um criado que passa, ele a levanta para nós em uma saudação simulada. — Nunca sou mais enérgico e sincero do que quando estou bêbado.

Com isso, ele engole a taça inteira em alguns goles vigorosos, mas se engasga um pouco quando parte do vinho desce pelo caminho errado. Trocamos farpas por mais algum tempo, o que me faz lembrar do quanto amo a companhia deles; sinto falta desses dois tolos e, mesmo que ainda esteja inquieto quanto aos propósitos da noite, espero que haja mais noites como esta no futuro.

Como se estivesse lendo minha mente, Mercúcio vira-se em minha direção com um sorriso malicioso.

— Então, Montéquio, Benvólio me disse que você pretende testar a determinação de Rosalina Morosini esta noite! Cansou de ficar sozinho, foi?

Ele faz um gesto bastante grosseiro, imitando o que imagina que faço quando estou sozinho, e um rubor se espalha em meu rosto. *É a companhia dele que desejo*, eu penso, e as palavras estão tão perto da superfície que mordo meus lábios para evitar que elas escapem.

— Minha companhia é muito agradável, obrigado — consigo dizer, limpando a garganta. — Agora só preciso convencer Rosalina disso.

— Bem, não conte com o nosso testemunho de apoio. — Ben estica seu pescoço, examinando a multidão. Passamos de cômodo em cômodo por toda a *villa*, buscando nova companhia e evitando quaisquer Capuletos conhecidos. — Você sabe o quanto eu odeio mentir para moças.

— Ignore-o — Mercúcio aconselha-me. — Ele só está mal-humorado porque tem de usar uma máscara esta noite, o que esconde seu único atrativo.

— Não me aborreça! — A indignação de Ben é fingida. — Ou você está enfim admitindo que minha robusta beleza é a razão pela qual vocês dois me seguem como patinhos perdidos?

— Nós seguimos você porque você só se move em direção a cerveja barata!

— Fale por si mesmo — digo a Mercúcio. — Eu o sigo porque, quando ele bebe, tende a roubar coisas, a menos que seja devidamente supervisionado.

Ben dirige gestos rudes a nós dois. Mercúcio curva-se de tanto rir, apoiando-se em meu ombro, e não tenho consciência de nada além do calor que sinto com seu toque. Quando recupera a compostura, ele enxuga as lágrimas dos olhos.

— Muito bem, rapazes. Eu estou mesmo aliviado por vocês terem decidido aparecer esta noite. Já tive a minha dose de conversa com esnobes chatos inventando desculpas para explicar por que minha família foi excluída de suas listas de convidados desde que nos tornamos pobres.

Sua franqueza me faz estremecer um pouco, porque meus próprios pais são tão culpados por esse descuido quanto qualquer outro veronense nobre; mas Ben nem pisca. Pegando mais uma taça de uma bandeja que passa, ele diz:

— Na verdade, eu estava me perguntando o que fez o sr. Capuleto lembrar seu nome quando estava organizando este pequeno jubileu.

— Não foi nenhum sentimento de carinho nostálgico por mim, posso garantir. O homem não me dirigiu sequer um olhar a noite toda. — Habilmente, Mercúcio arranca a taça da mão de Ben assim que meu primo a levanta para beber. — Mas acontece que um parente nosso, um nobre, é o convidado de honra desta noite, e acredito que minha presença aqui não passe de um gesto de caridade. — Revirando os olhos, ele bebe o vinho, depois franze a boca. — Tantas conversinhas educadas de doer… Até agora, esta festa tem sido ofensivamente monótona.

— Falando em "ofensivamente monótona", ainda temos de discutir a vida amorosa de Romeu — Ben interrompe, e eu dou um soco em seu braço antes mesmo de ele terminar a frase.

Estou apenas meio brincando. Ampliar meu leque de possibilidades entre as mulheres é o objetivo da noite, eu sei, mas ainda nutro uma esperançazinha de que, com diversão e vinho suficientes, isso seja esquecido.

— Você tem certeza de que deseja perseguir uma garota que fez voto de castidade? — Mercúcio me pergunta com um olhar duvidoso. — Seria melhor começar com uma das ex-amantes de Benvólio, pois é menos provável que você decepcione uma dama cujos padrões já são tão baixos.

— Certamente. — Um calor nervoso arrepia sob meus braços.

— Quietos, vocês dois idiotas — ordena Benvólio, irritado, acenando para que façamos silêncio. — A bela dama dos sonhos de Romeu entrou na sala. Comportem-se!

O espaço entre as minhas omoplatas fica tenso quando me viro para olhar ao redor, seguindo o gesto de meu primo; e ali, de fato, está Rosalina Morosini, deslumbrante como sempre, vestida com túnicas mouriscas bem elaboradas, com uma máscara de veludo escondendo suas feições delicadas; mas, ainda assim, é fácil reconhecê-la. A solenidade com que ela se comporta, suas mãos delgadas, a linha de seu pescoço… tudo a entrega.

Não pela primeira vez, desejo que a beleza dela mexa com algo mais em mim do que apenas um sentimento de admiração.

— Você pode começar logo com isso enquanto ainda há bastante tempo para ser consolado depois de ela rejeitar você. — Ben me dá um tapa nas costas. — Lembre-se: as mulheres não resistem a um homem confiante, espirituoso e bonito. Então escolha alguém que tenha essas características e finja ser ele.

— Você pode fingir ser eu — Mercúcio interrompe. — Não vou me importar.

Ben assente.

— Sim, finja ser Mercúcio, mas como se ele fosse espirituoso e bonito.

— Vá à merda!

E, com isso, atravesso o salão, com o estômago contraído. Não tenho medo do que pode resultar deste encontro com Rosalina — nenhum de nós deseja qualquer intimidade e sempre tivemos uma relação amigável, mas, quanto antes começar, mais cedo vai terminar, e mais cedo terei de ceder aos caprichos de meu primo e encontrar uma garota que *me queira*.

Rosalina curva-se graciosamente quando me aproximo, mas o que acontece é menos uma conversa do que uma performance. A máscara que ela está usando é uma *moretta* — não tem cordões e é mantida no lugar por um botão que ela mantém entre os dentes, o que significa que ela não pode falar, a menos que ela a remova. E, claro, ela prefere não fazer isso.

— Boa noite, minha senhora — começo, com todo o charme que consigo reunir. — Espero que esteja gostando da festa.

Rosalina balança a cabeça em assentimento silencioso, seus olhos indiferentes através da máscara escura.

— É um espetáculo, não é? — arrisco-me a prosseguir. — Disseram-me que haveria pavões vagando pela propriedade, embora eu ainda não tenha visto nenhum.

Seus ombros erguem-se com um delicado movimento, e então ela fica imóvel de novo, olhando para além de mim.

— Eu... — Meu rosto esquenta. Sou péssimo neste tipo de coisa mesmo em circunstâncias comuns, e esta é quase uma farsa. — A música é revigorante, não acha? Você iria... Você gostaria de dançar?

Quando calculei esse cenário pela primeira vez, imaginei meu convite vindo por último — a conclusão lógica para um encontro padrão em um evento como este. Mas a enorme pressão que sinto me faz avançar rápido demais. E, claro, Rosalina recusa; ainda muda, mas de modo inequívoco.

— Ah — eu digo. É uma resposta insípida, e o suor nervoso gruda a fantasia de pastor na minha pele. Sinto olhos nas minhas costas, com Ben e Mercúcio me observando como abutres circulando no céu, esperando pelo inevitável. Docilmente, pergunto: — Você está... gostando da comida?

Rosalina pisca.

Quando fico sem tópicos educados para monologar, e nossa troca definitivamente se encerra, uma bola de pavor se forma na base da garganta. Aqueles pares de olhos penetram mais fundo nas minhas costas, e resisto à vontade de me virar.

Cinco moças. Dançarei com cinco. Qual é a pior coisa que pode acontecer? Se elas tentarem flertar, eu desvio; se derem uma abertura, eu arrumo uma desculpa; se pedirem para me ver de novo fora da festa, eu... *faço o quê?* Recuso de forma rude? Concordo por uma questão de formalidade, e depois as rejeito descaradamente mais tarde? Digo sim, enceno um início de namoro e espero que a coisa vá ficando mais fácil?

O que resta do meu estômago revira-se e, sem pensar, arrisco uma olhada para um corredor situado nas proximidades. Daqui, só consigo ver sombras além da arcada, mas parece seguro o suficiente. Quando a música muda um pouco momentos depois, e uma multidão de dançarinos bloqueia por um momento a visão de Ben e Mercúcio, apresso-me naquela direção.

Talvez seja covardia fugir, escolher a ilusão de escapar por causa de uma promessa que me arrependo de ter feito. Mas, agora, enquanto a escuridão me engole e a distância entre mim e minhas obrigações se amplia, não sinto nada além de alívio.

7

A PASSAGEM TEM UM TETO BAIXO E ESTÁ ILUMI-nada por arandelas bruxuleantes, levando-me a outro salão e depois a outra galeria e, por fim, para um corredor aberto — estou entrando em um ambiente arborizado, ao ar livre, que não esperava encontrar. É outro pátio, embora muito menor do que o central, do qual ainda posso ouvir vozes retumbando no telhado. Aqui, não há espaço para mais do que alguns bancos e um limoeiro que se curva sobre um poço esculpido em pedra.

O ar está doce aqui fora. Quando retiro a máscara, o suor esfria no meu rosto superaquecido. A árvore está em plena floração e seu perfume enche meus pulmões, misturando-se com o rico aroma verde do musgo; um lampião balança no teto do corredor aberto, e sua sombra projeta-se com algumas imperfeições sobre o chão aos meus pés. Pela primeira vez esta noite, estou sozinho.

Ou assim penso a princípio.

Só depois de caminhar até o poço, espiando sobre a borda para verificar a profundidade da água, que sinto olhos nas minhas costas — quando me viro devagar, vejo uma silhueta encostada à sombra do limoeiro. Assustado, quase derrubo minha máscara.

— E-eu lamento… Desculpe, pensei que não houvesse mais ninguém aqui.

A figura inclina a cabeça.

— Tudo bem. Quero dizer… Eu não sou um deles.

Ao dizer isso, ele aponta vagamente para a grande casa, que se ergue por todos os lados ao nosso redor. Presumo que isso signifique que ele não é um Capuleto. Não sei se isso também significa que ele me reconheceu como um Montéquio ou se está simplesmente dizendo que não tem direito sobre o pátio.

— Você é tão bem-vindo aqui quanto eu.

Esforço-me para pensar em uma resposta quando ele enfim dá um passo para a frente, para fora das sombras, em direção ao luar... E minha mente fica em branco.

Ele. É. *Magnífico.*

Vestido como um fauno para o baile de máscaras, ele deve ter perto da minha idade, mas parece etéreo, ao mesmo tempo natural e sobrenatural. Seu cabelo é uma bagunça rebelde de cachos loiros, seu torso está nu, exceto por um colete de couro que pende de seu corpo esguio, e sua pele brilha graças a um pó cintilante. Ele está usando calças de montaria de pele, um par de chifres falsos erguendo-se de sua juba desgrenhada, e seus olhos são cor de bronze — talvez de mel ou ouro escuro —, iluminados pelas aberturas de sua meia máscara.

Sua boca é ainda mais atraente que a de Mercúcio. Eu não imaginava que isso fosse ser possível.

— Eu só precisava de um minuto longe de tudo — continua ele quando não consigo produzir nenhuma palavra. Com um suspiro melancólico, ele se inclina sobre a borda do poço, olhando para as sombras. — Há tantas pessoas aqui, todas tentando falar ao mesmo tempo, e eu não conheço nenhuma delas. É um pouco opressor.

Eu o vejo observar a escuridão, com sua pele quase brilhando sob o luar. Ele parece uma dríade triste, um espírito solitário que o tempo cruelmente esqueceu, e meu coração dói. Tossindo, consigo dizer:

— Festas como esta são opressoras, não importa quantas pessoas você conheça. Meus melhores amigos estão lá dentro agora, provavelmente se perguntando onde estou, mas eu não...

— Não consegue respirar? — ele completa, com aquela boca exuberante repuxando um pouco de um dos lados.

Eu me pego balançando a cabeça por acidente. Concordo com o que ele está dizendo, mas é um pouco assustador perceber que teria mexido a cabeça de qualquer maneira, mesmo que não concordasse.

— Não devia ser assim difícil conhecer pessoas, fazer amigos e falar sobre nada, mas… às vezes é.

— Falar sobre nada só é fácil com as pessoas mais próximas e mais íntimas. — Tento não olhar para ele, mas é uma batalha que continuo perdendo. — Se você quiser ter uma conversa significativa, precisa de um estranho.

Ele sorri.

— Como eu?

— Eu não sabia que *havia* estranhos como você. — Tarde demais, eu percebo que disse isso em voz alta e sinto o sangue sumir de meu rosto. Depois de uma ligeira hesitação, porém, o fauno apenas sorri ainda mais, divertindo-se, talvez até lisonjeado. Nervoso, prossigo:

— V-você já notou isso? Quão mais fácil é dizer coisas importantes quando não conhecemos o interlocutor? Meu primo e eu conversamos quase que exclusivamente sobre nada, m-mas…

— Eu sei o que você quer dizer — ele interrompe com delicadeza, salvando-me de me afogar em meu próprio embaraço. — Há apenas uma pessoa aqui esta noite que de fato me conhece e, quando tentei dizer a ela que não sabia se estava preparado para… tudo isso, ela não me ouviu. Ou talvez não *pudesse* ouvir. No fim, pouco importa. Aqui estou eu.

Sou o homem mais egoísta do universo, porque só consigo pensar no quanto sou grato à alma insensível que ignorou as preocupações dele e o obrigou a estar aqui.

— Se você fingir que é um assassino, ajuda. — Eu só percebo como isso soa quando ele olha para mim com seus olhos de bronze arregalando-se. — Q-quero dizer, você faz disso um jogo! Quando meus pais me forçam a bancar o filho obediente em um de seus eventos sociais, tento me imaginar como um impostor que substituiu o verdadeiro Romeu para se aproximar de um dos convidados com algum objetivo nefasto em mente. Isso... torna tudo mais fácil. — Ele continua a me encarar em silêncio, sua boca formando uma expressão pensativa, e minha risada nervosa range um pouco. — Você está me olhando como se eu de fato fosse assassinar pessoas em banquetes, mas eu juro que não!

— Romeu — ele repete devagar, e um arrepio corre pela minha coluna quando ouço meu nome pronunciado por sua voz. — É... você?

— Sim? Hmm, sim. — Minhas mãos estão suadas em torno da máscara, e a maneira como ele me observa faz com que eu me sinta... exposto.

— Você não me parece muito convincente. — Ele endireita as costas, cruzando os braços sobre o peito. — Pode provar?

Pisco um pouco.

— Provar... que sou Romeu?

— Sim — ele responde com um olhar malicioso. — Eu ouvi de uma fonte confiável que assassinos são conhecidos por se passarem por filhos de nobres famílias veronenses, a fim de cometer terríveis crimes contra os convidados desavisados da festa.

Por um momento, fico assustado demais para perceber que ele está me provocando; mas então sua boca se curva em um sorriso e não consigo deixar de rir.

— Suponho que eu mesmo tenha me colocado nesta situação. Como vou provar minha identidade, porém, se não nos conhecemos?

Por outro momento, ele fica quieto, como se eu tivesse dito algo importante. Então, pergunta:

— Diga-me algo que só o verdadeiro Romeu saberia.

— Eu, hmm... — *Estou loucamente atraído por você.* — Eu tenho uma gata chamada Hécate! — É a segunda coisa que me vem à mente, e infinitamente mais segura do que a primeira. — Bom, ela não é bem *minha*. E pode ser que nem seja uma gata. Não descarto a possibilidade de ser um demônio enviado dos infernos para me atormentar.

— Uma gata que não é gata e que não pertence a você? — Ele balança a cabeça. — Isso não significa nada, qualquer um pode dizer isso. Vou precisar de mais.

— E-eu... — *Estou pensando se seu cabelo é tão macio quanto parece.* — Gosto muito de... arte? — Ele não diz nada, mas inclina a cabeça em sinal de confusão. Eu acrescento: — Meu sonho secreto é um dia me tornar um mestre de afrescos, como o grande Giotto di Bondone, mas... meus pais nunca aceitariam isso. Serei um comerciante de seda ou um soldado ou... nada mais.

— Você já pintou um afresco?

Da boca de Benvólio, a mesma pergunta teria soado condescendente; mas o fauno parece apenas curioso, o que me anima.

— Não — admito, deixando escapar um suspiro. — Espero que um dia possa fazer isso, mas meus pais... — Parando, balanço a cabeça, tentando descobrir a maneira mais simples de explicar. — Eles não acreditam que seja uma ocupação apropriada para mim. Julgam artistas como uma classe inferior... mas a verdade é que só as classes superiores são capazes de *apreciar* arte.

O sarcasmo no meu tom é suficiente para murchar as flores de limão que pairam sobre nós, e o garoto — esse lindo garoto, com pele brilhante e dedos elegantes — passa a mão por seus cabelos já revoltos.

— Parece um tanto hipócrita.

— E irritante. — Eu nunca fui capaz de dizer isso para alguém que de fato concordasse comigo; fico embriagado de satisfação. — Eles dizem que querem o que é melhor para mim, mas, de alguma forma, o que é "melhor para mim" só parece ser o que é melhor para *eles*. E mesmo meus amigos mais queridos não... — A emoção sufoca minha voz, e eu me esforço para me acalmar. — Às vezes sinto como se estivesse sendo esmagado vivo, mas tão lentamente que ninguém acredita em mim quando eu conto. Às vezes parece que as partes mais importantes de mim são justamente aquelas que não posso compartilhar com as *pessoas* mais importantes para mim. Faz algum sentido?

— Sim. — Sua voz é apenas um sussurro, mas ecoa nas profundezas do poço. — Quando alguém decide quem você é e não permite que você mude de ideia, o que fazer? Para onde ir?

Olhamos um para o outro e algo que não consigo entender direito se passa entre nós; só que, pela primeira vez em muito tempo, sinto como se alguém me *visse*. Seus olhos são suaves e íntimos… e solitários, de uma forma que fala direto ao meu coração. Talvez o pátio esteja se expandindo ao nosso redor, porque, embora estejamos parados, a sensação é de que estamos nos aproximando.

— Eu acredito que você é Romeu, afinal — ele enfim diz e, quando vê minha confusão, outro sorriso surge em seus lábios. — Tudo isso parece honesto demais para ser o truque de um assassino, e eu duvido que até o impostor mais inteligente possa imaginar uma verdade que até seus amigos mais próximos escolhem não reconhecer.

— Ah. Bem. — Dou de ombros, focando nas pedras do poço, seguindo o desenho de uma pequena rachadura com a unha. — Há muitas coisas que meus amigos não sabem sobre mim. — Olhando para cima, percebo que ele está estudando minhas feições. — Você está se arriscando ao confiar em mim.

— Talvez, mas acho que o risco vale a pena. Você tem… uma cara honesta.

— Mas estou longe de ser honesto. — Incapaz de me conter, sorrio. — Na verdade, acabei de declarar como sou enganador.

— A marca registrada de um homem honesto — ele responde. — Um enganador finge sempre dizer a verdade. Apenas os virtuosos admitem mentir.

Eu sorrio, encantado e confuso, desejando que esse interlúdio pudesse durar o resto da noite. O que sinto por dentro quando ele sorri ao olhar nos meus olhos — como água logo antes de ferver — me assusta, mas também me entusiasma. Ninguém nunca me olhou assim antes.

— Talvez eu tenha imaginado que você pensaria isso. — Dois podem jogar este jogo. — E, então, para convencê-lo da minha virtuosidade, eu alego ter escondido coisas de meus amigos… quando na verdade fui honesto com eles o tempo todo.

— Pode abandonar essa farsa. Quanto mais tentar me convencer do quão indigno de confiança você é, mais honesto eu acreditarei que você é de fato. — Ele se aproxima, com ar de completa satisfação, e meu olhar é tentado pelo brilho do luar sobre seu peito nu. — Além disso, um verdadeiro assassino decerto já teria tentado me atacar, mas você só me estudou quando pensou que eu não fosse notar. Portanto, só posso concluir que você é o verdadeiro Romeu.

Meus olhos voltam-se para o seu rosto em um instante, meu pescoço esquentando como ferro em brasa.

— Eu não estava… *estudando* você. Estava… admirando sua fantasia! É muito… — *charmosa, etérea, sedutora, linda, linda, linda* — Hmm… bem-feita?

Ele parece perplexo.

— É apenas um colete de pele de cordeiro e um pouco de mica em pó… não tem nada de mais. Tive a ideia hoje, no café da manhã.

— Mas foi uma ideia muito boa! — Parece que perdi todo o controle sobre o que estou dizendo e, se o limoeiro caísse e me esmagasse até a morte agora mesmo, eu não me importaria. — Fica bem em você. Combina com você.

Ele hesita, reavaliando o próprio conjunto, e então faz uma expressão pensativa com a boca. Lentamente, ele pergunta:

— Do que você gosta nela?

Minhas vias respiratórias se contraem e a pressão começa a aumentar em minha cabeça. Existem muitas maneiras de responder à pergunta, e nenhuma delas é uma escolha prudente. Ele parece um ser natural, quase selvagem, como uma criatura que escapou da pintura de um bacanal. Sua pele nua, coberta pela poeira cintilante, é ao mesmo tempo resplandecente e convidativa; e sua triste solidão faz com que ele pareça… poético.

Sem muita força, enfim consigo dizer:

— Você parece uma pintura.

— Uma pintura — ele repete com um tom curioso, e então franze a testa. — Hmm.

— Isso… desagrada você? — Esfrego uma mão suada na frente da minha camisa, amaldiçoando minha escolha desajeitada de palavras. — Desculpe… Eu não quis dizer…

— Meu único descontentamento é autodirigido, eu lhe asseguro. — Ele se inclina contra o poço, sua mão repousando a apenas alguns centímetros da minha, e tento não pensar em como estou perto de tocá-lo. — O que eu esperava parecer esta noite era "nada de mais". Achei que, quanto menos esforço eu fizesse para me vestir, mais despercebido eu passaria; mas, do jeito que você está me olhando, fica claro que, infelizmente, consegui o efeito oposto.

Para começar, aquele era um objetivo bobo, gostaria de poder dizer-lhe, pois ele é lindo demais para ser ignorado, mesmo em um baile lotado.

— Se isso o consola, imagino que haja poucas pessoas aqui esta noite tão apaixonadas por pinturas quanto eu. Talvez outros não vejam o que eu vejo.

Escolhi minhas palavras com cuidado, mas, quando as ouço, temo estar revelando demais. O fauno apenas sorri, porém, e sinto de novo como se as paredes estivessem recuando e nós, nos aproximando. Ele olha para sua mão, e seu dedo se aproxima um pouco mais do meu polegar.

— Você já fez pinturas, Romeu?

Ao ouvir meu nome, sinto outro arrepio na coluna.

— Receio não ter ninguém para me ensinar as técnicas certas, então faço esboços com giz. Não fica tão impressionante, mas não deixa de ser um desafio.

— Se você fizesse um esboço meu, como seria?

— Assim. — Eu nem preciso pensar na minha resposta. — Exatamente assim. Um fauno melancólico, sozinho com o luar, uma árvore em flor e um poço para o qual ele pode sussurrar todos os seus segredos. — O lampião balança em seu gancho, fazendo com que faíscas de luz dancem aos nossos pés. — Só que... eu desenharia você sem esconder tanto o seu rosto.

Ele hesita, mas depois estende a mão, desfazendo com cuidado os fios de sua máscara.

— Assim, então? — Sua voz é mais doce e mais ressonante do que a música de cordas que reverbera pela *villa*, mais suave do que o calor cada vez mais fraco ainda presente no pátio após um dia longo e quente. — Está melhor?

Incapaz de falar por um momento, só consigo assentir de forma desajeitada. Pela primeira vez, vejo quem ele de fato é — mais menino do que fauno, mais homem do que mito — e não consigo assimilá-lo tão profundamente quanto gostaria. Ele tem sardas e a testa alta, as sobrancelhas escuras em contraste com o cabelo loiro; há uma cicatriz perto de sua têmpora esquerda, uma marca de nascença sob o olho direito, e seus cílios são muito mais longos do que eu percebi de início. Há algo nele que me parece familiar, uma qualidade que me faz sentir como se ele pertencesse à minha memória. E, ainda assim, como eu poderia já ter visto alguém tão surpreendentemente irreal e não o reconhecer na mesma hora? Ele é esplêndido e imperfeito, e eu desejo... Eu não sei o que desejar.

Eu nem tenho certeza do que devo *desejar*.

— Está... muito melhor — eu consigo enfim dizer, tentando não pensar em como ele ainda está me olhando nos olhos; não pensar em como, quando ele abaixa a máscara e devolve a mão à beira do poço, seus dedos ficam ainda mais próximos dos meus.

— Quase não percebi que ainda a estava usando — ele comenta.

— Acho que é isso que acontece com as máscaras. Se as usamos por tempo suficiente, acabamos nos esquecendo de nossa verdadeira face.

— Talvez. — A máscara de porcelana que estou segurando está tão pesada que minhas orelhas ainda doem onde os fios as pressionavam. É provável que eu tenha hematomas pela manhã. — Na minha experiência, uma máscara vai ficando mais difícil de ajustar com o tempo. — Ele hesita e então murmura: — Eu estou… feliz que você não esteja usando a sua.

As pontas dos dedos dele fecham o pequeno espaço entre nós e, pela primeira vez, sinto seu toque — suave e hesitante, como uma pergunta delicada — e isso desperta algo monumental dentro de mim. Meu braço ganha vida com uma sensação faiscante, e arrepios se espalham por meu pescoço. Eu nunca senti nada assim antes; é como se fosse a primeira vez que bebo muito vinho, a primeira vez que perco o equilíbrio sobre um pedaço de gelo, a primeira vez que fico tão agitado que não consigo dormir, tudo em um só momento avassalador.

Meu instinto é de me afastar, mas, em vez disso, meu sangue está quente e acelerado, e eu escolho tocá-lo. Quando vejo seu olhar passar do meu rosto para as nossas mãos unidas, percebo que ele também está escolhendo isso. Ele se inclina um pouco mais perto, seus dedos pressionando os meus com mais confiança, e seus lábios se separam.

Um portal abre-se dentro de mim, liberando uma enxurrada de emoções que não sei administrar nem quantificar: ansiedade, medo, desejo, alegria e outra coisa que nem consigo nomear, porque nunca experimentei antes. Mas a maneira como ele olha para mim… Fico tomado pela vontade de beijá-lo do jeito que Benvólio beija as garotas na taverna quando bebem cerveja demais. E eu nem sei… *Garotos fazem isso?*

— Você está tremendo — ele comenta baixinho, e é verdade.

Esta consciência partilhada, esta mútua… *Seja o que for…* Eu não estava preparado para isso. Não sei o que vai acontecer, mas quero essa sensação mais do que tudo. E quero tanto que me assusta. E, então…

— *Romeu!*

Meu nome ecoa de repente das sombras do corredor, como um chamado propagado na escuridão, acompanhado pelo som de passos se aproximando. O fauno recua, quebrando o tênue feitiço entre nós, e a voz soa de novo — agora mais perto, mais musical e muito familiar.

— Onde é que você está, Romeu? Está perdendo toda a diversão!

Eu me viro apenas um segundo antes de Benvólio sair da escuridão e vir para o pátio, o que faz meu coração subir à garganta. Quando me vê, ele solta um suspiro exasperado.

— *Aí* está você. Como imaginei, está aqui escondido sozinho no escuro, tentando evitar a diversão a qualquer custo.

— Eu não… não estou me escondendo — minto, suando frio dentro da minha fantasia de pastor. — E eu também não estou sozinho. Eu conheci…

Mas, quando viro, o fauno desapareceu. Sumiu sem deixar rastro, como se nunca tivesse estado ali.

8

BEN ME CONDUZ DE VOLTA AO SALÃO DE BAILE como um guarda escoltando um prisioneiro para sua condenação. Mal passamos pela arcada e entramos na câmara iluminada por velas quando a música de cordas nos envolve, e ele me apresenta à primeira jovem com quem devo dançar esta noite. Trata-se da filha de um comandante do exército do Príncipe, que conheço apenas de passagem.

Com o olhar penetrante de Benvólio abrindo um buraco em minha espinha, eu a conduzo até o grupo de dançarinos que já estão formando uma quadrilha, depois me esforço ao máximo para lembrar os passos enquanto ela tenta me envolver na conversa. A experiência, devo dizer, não é pior do que eu imaginava — mas também não é melhor. Eu faço o meu melhor para lisonjeá-la sem cruzar a linha para um flerte genuíno, porém, o tempo todo, minha mente não consegue se concentrar em nada além do que aconteceu entre mim e o misterioso garoto do pátio.

O mais frustrante de tudo é que nem consigo ter certeza *do que* houve lá fora. O que *teria* acontecido se Benvólio não tivesse chegado naquele exato momento? Fico imaginando o rosto dele — olhos grandes e dourados, a marca de nascença encantadora, a maciez de seus lábios… E meu coração palpita. Estou com saudades de um estranho, do momento fugaz em que sua mão tocou a minha e eu percebi que ele estava fazendo isso de propósito.

Aquele toque suave foi mais forte do que qualquer uma das palavras que ele falou, e mais emocionante, desesperador e memorável do que qualquer flerte que eu tenha experimentado em festas como esta. Não consigo me perdoar por não ter perguntado ao fauno seu nome antes que fosse tarde demais, pois não tenho ideia de como poderia encontrá-lo novamente.

Quando a música chega enfim à sua conclusão, minha parceira sugere que ficaria muito feliz em receber uma visita formal em sua casa, para que pudéssemos nos conhecer mais. Com uma reverência cortês, eu finjo que não compreendi o que ela está sugerindo e me despeço dela — uma dança a menos na minha lista de dívidas.

Benvólio não espera que eu saia da pista de dança antes de me agarrar pelo cotovelo, e agora estou sendo conduzido em direção a outra dama que ele gostaria que eu cortejasse. Mas esse segundo encontro é pior que o primeiro: a música está mais lenta e mais íntima, e a conversa é mais morosa e menos interessante; as insinuações românticas da jovem são contundentes e difíceis de evitar.

Ela fica ofendida quando a música termina, e minhas evasivas não são engenhosas o suficiente para aplacá-la. Os nervos fazem meu estômago se contrair. Mais uma vez, Benvólio mal me permite me despedir da dama antes de me passar a uma nova pretendente em potencial, para mais uma conversa empolada em que tento ser simpático sem encorajá-la demais.

Quando minha terceira dança obrigatória acaba, estou deprimido, sobrecarregado de nervosismo e transpirando sob a túnica. Ben e Mercúcio estiveram me observando o tempo todo, pairando nas margens da pista de dança como comerciantes de cavalos altamente analíticos; quando me agarram como se eu estivesse tentando escapar para o pátio onde conheci o fauno, tenho que abafar um gemido patético de frustração.

Desta vez, eles querem um relatório detalhado do que aconteceu entre mim e minha parceira de dança; depois, prosseguem com um debate sobre as minhas escolhas como se eu não estivesse presente.

Discutem com quem devo dançar a seguir e, como eu não tenho muito a acrescentar à conversa, paro de ouvir, olhando em vez disso para o salão, para a extravagância rodopiante do baile e de seus convidados.

E é aí que eu o vejo de novo.

Os músicos ficam silenciosos por um momento, afinando seus instrumentos; quando os dançarinos começam a sair da pista, uma cabeça com cachos loiros desgrenhados fica à vista. Conversando com uma garota vestida de princesa bárbara, o fauno está abaixo de uma guirlanda de seda cor de esmeralda, com uma taça de vinho em sua mão. A luz das velas habilmente reforçadas do salão de baile dança sobre sua pele cintilante, fazendo-a brilhar, e sinto uma pontada no peito enquanto o observo.

— Quem são aqueles? — deixo escapar antes que possa pensar melhor na questão, e Benvólio faz uma expressão estranha quando vê a quem me refiro.

— Está falando sério? — Suas sobrancelhas franzem-se um pouco, e há um fio de suspeita em seu tom. Eu mordo minha língua. Nunca deveria ter aberto a boca. — Romeu, aquela é…

— Por que pergunta? — Mercúcio interrompe meu primo de forma deliberada, mas suave.

Sua expressão é ilegível, mas sinto como se tivesse caído em uma armadilha. Afinal, quando se está carregando ouro secretamente, todos parecem um ladrão.

— Porque eu… eu… — *Pense, Romeu, seu idiota.* — Eu presumi que fosse conhecer quase todo mundo aqui, e estou apenas… curioso sobre rostos desconhecidos. Isso é tudo.

A resposta soa patética e pouco convincente, ao menos para os meus ouvidos. Sem levar a sério, Mercúcio responde:

— Quase todo mundo aqui está usando uma máscara. Você está cercado por rostos desconhecidos ou invisíveis. Então é um tanto interessante que sua curiosidade só seja despertada agora… Não concorda, Benvólio?

— Eu concordo, certamente. — O tom de meu primo é afiado e, de novo, ele não me olha. — Mas não posso dizer que não imaginei algo assim. Eu dediquei todo esse trabalho para encontrar uma boa moça para ele, e tudo não passou de um esforço desperdiçado.

— Claramente, suas atenções estavam em outro lugar — concorda Mercúcio, e quase perco o controle da minha bexiga, pois meus piores medos enfim parecem se materializar com a força de um raio. O tempo desacelera à medida que minha verdade é exposta, arrastada para a luz por duas pessoas de quem eu queria desesperadamente escondê-la.

Porém…

Eles não disseram as palavras em voz alta e, até que façam isso, ainda tenho a oportunidade de blefar para escapar. Qualquer que seja a garota que escolherem para mim a seguir, eu serei o pretendente perfeito — vou repetir cada lisonja mecânica que já ouvi vinda da boca de meu primo. Mas, primeiro, tenho de distraí-los a qualquer custo.

Coçando meu pescoço, eu balbucio:

— Eu devia ter pensado melhor antes de fazer uma simples pergunta a vocês, seus dois palhaços. Por favor, voltem a discutir quão baixas deveriam ser as nossas expectativas, e se é inapropriado arranjar um namoro entre mim e uma garota com o mesmo nome da minha mãe.

— Olhe para ele — Ben diz a Mercúcio. — Ficou todo vermelho.

— Mais vermelho que os morangos servidos de sobremesa!

Não adianta negar, porque meu rosto está fervendo de ansiedade.

— Eu só preciso de um pouco de ar fresco, só isso. Então, se não se importarem, eu vou…

Antes que eu possa me mover um centímetro, Mercúcio bate com firmeza em meu ombro, e sinto o impacto em todo o corpo, até as pontas dos pés.

— Sabe o que acabei de perceber, Ben? Esta é a primeira vez hoje que nosso querido Romeu mostra qualquer interesse por outras pessoas nesta festa que não sejam você e eu.

— Vocês estão sendo ridículos — eu grito, mas eles me ignoram.

— Bem, o que devemos fazer sobre isso? — Ben pergunta. — Não podemos simplesmente *permitir* que ele se entregue…

— Você não está cansado de tentar e não conseguir uni-lo a uma garota? — Mercúcio contra-ataca. Seu aperto fica mais forte, e o fundo do meu estômago cai. — Você acha que somos deuses, que podemos controlar seu coração e seus quadris?

Ben franze a testa.

— Não estou interessado em controlar os quadris de meu primo, Mercúcio.

— Então, está resolvido. Vamos deixá-lo saciar sua curiosidade… por mais azarada que seja.

E, com isso, estou sendo levado através da multidão, atravessando a pista de dança polida em direção ao fauno dourado e brilhante. O medo percorre minha coluna, frio como o Ádige em dezembro, e um suor aterrorizado escorre ao redor dos meus olhos. *O que está acontecendo? O que eles vão fazer?*

Paramos abruptamente na frente dele e da moça vestida de bárbara. Quando ele olha para cima e me vê, seus olhos arregalam-se por trás da máscara. Sua boca se entreabre, mas é Mercúcio que fala primeiro.

— Valentim! Detesto interromper, pois parece que os músicos estão prestes a recomeçar, mas isto é um tanto urgente.

— *Valentim?* — eu repito o nome com uma respiração ofegante, meus olhos se abrindo.

— Sim — Mercúcio confirma com alegria —, meu há muito tempo perdido irmão está de volta de Vicenza! Val, tenho certeza de que você se lembra… bem, do nosso querido amigo aqui, que dispensa apresentações. — Há um tipo de advertência em seu tom que eu não compreendo, e Valentim fecha a boca. — De qualquer forma, nós quatro teremos de comemorar nosso reencontro algum dia na próxima semana, porque, por enquanto, há um assunto sério que precisa ser resolvido.

— Eu... Eu não...

Tudo está se movendo muito rápido, e meus pensamentos não conseguem acompanhar. O fauno é *Valentim*? Valentim, *irmão* de Mercúcio? *Eu estava suspirando pelo irmão distante de Mercúcio?* E algo relacionado, embora não tão importante neste exato momento: o que há comigo e com esses irmãos e com sua maldita beleza?

A qualquer momento, espero meu segredo ser revelado, pois Mercúcio parece anunciar que eu estava cobiçando Valentim — *seu irmão* — no salão de baile. Eu não sei o que vai acontecer depois disso; não sei como essas pessoas, *meus* amigos, vão reagir.

Mas, então, para meu choque ainda maior, Mercúcio vira-se para a garota bárbara — de cabelos ruivos penteados em uma elaborada coroa de tranças no topo da cabeça — e diz respeitosamente:

— Minha senhora. Espero que não seja impertinente de minha parte insinuar-me desta maneira, mas meu amigo aqui... — Ele me gira pelos ombros para me colocar diante dela, com meus olhos ainda arregalados, meus dedos ainda trêmulos de nervosismo. — Ele a notou do outro lado do salão e ficou bastante impressionado com sua beleza. Ele gostaria de convidá-la para dançar.

Passa um momento pesado, durante o qual meu coração conta os segundos em batidas dolorosas, e percebo que meus amigos cometeram o mais afortunado dos erros: imaginaram que era a beleza da *moça* que me chamou a atenção. Claro que sim. E agora estão aproveitando a oportunidade para me entregar a ela. Não tenho escolha a não ser jogar o jogo.

Nervoso com as consequências do pânico, eu faço uma reverência trêmula, minha mente em branco. Ben e Mercúcio estão atrás de mim, ansiosos. Mas é o olhar de Valentim que me parece mais forte, como a luz do sol através de uma janela. Eu não tenho ideia do que ele espera, ou do que poderia ter acontecido se não tivéssemos sido interrompidos no pátio. Mas eu sei exatamente o que tenho de fazer agora para evitar que minha vida seja estilhaçada.

— Se a senhora assim desejar — eu começo, mantendo minha cabeça curva —, eu imploro pela honra de uma dança.

— Muito bem — ela diz de forma rápida e educada; com simpatia, mas sem nenhuma cerimônia coquete que vim a esperar e temer por parte das moças aristocráticas em idade de se casar. — Qualquer amigo de Mercúcio é… bem, um problema. Mas a maioria é um problema divertido, pelo menos.

Silenciosamente, ainda tremendo com a agitação descabida, eu me forço a sorrir e a estender a mão. Encontramos algum espaço entre os outros casais na pista, e a nova música pede um *saltarello* — uma coreografia animada que sempre faz com que eu me sinta ridículo. Enquanto tropeço nos passos ordenados e saltitantes, minha mente é como uma pedra quente que transforma pensamentos coerentes em vapor no instante em que entram em contato.

— Estou surpresa por não conhecer você — a princesa enfim afirma de forma contemplativa, depois que o silêncio entre nós se estende demais —, pois há muito tempo desisti de encontrar alguém novo nestas festas cansativas. É sempre a mesma lista de convidados, e eu tinha certeza de que conheceria todo mundo que havia para conhecer.

— É uma noite cheia de surpresas — murmuro, relutante em compartilhar que eu não estava *na* lista de convidados. Espiando meus amigos de relance, *avisto Valentim* e dou um sorriso envergonhado. — Temo que devo pedir desculpas por interromper sua conversa. Não era minha intenção ser rude…

— Oh, por favor! — ela ri, rouca e musical. — No mínimo, você salvou o pobre Valentim de ter de ouvir mais de minhas intermináveis reclamações. Por mais que eu goste de boa comida e boa música, odeio toda essa exibição. Essas pessoas não têm nada melhor para fazer além de brincar de se vestir e de ostentar suas joias?

— Talvez não — eu dirijo a ela um sorrisinho de concordância.

— Algumas podem não ter nada para fazer além de organizar seus calendários sociais e tentar não cair em desgraça com o Príncipe.

Pelo menos um baile de máscaras lhes permite ser um pouco criativas. Você viu o homem vestido como Jasão dos Argonautas? Ele até criou um Velo de Ouro!

— Ah, sim, aquele é Antonio Caresini. É um conselheiro do Príncipe Éscalus.

Ergo as sobrancelhas, surpreso, reconhecendo o nome.

— Não é o que busca vingança contra as tavernas?

— Vejo que já ouviu falar dele.

O tom dela é tão seco que quase levanta poeira no ar. Caresini, um inimigo obstinado da embriaguez pública, há anos tenta fazer com que o príncipe force as tavernas de Verona a fecharem as portas aos domingos, ou fechá-las de vez. Isso o tornou notoriamente odiado pelo círculo de vadios com que meu primo anda agora.

— A julgar pelo quão instável ele estava quando falei com ele mais cedo — continua a princesa —, prevejo que ele vomitará cerca de um galão de vinho nos canteiros esta noite.

— Caresini é um *bêbado*? — eu sussurro, genuinamente escandalizado.

— Caresini é um *hipócrita* — ela responde. — E está cercado de outros como ele esta noite.

Meus olhos se arregalam um pouco.

— Essa é uma declaração forte.

— É apenas a verdade. — Ela faz um gesto amplo. — Olhe ao seu redor, meu nobre pastor, e verá que estamos em um covil de hipocrisia. Levante qualquer máscara nesta sala e encontrará pelo menos dois rostos escondidos por baixo.

Seu desprezo é palpável, e eu coço a cabeça.

— Você é bastante pessimista.

— Talvez. Ou talvez eu esteja cansada das máscaras e das pessoas que as usam. — Com um suspiro inquieto, ela acrescenta: — Você sabia que a reforma do campanário de San Zeno no último ano foi financiada quase que inteiramente pela família Capuleto?

— Que generoso da parte deles — eu mantenho meu tom neutro.

— Ah, sim? — ela desafia. — E se eu lhe contasse que a abadia e seus claustros estão desmoronando... E que estão *desmoronando* há anos, e que a Igreja mal tem conseguido arcar com os custos de reparos críticos? Três monges têm de dividir a mesma cela quando chove, porque grande parte do telhado está comprometida! Mas, quando uma doação finalmente chega, é com a condição de que seja utilizada na torre do sino, e *apenas* nela. Você sabe por quê?

Não é difícil resolver o mistério, embora não me dê prazer fazê-lo.

— Porque todo mundo vê a torre do sino.

— Muito bom. — Ela sorri sem alegria. — O extremamente visível campanário está reformado, e Alboíno Capuleto é elogiado por sua generosidade e devoção à Igreja enquanto uma dúzia de monges pobres e miseráveis tremem em suas celas úmidas. E, para recompensar-se por sua solidariedade, o grande benfeitor de San Zeno promove um baile luxuoso para os cidadãos mais ricos de Verona se deliciarem.

Há algo de revigorante na maneira como ela fofoca descaradamente. Com cautela, eu arrisco:

— Você não é uma grande admiradora dos Capuletos, pelo que vejo.

Ela então hesita, parecendo pesar suas palavras.

— Digamos que eu os conheça um pouco bem demais para ficar impressionada com seus gestos grandiosos e vazios. — Depois, ela acrescenta: — Peço desculpas se isso o ofende. Você deve ser um amigo da família?

— Não exatamente. — Executamos um giro em nosso *saltarello*, e eu tomo uma decisão. — Você consegue guardar um segredo?

— Eu guardo muitos. — Ela ajusta sua máscara. — O que é mais um em meio a muitos?

— Não estou na lista de convidados desta noite — murmuro.

— Oh. — Ela se endireita e então um sorriso encantado se espalha em seu rosto. — Ora, vejam... Você acabou de se tornar o mais interessante desta *villa*... Um ladino indesejado! — Rodopiamos de novo, e ela inclina a cabeça. — Mas como você conseguiu entrar?

Há um cavalheiro do tamanho de um cavalo lá na frente, controlando todos que entram.

— Eu devo guardar esse truque comigo. Se o boato correr, pode estragar chances futuras de outros ladinos indesejados. — Não consigo resistir a dar uma piscadela.

Nós giramos e saltamos mais algumas vezes, e sua boca se contrai de forma pensativa.

— Parece tão estranho para mim que nossos caminhos nunca tenham se cruzado antes… Você é exatamente o tipo de garoto que espero ver nestas festas. Como pode ter sido excluído da lista de convidados?

— Esta é uma pergunta para nossos anfitriões, não é? — Eu contesto, de repente me sentindo cauteloso novamente. — De qualquer forma, posso ser um fazendeiro ou um pedreiro… ou mesmo um impostor, até onde você sabe.

— Você não é — ela diz com convicção. — Claramente, você tem educação e sabe dançar…

— Isso pode ser uma questão de perspectiva.

— Você conhece bem as danças da corte — ela reafirma — e, embora esteja vestindo uma fantasia de pastor, posso dizer pelo tecido e pela alfaiataria que não foi barata… Então você é um jovem com recursos.

Deixo escapar uma risada desconfortável.

— E você é analítica o suficiente para ser uma legista.

— Você também parece ser solteiro, mas tem idade para procurar uma noiva, e os Capuletos têm uma filha elegível da qual estão quase desesperados para se livrar.

— Foi o que ouvi — reconheço.

Pela primeira vez, ocorre-me que a filha dos Capuletos — Julieta — está provavelmente no baile, embora eu não saiba quem ela é. Apesar das complicações constantes e rancorosas de nossas famílias, ela e eu mal nos conhecemos. Embora Teobaldo sempre busque conflito com os Montéquios, os Capuletos fazem questão de manter sua filha adolescente afastada das brigas.

— Você também anda em boa companhia — ela continua. — E certamente nasceu em Verona, pois Mercúcio o descreveu como um velho amigo ao apresentá-lo ao irmão… mas isso não faz muito sentido.

— Por que não?

— Porque *eu* sou uma velha amiga de Mercúcio! — Ela deixa isso escapar assim que a música termina, e algumas cabeças se viram em nossa direção. — Verona não tem esferas sociais grandes o suficiente para evitarmos o conhecimento um do outro por tanto tempo, e há muito poucos nomes aristocráticos que meus… Nossos anfitriões esnobariam de propósito.

Nós nos encaramos, imóveis, quando enfim nos damos conta de quem somos. Atrevo-me a dirigir outra olhadela para Ben e Mercúcio, que estão quase se dobrando de tanto rir. Seu plano para juntar a mim e a princesa bárbara alcançou o resultado esperado.

Um frio sobe pela minha coluna.

— Você… Você é Julieta Capuleto.

Seus ombros caem.

— E você não pode ser outro senão Romeu…

— *Montéquio!*

Meu sobrenome explode pela sala, vindo não dela, mas de alguém atrás de mim, como um rosnado profundo e ameaçador. Quase saio de meu corpo. Virando abruptamente sobre os calcanhares, dou de cara com o Capuleto que eu pretendia evitar esta noite.

Teobaldo.

9

— TIRE AS MÃOS DE MINHA PRIMA, SEU CANA-
lha imundo!

A saliva voa de seus lábios, e seus olhos brilham
por trás de uma expressão petulante coberta pela meia máscara. Ele
tem um aspecto felino, com bigodes e orelhas pontudas — não uma
fantasia que eu esperaria do bruto arrogante e mal-humorado que se
dedica a travar uma guerra contra todos os Montéquios.

Só um tolo ousaria rir, no entanto. Teobaldo é cerca de quinze
centímetros mais alto do que eu e outros quinze mais largo nos ombros. Sua mão já está apoiada no cabo de uma adaga em seu quadril.
O sr. Capuleto deve ter proibido armas na celebração, mas nenhuma
regra se aplica ao seu sobrinho favorito.

— Eu não permitirei que você *moleste* Julieta, e na casa de seu
pai, ainda!

Ele dá um passo à frente e, no momento em que penso no quão
covarde seria dar meia-volta e fugir, Julieta fala.

— Você está exagerando, primo — ela diz bruscamente, com
os dentes cerrados. Eu nunca ouvi ninguém usar esse tom com ele, e
me preparo para o que está por vir. — Estávamos apenas dançando.
Ninguém foi molestado aqui. Ele mal me tocou.

— Então cheguei bem na hora. — Ele dá outro passo à frente.

— Pare com isso! — ela ordena. Embora não se coloque entre
nós, ao menos impede Teobaldo de me esfolar vivo. — Este rapaz
não fez nada além de ter uma conversa educada…

— E beber o vinho de seu pai, comer sua comida e zombar de sua hospitalidade, dançando com sua única filha na frente de toda a Verona! — ele grita. Cabeças giram em nossa direção em uma mistura de curiosidade e alarme. — Estou enojado e não consigo entender por que você está sendo tão complacente com isso… Esse *insulto* contra nossa família!

— Você está criando um espetáculo, Teobaldo. — A voz de Julieta soa gelada, contrastando com o calor da voz dele, e os punhos dela se fecham. — Não há necessidade de nada disso.

— Há, sim. Não permitirei que a generosidade de meu tio seja abusada, sua virtude cristã desrespeitada diante de seus amigos, sem exigir uma satisfação!

Sua mão se fecha no punho da adaga, e eu busco instintivamente o espaço vazio em meu próprio quadril, onde ficaria a espada.

— Julieta, vá buscar seu pai, pois ele por certo vai querer estar aqui quando eu ensinar algumas boas maneiras a este pirralho Montéquio. Você vai encontrá-lo no salão leste, com o Conde Páris.

Deve haver algum significado oculto nisso, porque Julieta fica rígida. Mas ainda estou receoso demais para me importar com os segredos que se passam entre eles.

— Como vai, Teobaldo? — Aparecendo de repente ao meu lado, colocando uma mão protetora sobre meu ombro que quase me derrete em minhas botas, Mercúcio é todo sorriso brilhante e olhos arregalados de inocência. — Você está muito elegante esta noite, devo dizer. Do que é a sua fantasia… Príncipe dos Gatos?

— Mercúcio, por favor, acompanhe minha prima até o salão leste — ordena Teobaldo em tom suave, ignorando a tentativa de distração. — Deve haver alguma violência aqui, e não quero que ela seja exposta a isso.

— Não vou a lugar nenhum e não permitirei que você transforme-me o salão de baile de meu pai em um campo de batalha — declara Julieta. — Tenha um pouco de dignidade, pelo amor de Deus!

— *Eu?* Você *me* diz para ter dignidade? — Teobaldo revida, com os nós dos dedos empalidecidos sobre sua adaga.

O menino de ouro da família Capuleto foi feito para lutar, e, embora sua técnica com a espada seja notoriamente desleixada, pois se deixa governar demais pela raiva, ele reveste suas lâminas com um veneno extremamente mortal, de modo que mesmo um golpe superficial pode ser fatal.

— Você anda com um Montéquio e ainda acha que é a *mim* que falta dignidade? — O rosto de Teobaldo está vermelho sob sua meia máscara. — Mercúcio, leve-a até o meu tio!

— *"Mercúcio, faça isto, Mercúcio, faça aquilo"* — meu amigo imita, franzindo a testa. — Eu não sou um de seus súditos felinos, Teobaldo. Um "por favor" e um "obrigado" seriam bem-vindos.

— *Não tenho tempo para suas palhaçadas infantis* — ruge Teobaldo, puxando a adaga um centímetro para fora da bainha e fazendo meu coração disparar na garganta.

Desarmado e em território hostil, minhas chances de fuga diminuirão rapidamente quando a lâmina estiver balançando em minha direção. Ainda que possa me esquivar de um ou dois golpes, mesmo que consiga ultrapassá-lo, não sei se consigo sair da *villa* sozinho.

— Ou faça o que estou dizendo, ou afaste-se enquanto coloco esse vira-lata no chão!

Mas, neste momento, uma vibração verde e brilhante chama minha atenção em meio à multidão de curiosos. Benvólio aparece, jogando uma daquelas guirlandas de seda esmeralda sobre a cabeça de Teobaldo. No mesmo instante, Valentim aparece do outro lado, atirando um cordão de cortina trançado ao redor dos ombros do Capuleto, prendendo seus braços para baixo.

— Cuidado com onde pisa, Sua Alteza! — Benvólio provoca, empurrando Teobaldo em direção a Mercúcio bem quando este estica um dos pés para que ele tropece. Meu infeliz assassino em potencial cambaleia para a frente e cai direto no chão sem ter como se proteger da queda. Antes mesmo de ele pousar, já estou me movendo — dois pares de mãos nas minhas costas, empurrando-me para a frente em uma corrida imprudente atrás de Mercúcio.

Consigo dar uma olhada por cima do ombro e a última coisa que vejo no salão de baile dos Capuletos antes de mergulharmos nas sombras de uma galeria à luz de velas é Teobaldo contorcendo-se como uma truta capturada em uma rede verde, enquanto Julieta está ao seu lado, observando-nos partir.

Nós nos perdemos apenas um pouco no labirinto de corredores escuros da *villa*, mas isso nos custa um tempo precioso. Quando enfim irrompemos no grande salão, a porta da frente aberta à vista, Teobaldo está em nosso encalço, e agora conseguiu reunir reforços.

Como avisou Julieta, há um homem de tamanho formidável guardando a entrada; mas sua função é manter as pessoas fora, não dentro, e ele mal está preparado quando passamos por ele e adentramos a noite. O vento açoita as árvores, o ar transparente com a umidade movendo-se ao longo do Ádige, e a liberdade acena na estreita estrada que leva de volta à cidade.

— Devemos nos separar — declara Mercúcio sem fôlego, mal diminuindo a velocidade enquanto corremos pelo pátio. — Foi uma honra servir ao lado de vocês nesta campanha digna… Nós nos veremos em Valhala! — Ele vira abruptamente para a direita, na direção não da estrada, mas da encosta coberta de videiras.

Gritos vêm de trás de nós enquanto perseguidores se aproximam e eu me afasto descuidadamente dos lampiões brilhantes da *villa* Capuleto e vou descendo à sombra do muro do jardim. Mal percebo quando Benvólio aparece, esquivando-se em uma parte separada da vinha. Meus pensamentos estão se dispersando rapidamente, fragmentados por visões do que acontecerá se Teobaldo e seus lacaios me alcançarem.

Na verdade, só corro mais perigo aqui, onde não há pessoas distintas para testemunhar o desejo de Teobaldo por derramamento de sangue; e, quando a estrada faz uma curva acentuada e eu tropeço em um trecho de escuridão total sob o muro do jardim, tenho a brilhante ideia de escapar da mesma forma que Benvólio e eu fizemos para entrar na festa.

A pedra do muro é áspera, mas estou em pânico demais para sentir qualquer dor enquanto escalo até o topo. Estou tão tonto de nervosismo que nem percebo que não estou sozinho até ouvir uma voz frenética sussurrando atrás de mim:

— Espere, Romeu!

Quando olho para trás, Valentim está lutando para subir atrás de mim, seus olhos cor de âmbar tão arregalados de medo que o branco fica visível em meio à escuridão. O barulho dos homens de Teobaldo debandando pela estrada aproxima-se mais a cada segundo. Sem parar para pensar duas vezes, eu me abaixo, agarro a mão do garoto e o levanto com todas as minhas forças.

Pela segunda vez esta noite, caio no chão argiloso do pomar dos Capuletos. O vento sai de meus pulmões, mas não há tempo para me recuperar. Empurrando Valentim na minha frente, eu nos guio rumo à escuridão. Quando chegamos ao primeiro esconderijo adequado — uma figueira retorcida com tronco largo — eu o puxo para trás. Meu coração bate tão alto que tenho certeza de que pode ser ouvido em San Pietro.

Os comparsas de Teobaldo passam trovejando pela estrada, com um tumulto abafado de pés batendo e vozes raivosas; alguns minutos depois, retornam de forma mais lenta. Depois de mais alguns batimentos cardíacos agonizantes, há movimento no alto do muro, e uma cabeça surge à vista, com um cabelo escuro prateado pelo luar. Ao meu lado, Valentim respira fundo.

A cabeça recua, depois reaparece, e um corpo masculino com membros longos passa por cima do muro para se juntar a nós no pomar. Quando Valentim estremece, eu aperto mais sua cintura, desejando que ele permaneça imóvel. Não consigo ver muita coisa de onde estamos, mas ouço o barulho do metal quando uma lâmina é puxada e, em seguida, um som áspero de voz:

— É melhor vocês saírem… Sabemos que estão se escondendo aqui e encontraremos vocês.

Passos — primeiro de um, depois de outro — rondam as árvores. Depois, faz-se silêncio. Muito silêncio.

Quando a voz volta, está surpreendentemente próxima, a alguns metros à nossa esquerda.

— Mostrem-se, seus covardes!

O suor escorre por baixo da minha túnica de pastor, grudando-a ao meu peito e na parte inferior das minhas costas. Valentim treme atrás de mim, respirando com dificuldade, apertando minha mão até doer.

— Matteo! — Outra cabeça surge no topo do muro, e eu ouço o homem próximo girar sobre o salto da bota, olhando para trás. — Desista, cara… Nós os perdemos.

— Não, eles não podem simplesmente ter desaparecido! — Matteo insiste, batendo em algumas folhas com o que deve ser sua espada. — Devem estar aqui, em algum lugar.

— Podem estar em Pádua — o outro retruca, sarcástico. — Você tem ideia do tamanho desse pomar? Venha… Eu não quero desperdiçar minha noite nessa busca inútil. Não quando há garotas bonitas lá dentro e todo o vinho que pudermos beber.

Matteo resmunga, em dúvida.

— Teobaldo não ficará nada feliz se voltarmos de mãos abanando.

— E daí? Ele está sempre infeliz. — A cabeça do segundo homem desaparece atrás do muro, mas sua voz flutua de volta. — Faça o que achar melhor, mas nós voltaremos para a festa.

Matteo continua batendo nos arbustos por alguns minutos mais, afastando-se lentamente de nós, até que enfim parece admitir a derrota. Mas, mesmo depois de ter escalado de novo o muro, e o pomar ficar em silêncio mais uma vez, espero um bom tempo antes que eu sinta que é seguro deixar nosso esconderijo.

— Bem… — Valentim cruza os braços contra o peito com força, tremendo um pouco no ar frio e úmido. — Posso dizer honestamente que esta noite não terminou do jeito que imaginei.

Só então me ocorre que ele está sem camisa e deve estar congelando, agora que não estamos mais nos movendo em alta velocidade. Eu gostaria de poder aquecê-lo, mas não tenho nada para realizar a tarefa; só estou usando a túnica da fantasia e uma camisa de linho fininha.

Na verdade, também estou com frio. Mas, apesar do meu nervosismo, e dos meus membros ainda trêmulos de medo, começo a rir... e continuo a fazer isso até que Valentim se junta a mim, e eu me vejo com falta de ar.

— Sabe o que é o mais louco? Eu sabia que a noite terminaria *precisamente* em um desastre como este, e ainda assim eu me deixei convencer a vir aqui!

— Mercúcio me prometeu emoção e provou que eu estava errado por duvidar dele.

— Bem-vindo de volta a Verona — brinco, com um sorriso malicioso. E, então, balanço a cabeça. — Eu não posso acreditar que você é *Valentim*.

— Por quê? Porque, da última vez que me viu, eu era um nanico magro com uma voz aguda, perseguindo meu irmão e seu deslumbrante grupo de amigos importantes?

— Bem, é isso. — Eu sorrio, perguntando-me se meus dentes brilham como os dele. — Embora eu pudesse ter dito "sofisticado e bonito" em vez de "deslumbrante".

— Sofisticado, bonito, importante e egocêntrico — ele acrescenta, sorrindo ainda mais.

— Agora você foi mais preciso!

— Imagino que eu tenha mudado. — Ele olha para seu corpo, seu torso nu e membros longos e esguios, talvez, mas não finos como antes. — Em maior medida do que as pessoas que deixei para trás, de toda forma. Embora pareça o oposto para mim. Mercúcio se transformou em um homem, e nossa irmã, Agnese, está grávida agora!

Hesito em fazer minha próxima pergunta.

— Eu mudei? Quero dizer, de suas lembranças de Verona nos anos anteriores à sua partida.

— Você… — Ele me avalia, fazendo-me corar, e fico grato pelas sombras ao redor de nós. — Você ficou mais alto e com ombros mais largos, e sua voz ficou mais profunda. Mas eu reconheci você quase que imediatamente.

— E ainda assim não me disse nada — digo depois de uma leve tosse. — Por que não se apresentou?

— Fiquei curioso para ver se você se lembraria de mim. — Ele desvia o olhar e coça o ombro em sinal de nervoso. — Acho que fui sincero quando disse que queria ser invisível. Esta noite foi tão exaustiva… até mesmo antes de derrubarmos um homem no chão e fugirmos para salvar nossas vidas. — Valentim dirige-me um sorriso irônico tão atraente que algo se revira na boca do meu estômago. — Mercúcio queria me exibir, para chamar atenção para a minha volta para casa, e me fez me encontrar com pessoas das quais eu mal conseguia me lembrar. Respondi às mesmas perguntas sem parar, e então… com você eu tive a chance de ser apenas eu. Não "Valentim, o Retornado". Apenas… eu.

— É compreensível — digo suavemente. Afinal, eu teria dado qualquer coisa para ter permanecido um pouco mais anônimo dentro de meu disfarce.

— Havia também a minha curiosidade sobre o que o renomado Romeu Montéquio diria a um estranho. — Ele sorri de novo, de modo tímido, e aquela sensação no meu estômago se torna perigosamente prazerosa.

Demoro um momento para encontrar minha voz.

— Sofisticado, bonito, importante, egocêntrico e *renomado*. Estou ficando cada vez melhor.

Valentim ri disso, e o som me faz cócegas em lugares que eu não conhecia, como água quente fluindo pelas rachaduras invisíveis de um muro de pedra.

— Devíamos ir embora — digo por fim, relutante em interromper o feitiço, esta delicada cortina de feliz curiosidade que parece ter caído sobre nós. — Não existem tantos caminhos de volta para San Pietro, e Teobaldo sabe muito bem disso. Se levarmos muito tempo, ele instruirá seus comparsas a prepararem uma emboscada. E, por uma questão de segurança, devemos evitar a estrada. Podemos atravessar o pomar e sair pelo outro lado.

— Suponho que você não tenha um mapa. — Ele se abraça com mais força, olhando para as árvores. — Esta é uma verdadeira floresta e poderíamos vagar por dias antes de encontrar uma saída.

— Por sorte, há muito o que comer — respondo. — Mas não chegaremos a isso. Para qualquer direção que caminhemos, acabaremos em algum muro para escalar.

É uma promessa que sinto ser capaz de fazer sem reservas. Em Verona, sempre há outra muralha esperando você.

10

ANDAMOS EM UM SILÊNCIO DE COMPANHEIRISMO por algum tempo, envoltos pelo ar perfumado das árvores florescentes — os figos substituídos por peras, maçãs e, por último, marmelos. É mais agradável do que poderia imaginar, e às vezes espio Valentim, com seu torso cintilando sob o luar. Se já parecia natural ao lado do poço, como uma criatura das florestas em busca de um propósito, agora parece ainda mais.

— Você me estuda quando acha que não estou olhando — ele diz de repente, de forma atrevida.

— Eu… Eu só quero ter certeza de que está me acompanhando! — Sou pego de surpresa pela percepção dele. — Como conseguiria fazer isso se você parece estar *sempre* me vigiando?

Uma expressão complicada cruza seu rosto. Devagar, ele diz:

— Eu não me importo se você quiser me estudar, sabe.

— Bem… — O calor revira as minhas entranhas. — Devo me lembrar disso da próxima vez que você me disser que prefere ficar invisível.

— Deve, sim. — Ele soa orgulhoso de si. — Eu sabia que você logo descobriria quem eu era, mas escolhi mostrar o meu rosto quando não precisava fazer isso. Talvez deva se lembrar disso também.

A forma como ele diz isso me impacta, me tenta, oferece promessas as quais eu quero tanto ver tornadas realidade que morro de medo.

— Mas… por quê?

— Se eu lhe disser, a magia acaba. — Ele faz uma careta. Depois, em um tom quase indecifrável, murmura: — Mas acho que você já sabe a resposta.

Acho que sei. Ou, pelo menos, sei que resposta eu *desejo*... Mesmo que nunca tenha me atrevido a imaginar essa possibilidade, algo mais do que uma fantasia. O que quero ver tornado realidade é algo que nem sei como expressar em palavras, e o medo de ser mal compreendido dá nós em minha língua.

— A verdade é que não consigo parar de me certificar de que você é real — eu desvio para uma meia-verdade, com meu rosto e minha garganta em chamas conforme uma honestidade mais profunda ameaça se revelar. — Você é um tanto fascinante para mim, Valentim.

— Eu? — Ele olha para mim, genuinamente surpreso. — Nunca fui fascinante na vida.

Sua reação me faz rir, apesar do meu rebuliço interno.

— É um elogio, não uma acusação!

— Tanto faz, é uma mentira. — Ele encolhe os ombros, recusando o elogio. — Sou um garoto comum, com uma vida enfadonha... É só porque não sou mais como você se lembrava de mim que me acha interessante.

— Não é verdade! Quando nos encontramos perto do poço, você disse muitas coisas nas quais eu já tinha pensado, mas nunca dito em voz alta — eu respondo. — Mesmo antes de eu descobrir que já o conhecia... antes de ter qualquer expectativa com relação a você... você me intrigou.

— Isso é... Isso é... — mas ele não parece capaz de completar o pensamento. Ele baixa o queixo, curvando mais os ombros, e eu me dou conta de que o deixei *acanhado*. Por algum motivo, fico encantado com isso, uma sensação ainda mais gratificante do que escapar da adaga de Teobaldo.

— Mas você é fascinante por ter ido embora e voltado — eu insisto. — O tempo máximo que fiquei fora de Verona foi vinte dias, quando estive em Veneza com os meus pais. Às vezes... — Deixando escapar um suspiro de cansaço, olho para trás, com a *villa* Capuleto em algum lugar atrás de nós na escuridão vasta e densa. — Às vezes, eu odeio este lugar. Gostaria de saber como é ser invisível, porque, com frequência, esta cidade é como uma jaula, na qual eu sou o animal selvagem e todo mundo me observa, aguardando para ver quanto tempo eu sobrevivo.

— Talvez você não gostasse tanto de ser anônimo quanto imagina. — Valentim encolhe-se dentro do colete de couro, fechando-o. — Você tem sorte de ter o seu nome, em uma cidade em que ter um nome como Montéquio faz muita diferença. Em qualquer outro lugar, sem essa distinção, você *ainda* estaria nessa jaula... servindo de alimento para o animal selvagem.

Penso em sua fala antes de responder, ciente de que ele não está errado... Mesmo que o argumento dele não anule o *meu* argumento.

— É verdade que tenho muita sorte. Não me faltam recursos materiais, minha família é respeitada pelo próprio Príncipe Éscalus e... desde que eu fique em San Pietro, não corro grandes perigos. Mas... — E é aqui que sofro para articular algo que quase nunca pronunciei antes em voz alta. — Há partes de mim que precisam de mais além da segurança dessa redoma. Tenho problemas que nem meu nome poderia resolver; problemas que são piorados pelo meu nome, por causa da expectativa e do escrutínio que ele me impõe.

Os acontecimentos da noite recaem sobre mim, um dilúvio de apresentações constrangedoras e conversas forçadas com moças esperançosas, tudo parte de uma performance exaustiva da qual não sei se um dia conseguirei me livrar. O anonimato me roubaria confortos, mas até mesmo Valentim entende o valor de nem sempre ser notado.

— A colheita é sempre mais rica no campo do outro. — Valentim dirige-me um sorriso um pouco metido. — Está em *A arte de amar*, de Ovídio. Meu tio Ostasio tinha um volume em sua biblioteca, embora eu tenha quase certeza de que ele não gostaria de vê-lo em minhas mãos, caso soubesse que eu sei ler. Contém o tipo de informação que um bom jovem católico não deveria buscar.

— Há pecados piores do que buscar conhecimento.

— Diga isso a Adão e Eva — ele rebate sem hesitação, e eu rio de novo.

— Foi com esse tio Ostasio que você passou todo esse tempo? — eu pergunto e ele assente, passando os longos dedos pelo cabelo. — Como foi morar em Vicenza?

— Não foi ruim. — Ele dá de ombros. — Meu tio é bem de vida, mas já tinha oito filhos, então não havia muito luxo. Esperavam que eu conseguisse me sustentar, então eu me tornei, basicamente, um de seus criados. Mas eles me alimentavam, me vestiam e me deram um teto, além de permitirem que eu acompanhasse as "aulas diárias" de meus primos. — Seu tom permaneceu imparcial. — Não eram muito calorosos, mas eram generosos, e, nesse sentido, tive sorte.

— Você sentiu falta de Verona? — Não quero ser indiscreto, mas eu fui honesto quando disse que sua ausência temporária me fascinava. — Deve ter feito amigos por lá?

— Sim, depois de um tempo. — Quando penso que ele não falará mais no assunto, ele suspira. — Na época em que cheguei à casa de meu tio, estava amargamente infeliz. Não entendia por que tinha sido enviado para longe e chorava toda noite, desejando estar junto de meu irmão e minhas irmãs. Verona não ficava tão longe, eu percebo agora, mas, àquela época, parecia-me que tinha sido despachado para o outro lado do mundo. — Valentim faz um gesto com a mão. — Mas, ainda assim… voltar para cá tem sido quase tão difícil quanto sair. Tudo que me era familiar mudou desde que parti, mesmo que apenas um pouco, e é como se eu tivesse perdido algo importante.

— Seu irmão está muito feliz com o seu retorno. Isso deve aliviar as coisas.

— Sim. Mercúcio tem sido ótimo — ele concorda na mesma hora. — Mas acho que estamos nos conhecendo de novo. Ele se lembra de mim como um garotinho de treze anos, e eu me lembro dele como… bem, como o irmão do garotinho. Costumávamos nos conhecer tão bem que prevíamos nossos humores. Agora, está tudo um pouco misterioso.

Eu levo um momento para assimilar. Tudo na minha vida tem sido tão previsível, tão constante, que mal posso imaginar a dificuldade de adaptação dele — uma vida em uma nova cidade, com uma nova família e sem amigos. E remoer por anos o que foi deixado para trás a fim de, um dia, retornar e descobrir que as coisas já não são como eram em sua memória.

— Mas só faz uma quinzena desde o seu retorno. Com certeza ficará mais fácil com o tempo — sugiro, ansioso para fornecer algum tipo de conforto. Então, com um gesto para mim mesmo, acrescento: — E, veja: você já está fazendo amizades entre os seus velhos amigos!

Sinto o sorriso de Valentim na pele.

— Sim, é verdade. Acho que estou reclamando demais. Não posso ser mais quem eu era antes de ir, e quem desejaria reviver seu décimo terceiro ano?

— Você... tem alguma lembrança de mim? De antes de ir, quero dizer.

Meu rosto queima enquanto faço a pergunta, porque sei, no fundo, que não procuro respostas, mas intimidade. Eu me lembro do Valentim de treze anos, mas é *deste* Valentim que quero me aproximar — deste que é mais velho e assustadoramente lindo. O que eu quero é algo que não sei pedir.

— Eu lembro... — Ele olha para mim e depois para longe. — Eu lembro que você era diferente dos outros amigos de Mercúcio.

— Era?

— Claro que era. — Ele ri um pouco, como se eu estivesse falando um absurdo. — Meu irmão é... bem, ele tem uma maneira de ser contagiosa. Se ele age de uma maneira, não demora muito para que todos os seus amigos façam o mesmo, quer concordem com ele ou não. — Um sorriso torto ilumina seu rosto. — Lembro-me de um dia em que fomos todos para o campo, porque Mercúcio queria caçar coelhos, e eu levei uma rede para capturar borboletas. Eu pretendia trazê-las para casa em um pote e transformá-las em animais de estimação... Que ingenuidade a minha. É claro que aquelas que consegui pegar logo ficaram lentas ou imóveis dentro do vidro. Foi quando Mercúcio me explicou que elas estavam sufocando, e que o objetivo de capturar insetos era para que eles morressem, para que pudessem ser fixados em uma tela e estudados ou admirados. — Ele se estremece inteiro, e eu rio com tristeza. — Fiquei muito perturbado e na mesma hora soltei as borboletas, o que envergonhou meu irmão; pensou que eu estivesse sendo tolo e feminino. — Seu tom torna-se mais sombrio. — Ele zombou de mim e todos os seus amigos riram junto com ele... exceto você.

— Eu não zombei?

Lembro-me vagamente daquela tarde, mas de modo fragmentado. O sol queimando preguiçosamente sobre a murta e os pinheiros na encosta, Ben tentando usar um amuleto de boa sorte para convencer um coelho a sair de alguns arbustos e Valentim chorando enquanto chacoalhava metade das borboletas dentro do pote. Mercúcio estava mal-humorado, por razões dele, e cada animal que escapava de sua flecha apenas o azedava mais ainda. O resto de nós passou a maior parte da tarde tentando animá-lo sem sucesso, e ele descontou seu mau humor em Valentim apenas porque encontrou nele uma saída conveniente para sua raiva inquieta.

Lembro-me dos outros rindo de suas provocações mesquinhas, esperando que isso de alguma forma o encorajasse a ter um humor melhor; mas não me lembrava de não ter participado. Fico um pouco envergonhado e, ao mesmo tempo, surpreso por ter sido capaz de fazer algo tão simples quanto discordar de Mercúcio — mesmo quando ele estava claramente errado —, porque concordar com ele era necessário para que ele gostasse de você.

E eu queria que ele gostasse de mim, com todas as minhas forças.

— Você se ofereceu para me acompanhar de volta à cidade, já que eu não devia perambular para fora da muralha sozinho e, no caminho, paramos perto de um riacho para ver sapos.

Há calor em sua voz, bem como carinho, e memórias há um bom tempo esquecidas reaparecem em minha mente. Consigo ver a criaturinha cinza-esverdeada na palma da minha mão, seu corpo delicado vibrando. Por cima do meu ombro, um garoto pedia para que eu desse um nome antes de soltá-la.

— *Stella Nera* — eu deixo escapar, as palavras vindo até mim do passado.

— Por causa da estrela negra em sua garganta. — Valentim sorri de orelha a orelha, mas há uma timidez em seu olhar quando ele se vira para mim; aquela sensação de algo se revirando em meu estômago torna-se quase mortal. — Eu… Eu nunca me esqueci da sua gentileza comigo naquele dia.

— Não seja precipitado em seus elogios. É provável que eu estivesse fazendo tudo isso para agradar Mercúcio. — Admitir isso não me deixa nem um pouco orgulhoso, mas pelo menos estou sendo honesto.

— É provável — ele não parece nem um pouco incomodado —, mas você foi generoso quando poderia ter sido impaciente, e me confortou quando meu irmão tentou me envergonhar. A maneira como você agiu é mais importante para mim do que o porquê.

— Talvez você seja generoso — murmuro sem jeito, incerto de como responder às suas amáveis palavras.

Meu corpo parece estar revolto; meus membros estão tremendo e o sangue correndo quente em meu rosto e no peito enquanto sinto frio nos pés e nas mãos.

Felizmente, sou poupado de mais comentários porque passamos por arbustos altos e deparamos, enfim, com outro trecho do muro do jardim. Não há portão à vista, mas a trepadeira cobre a pedra áspera, com suas raízes fortes o suficiente para servirem de ponto de apoio. Agarrando uma das vinhas mais resistentes, eu digo:

— Aqui, suponho, é por onde devemos sair.

— Espere.

Valentim dá um passo à frente e o luar reflete em seus olhos enquanto ele examina meu rosto. Sua proximidade repentina tensiona meu estômago, de uma maneira raramente experimentada antes. Estou muito consciente de sua pele brilhante, do formato artístico de sua boca.

— Eu precisava dizer uma coisa... Mesmo que eu tenha escondido minha identidade quando nos vimos pela primeira vez esta noite, eu quis dizer tudo que disse. E quis fazer tudo que fiz.

Ele estende então a mão, que encontra a minha, ainda segurando a planta. Seus dedos deslizam suavemente sobre os meus, ecoando nossos últimos momentos naquele pátio escondido. Meu coração dispara, e só consigo olhar, desejar e ter esperança. Quanto menos tempo consigo resistir, mais confiante fica seu toque.

Com cuidado, ele solta a minha mão da planta e a vira, seus dedos entrelaçando os meus. Ele mantém seu olhar em mim, como se estivesse com medo, pedindo permissão, e não sei o que fazer. Tenho medo de dizer sim, mas me recuso a dizer não, e não tenho certeza de quais outras opções há. Minha mão está tremendo — *eu* estou tremendo, em todos os lugares —, e ele enfim sussurra:

— Você quer que eu solte sua mão?

— Não. — Mal consigo produzir a palavra. — Não. — E, então: — O que está acontecendo? — Parece que um raio me atingiu, que está me atingindo. Não consigo respirar, não consigo parar de respirar e não consigo parar de pensar em quão perto ele está. — O que acontece agora?

— Não sei. — Valentim também está tremendo, eu percebo, e ele gagueja uma risada. — Nunca fui além disso. — Olhando fixamente para mim, com a lua dançando em seus olhos, ele diz: — Acho... Acho que quero saber como é beijar você. Quero que você...

Ele não termina, porque no momento seguinte eu o puxo para mim. Passo meu braço livre em torno de sua cintura e pressiono minha boca na dele. Nunca consegui imaginar um momento como este, nunca pensei que fosse ser possível para alguém como eu, e sinto como se... sinto como se estivesse flutuando e afundando e virando do avesso.

Seus lábios são macios, mas seu aperto é forte na base do meu pescoço, e o som que ele faz — um grunhido feroz em sua garganta — faz minha carne tremular. Não sei o que estou fazendo, mas quero mais; não consigo prová-lo o suficiente, senti-lo o suficiente. A brisa passa por nós com cheiro de terra e flores prestes a frutificar, e estou perdido nesta sensação exuberante de *viver* de uma maneira que nunca vivi. Ele é mais inebriante que o vinho dos Capuletos, mais delicioso que suas tâmaras com mel.

Quando ele se afasta, a boca inchada, os olhos atordoados e brilhando, ele se engasga:

— É essa... É essa a sensação?

— Não sei. — Mal consigo recuperar o fôlego. — Não faço ideia de como deve ser a sensação... mas, se é sempre assim, como é que as outras pessoas conseguem parar?

Ele me beija de novo, suas mãos me apertando com mais força, seus lábios engolindo os meus com mais voracidade. As folhas tremem ao nosso redor, o ar noturno vivo, pesado com o verde do rio e o rosa do pomar. Não tenho onde colocar os sentimentos que explodem em minha pele, não há como entendê-los; é como se cada parte do meu corpo estivesse sendo reconhecida pela primeira vez.

Quando enfim nos separamos, nossos olhos ainda estão arregalados e curiosos. Eu sei que ele também está sentindo o que sinto — esta consciência ofegante e áspera do mundo, esta nova compreensão de sua vibração e das partes vivas — porque consigo ver em seu rosto. É como ser jogado de cima de um cavalo, perder o fôlego e perceber que ainda está vivo.

— O que fazemos agora? — ele sussurra, investigando meu rosto.

— Temos que ir para casa. — Eu não respondo à pergunta que ele está de fato perguntando, porque não tenho uma resposta compreensível para dar. — Seu irmão deve estar esperando por você, e

Benvólio deve estar esperando por mim, para ver se consegui escapar de Teobaldo.

— Mas...

— Nós nos encontraremos assim de novo. — É a segunda promessa que faço a ele esta noite sem dúvida nem hesitação. — Eu não sei como nem quando, mas não posso passar mais uma semana sem... *isto*. Eu poderia ficar bêbado de tanto beijar você, e o farei, sempre que puder. — Alcançando com relutância a trepadeira que cobre o muro, eu acrescento: — Mas só se conseguirmos sair de San Zeno antes que nossos inimigos possam repensar sua estratégia para nos capturar.

— Vou fazer você cumprir essa promessa. — Valentim me observa escalar, preparando-se para me seguir. Então, suavemente, sua voz ecoa no ar sedoso: — E espero que você me faça cumprir também.

Este sentimento final me mantém aquecido durante todo o caminho de volta a San Pietro.

ATO II

DOCE ISCA DO AMOR

11

PARA LÁ DAS FORMIDÁVEIS MURALHAS DE VERONA, o mundo se espalha por quilômetros de paisagens bucólicas pintadas de dourado, azul e verde. As Dolomitas elevam-se ao norte, erguendo as pontas contra o céu, e os Apeninos cobertos de neve ficam em algum lugar ao sul. Em todo o vale que circunda o Ádige, as colinas suaves reluzem sob a luz solar do amanhecer ao entardecer nesta época do ano.

Eu vaguei por este trecho do campo inúmeras vezes, com suas trilhas empoeiradas e sentinelas sempre verdes tão familiares para mim quanto a cerâmica do chão do meu quarto, mas hoje, tudo sob o sol parece estranho e novo. O mundo está perfumado com resina e alecrim, e o dia vai ganhando calor, e eu o bebo com uma indulgência lasciva.

Pela primeira vez desde que me lembro, estou de fato ansioso para voltar para a cidade quando meu dia terminar.

A estrada passa por um bosque de oliveiras selvagens e, depois, por um prado, onde flores brilhantes hospedam abelhas e borboletas. Depois vai descendo às margens de um riacho caudaloso que serpenteia ao lado de uma igreja de pedra amarelada, que se ergue de modo surpreendente no meio do nada.

O dia já começou há tempos, então nem me preocupo em verificar os claustros. Em vez disso, vou direto para os jardins dos fundos, onde uma coleção de plantas prósperas que supera até mesmo a dos Capuletos — em variedade, pelo menos, senão em tamanho — e ali, como esperado, encontro o homem que procuro, com os braços sujos até os cotovelos enquanto arranca ervas daninhas de um canteiro de terra úmida.

— Bom dia, Frei Lourenço! — eu grito assim que o reconheço, com sua forma esguia inconfundível.

— Ah, Romeu! — Ele aperta os olhos para mim, e a luz encontra seu rosto sob a aba larga do seu chapéu de palha, uma precaução necessária para proteger sua pele sardenta. Ele é originalmente de algum lugar na França, do qual nunca ouvi falar, embora eu saiba que fica muito ao norte. — Eu estava começando a pensar que não veria você hoje, pois costuma aparecer antes do sol.

— Eu... dormi um pouco demais esta manhã.

Olho para longe ao admitir isso, de alguma forma com medo de que minha expressão possa me trair. Após voltar para meu quarto na noite anterior e encontrar Benvólio de fato esperando por mim, fiquei acordado por horas. Mesmo depois de meu primo partir, eu não consegui dormir, pois minha imaginação repetiu aquele beijo no pomar até ceder à pura exaustão algum tempo antes do amanhecer.

— Bem, sempre fico feliz com sua companhia, não importa a hora. — O monge de membros longos agacha-se, enxugando o suor de sua testa, onde acaba deixando uma marca de terra. — Devo me desculpar, porém. Tenho muito a fazer e estou incerto de quanto tempo terei para fazê-lo.

Talvez seja um pouco embaraçoso confessar que, quando o conheci, fiquei um pouco apaixonado por Lourenço. Ele ainda é jovem, nem dez anos mais velho que eu, e, embora tenha uma aparência um tanto estranha, há um calor atraente nele. Logo se tornou evidente, no entanto, que ele não me via da mesma maneira — que ele não vê ninguém, eu acho, dessa maneira. Ele está satisfeito com seu voto de castidade e sou grato por ter sua amizade.

— O senhor deveria estar em algum lugar? — eu pergunto.

— O velho Guillaume acordou com o quadril rígido e insiste que a chuva está chegando. — Ele aponta para o céu azul brilhante se estendendo acima, e as únicas nuvens à vista são como fragmentos de espuma ao leste. Eu levanto uma sobrancelha questionadora, e Lourenço encolhe os ombros. — Eu sei, mas Guillaume já nos surpreendeu antes. Essas ervas daninhas precisam sumir, e há podas que devo… bem, se o tempo piorar, vou perder minha chance.

— Se houver alguma coisa em que precise da minha ajuda…

— *Há* uma tarefa na qual suas mãos serão bem-vindas, se não se importa. — Ficando de pé, ele limpa os dedos em um trapo velho, e então me leva a uma fileira de flores que não consigo identificar: baixas e frondosas, com botões brancos apenas começando a se abrir. — Essas flores precisam ser colhidas, e sem muita demora. Já foram deixadas aí por tempo demais e, se de fato chover, temo que vá ser tarde demais.

— Por quê? — pergunto, enquanto ele me passa uma cesta para fazer a colheita. — Elas estão apenas começando a florescer.

— Precisamente — Frei Lourenço diz isso como se eu tivesse acabado de provar seu argumento. — As flores são muito bonitas, mas são as folhas que mais importam para mim. Eu as uso em cataplasmas e como pomada para tratar irritações de pele, e quanto maiores forem, melhor. Se as flores continuarem a crescer, retirarão nutrientes do resto da planta, pois, por fim, resultarão no fruto que dá início a um novo ciclo de sua vida.

— Então, se as colhermos agora — concluo —, são as folhas que continuarão a crescer?

— Precisamente! — ele diz, sorrindo. — Ainda assim, devemos manter… digamos que um terço da planta com as flores intactas. Pois assim também haverá muitas sementes para colher no final da estação. Agora, seja rápido, mas tenha cuidado, e me encontre quando tiver terminado.

Com isso, ele retorna à sua tarefa e me deixa com a minha — e, embora eu tenha vindo até aqui para buscar seu conselho, tiro proveito do silêncio e do trabalho. Eu entendo por que essa vida o atrai, mesmo que não deva ser fácil, e gosto de pensar que estou absorvendo um pouco de sua tranquilidade saudável quando trabalho em seus amados jardins.

Na França, seu pai era um boticário, então passou a maior parte de sua vida treinando para ingressar na mesma profissão. Abandonou esse futuro, porém, quando foi chamado para entrar na Ordem Franciscana. Mas ele retém uma quantidade impressionante de conhecimento sobre plantas e medicina, e está sempre inventando novos unguentos e poções estranhos que sempre parecem funcionar exatamente do jeito que ele afirma que funcionarão.

Depois de um tempo, perco a noção das horas; quando o sol para de formigar na minha nuca e a luz fica leitosa, eu nem percebo. Só quando vejo que Frei Lourenço está parado ao meu lado de novo que olho para cima e noto que o céu azul desapareceu atrás de um teto de nuvens pesadas.

— Bem. O velho Guillaume estava certo de novo! — Frei Lourenço cacareja. Ele está ainda mais ansioso do que quando o vi pela primeira vez, e a cesta que carrega está cheia de plantas até a borda. — É melhor nos apressarmos se não quisermos ser apanhados pelo dilúvio.

É chocante a rapidez com que as nuvens passam de um branco sujo para um cinza zangado. Corremos para os claustros, mas não conseguimos chegar antes que as primeiras gotas de chuva comecem a salpicar em meus ombros. A chuva começa logo depois, e quando Frei Lourenço me conduz para sua cela, fico grato por ver que os franciscanos estão se saindo melhor do que seus pares beneditinos na abadia de San Zeno: o telhado do mosteiro não vaza.

A chuva é bastante agradável, mas o seu tamborilar e borbulhar tornam-me apenas mais consciente do silêncio que trouxe para o quarto comigo. Já estive aqui muitas vezes antes, é claro, ansioso para obter o conselho de Frei Lourenço ou simplesmente ouvi-lo falar. No jardim, a quietude é sua forma de comunicação, como uma conversação sobre a importância de *apenas ser*. Mas aqui, dentro de casa, é mais um espaço vazio que precisa ser preenchido.

— Você veio se confessar, Romeu? — Frei Lourenço pergunta com delicadeza, quando passo muito tempo sem falar nada e fica claro o suficiente que eu tenho algo a dizer.

— Hmm. Eu suponho que sim… — É um palpite razoável; ele é meu confessor já há algum tempo, mas por onde começar? — Eu… contei uma mentira para meus amigos. Bem, várias mentiras.

— Entendo. — Frei Lourenço espera pacientemente e, quando não continuo, ele diz: — Você mentiu para ferir alguém?

— Não, não. — Eu dirijo a ele um olhar penetrante, quase surpreso com sua pergunta. — Eu menti para, para… tornar as coisas mais fáceis. Para mim *e* para meus amigos, mas sobretudo para mim, para ser honesto. — Dou uma risada nervosa. — Se eu puder ser honesto sobre ser desonesto.

— As pessoas mentem por vários motivos. — Frei Lourenço senta-se na beirada de sua cama. — Um dos motivos mais comuns é a gentileza. Nós dizemos às pessoas o que elas querem ouvir ou o que achamos que elas precisam ouvir para serem felizes. Às vezes funciona. Às vezes permitir que alguém acredite em uma falsidade inofensiva pode parecer um ato de caridade. — Ele me observa tentando e não conseguindo encarar seus olhos por mais de um segundo. — Sobre o que você mentiu?

— A mesma coisa sobre a qual estou sempre mentindo. — Minha voz quase some, e eu coço uma picada de inseto na minha mão apenas para ter algo para fazer. — Houve uma festa ontem, e meu… meu primo estava determinado a me envolver em uma ligação romântica com uma jovem. Qualquer jovem.

Frei Lourenço emite um som de compreensão, e quando arrisco outro olhar em sua direção, vejo a mesma expressão paciente em seu rosto. Já conversei com ele sobre esse assunto antes, em maior ou menor grau, e ele nunca me afrontou como temo ser afrontado, mas, ainda assim, sempre fico com esse receio.

— Eu concordei em deixá-lo bancar o Cupido para mim, e então suponho que tenha mentido para algumas moças muito legais…

Omitido, na verdade, mas equivale à mesma coisa... E fiquei infeliz o tempo todo.

— Então, no final das contas, isso não tornou as coisas mais fáceis para você — diz o monge de forma cuidadosa e, por fim, eu assinto. — E seu primo? Sua mentira o deixou feliz?

Eu penso nisso de forma genuína, talvez pela primeira vez, e franzo a testa com a minha conclusão.

— Talvez. Foi mais como se ele estivesse... aliviado. Ficará muito frustrado quando descobrir que seu plano não funcionou, e que eu sou o mesmo de sempre. Ele está... Está começando a ficar desconfiado, pensando na razão de toda a minha resistência.

— Então, a mentira não resultou em felicidade para nenhum de vocês. E, em vez de facilitar as coisas, como você esperava, pode ter tornado as coisas mais difíceis?

— Sim. — Agora sou eu quem está frustrado. — Mas a verdade só tornaria as coisas mais difíceis ainda. Como eu poderia explicar uma coisa como... essa? — Com as mãos agitadas, gesticulo para mim mesmo. — *Como* posso explicar algo que mal entendo?

Frei Lourenço passa os dedos no punho de seu manto, o tecido agora macio devido a incontáveis lavagens, seus olhos gentis ficando tristes.

— Pode ser muito mais difícil conviver com uma mentira do que você imagina, Romeu. Mesmo quando parece mais segura que a verdade.

— Mesmo que eu diga a verdade e seja forçado a viver a mentira, de toda forma? — eu o desafio. Certamente, ele não pode ser ingênuo o suficiente para pensar que essa é uma decisão simples. Será que alguém entenderia? Decerto não impediria meu pai de encontrar uma noiva para mim. E, quanto aos amigos, é difícil imaginar como reagiriam. O que Benvólio pensaria? O que *Mercúcio* diria? *E se ele me proibisse de ver Valentim?* — Ainda que a verdade me custe mais do que a mentira?

— O que se perde no curto prazo pode ser recuperado com o tempo — responde ele, e a pura banalidade da sua declaração deixa claro que ele não compreende a gravidade da minha situação. — Você ainda não sabe o que está do outro lado da verdade, Romeu. Algumas atitudes exigem fé. E, às vezes, seguir seu propósito na vida, sua felicidade, requer sacrifício. — Quando percebe que suas banalidades não estão surtindo efeito, ele suspira. — Sabe, meus pais esperavam que eu me casasse também. Com certeza nunca imaginaram que seu filho mais velho deixasse de lado suas responsabilidades para tornar-se um padre mendicante, vivendo na pobreza. Eles não poderiam entender que eu não tinha vontade de me casar e que a simplicidade desta existência foi a feliz resposta a todas as desanimadoras perguntas que já me fiz. Na verdade... — Ele se inclina para a frente até chamar minha atenção. — A vida monástica é o lar de muitos que são como você, Romeu... Que são como nós: jovens que precisavam de um ambiente de amor e unidade com o mundo, onde possam viver livres das expectativas da sociedade e não ser pressionados a viver uma mentira.

— Se está sugerindo que eu possa considerar a vida de monge, é improvável que seja o melhor caminho para mim — eu digo a ele, meu rosto ficando quente. Lembro-me dos lábios de Valentim e de como meu corpo respondeu a eles, da raiz do meu cabelo até as pontas do meu pé. — Não acho que seja adequado para um voto de castidade. Entre outras coisas.

Ele sorri um pouco do meu embaraço, mas há carinho no sorriso.

— Você não seria o primeiro a recusar o sacerdócio por esses motivos. E você também não é o primeiro a passar por essa situação. Nem é o primeiro que eu aconselho, em meus curtos anos.

— Verdade?

Não sei dizer por que é um alívio tão grande ouvir isso, mas é. Frei Lourenço não é um estranho, nem um nobre cujos negócios privados são compartilhados em mercados e tavernas por meio de rumores sussurrados; ele é um amigo, alguém próximo e tangível, e isso torna seus outros conhecidos de alguma forma mais *reais* para mim. Que ele realmente conheça outras pessoas na minha posição, e até faz amizade com elas, faz com que eu me sinta menos sozinho.

— Claro! — Ele ri, sua voz ecoando nas paredes áridas. — Espero que você não leve isso a mal, mas você não é tão único quanto suspeita.

Abro a boca para fazer algum tipo de piada; mas, para a minha surpresa, deixo escapar:

— Nessa festa, conheci alguém… alguém que me fez sentir coisas que meu primo tantas vezes descreve quando fala de garotas. E eu acho que o sentimento foi mútuo.

— Verdade? — Frei Lourenço inclina a cabeça, satisfeito, mas obviamente um tanto confuso. — Bem, eu… acho que essa é uma boa notícia, não é? Se há uma moça que…

— Não há — minha voz está agora diminuta o suficiente para caber na cabeça de um alfinete, e tenho que respirar fundo várias vezes antes de poder continuar. — Não foi… Não foi uma moça. Nós nos encontramos de uma forma engraçada no pequeno pátio, e tive a conversa mais importante que acredito que já ter tido com alguém. E, então, depois…

Mas como você explica um beijo? É como acordar… ou talvez seja ainda mais como adormecer. Mergulhar em um mundo de sonho, onde o impossível não só é possível, mas de repente está ao seu alcance e é melhor do que você jamais poderia imaginar.

— Nunca me senti assim — digo a Frei Lourenço com voz rouca, e então abano a cabeça, porque isso não expressa o que quero dizer. A atração não é nova para mim, mas há mais do que isso. — Nunca me senti assim *por ninguém*. Nunca tinha compartilhado algo assim… Nunca ninguém se sentiu assim *por mim*.

— E como foi? — pergunta Frei Lourenço. — Como isso fez você se sentir?

A pergunta me faz rir, porque passei a noite toda sem conseguir responder. Olhar nos olhos de Valentim e me reconhecer dentro deles… é como algo apocalíptico, no sentido original da palavra: uma *revelação*. Segurar sua mão, beijá-lo, foi como se uma parte adormecida em mim saltasse de repente para a vida. Uma parte que eu sabia que existia, mas que não tinha ideia de que fosse capaz de tal som e fúria. Eu me descobri no pomar dos Capuletos.

Sussurrando, eu consigo dizer:

— Fez me sentir como se estivesse no lugar certo, no corpo certo, pela primeira vez na minha vida.

Frei Lourenço reflete sobre isso com uma expressão contemplativa.

— Algo que aprendi, tanto por meio da observação quanto pela experiência, é que a felicidade não é garantida a ninguém. Se ela encontra você, se ela o procura, é melhor deleitar-se com isso enquanto pode. É talvez o maior presente que o destino tem a oferecer.

— E quando o destino leva isso embora? — eu pergunto, apreensivo. — Quando um mundo que não tem espaço para nós juntos inevitavelmente nos separa?

— É verdade que cidades como Verona não permitem muito espaço para aqueles de nós que trilham um caminho diferente. — Frei Lourenço olha pela janela, e lá fora o aguaçal recuou de uma torrente para uma chuva forte. — Mas há muitos outros lugares além dessas muralhas e das pessoas dentro delas, Romeu. Há mais espaço neste mundo do que você jamais poderia sonhar.

— Mas eu estou aqui — lembro-lhe —, e aqui estou destinado a permanecer... Preso dentro das muralhas, entre essas pessoas, vivendo a vida que meu pai desejar e permitir. — E, porque me irrito por ele não ceder ao meu pessimismo, eu insisto: — E o senhor não deveria me falar sobre meu dever sagrado de tomar uma noiva e ter uma porção de bebês?

— É isso que você deseja ouvir de mim? — Ele sorri, divertindo-se. — Isso me tornaria um tanto hipócrita, se eu sugerisse que esse poderia ser o dever sagrado de alguém, dado que eu mesmo renunciei a ele. — Com um rubor de autoconsciência em suas bochechas que é um tanto adorável, ele acrescenta: — E considerando-se como foi fácil fazer essa renúncia. Como você deve se lembrar de algumas coisas que já lhe contei, assumir um compromisso formal com o celibato foi talvez o passo menos desafiador para eu me tornar um frade mendicante.

— Eu... Eu lembro. — Minhas próprias bochechas esquentam um pouco, envergonhadas de eu estar pensando em Frei Lourenço e seu celibato bem diante dele.

— Sinto-me culpado, às vezes, quando meus irmãos lutam contra o peso de seus votos, pois estes não exigiram grande sacrifício de minha parte. Na verdade, esse era um aspecto da vida mundana que foi um alívio deixar para trás.

— O senhor nunca sente... tentação? — eu pergunto, com meu rosto queimando.

Até pouco tempo atrás, apenas estar na presença de Mercúcio era o suficiente para eu me sentir consumido pela tentação. Só de pensar nele já era suficiente. Até mesmo alguém pensando nele já era o suficiente!

— Ah, eu sinto desejos ocasionais. — Frei Lourenço encolhe os ombros alegremente. — Mas isso é raro e parecido com sinos de igreja badalando pelas colinas: altos o suficiente para ouvir, mas silenciosos o suficiente para não distrair.

— Mas, e eu? — Tento não parecer tão urgente, mas os nós dos meus dedos estão pálidos sobre o meu colo. — As coisas que eu sinto... Não consigo me distrair delas, por mais que eu tente.

— Esse sacrifício não é exigido nem esperado de todos — ele pondera com cuidado. — Sabe, descobri que não importa quão bem ou mal eu cuide das minhas plantas, não consigo controlar se vão florescer, crescer ou produzir frutos. Apesar de todo nosso planejamento, algumas coisas são sempre inesperadas. Pequenos milagres acontecem em todos os lugares. O mundo natural é a nossa visão mais verdadeira do Divino, em todo o seu esplendor e curiosidade, repleto de fenômenos inexplicáveis. — Ele se inclina para a frente, colocando as mãos sob o queixo. — Há coisas muito mais estranhas nesta terra pelos desígnios do céu do que um Montéquio desejando uma ligação romântica com alguém que não é uma garota. Romeu... você nunca pensou que talvez a felicidade seja seu *destino*?

A simplicidade desta pergunta, com toda sua bondade e generosidade, é mais do que posso suportar. Meu queixo treme, o calor cresce atrás dos meus olhos, e as lágrimas correm antes que eu possa reprimi-las. Em segundos, estou chorando abertamente, meu rosto enterrado em minhas mãos, meus ombros chacoalhando. Ninguém nunca me disse que eu mereço ser feliz do meu jeito, não ser feliz com o que me é permitido. Ninguém nunca me disse que eu posso, simplesmente, merecer ser *feliz*.

Não consigo me lembrar da última vez que chorei. Meus pais consideram esse um comportamento vulgar, e meus amigos desenvolveram gradualmente uma opinião semelhante, perdendo a paciência com quaisquer emoções que não sejam alegria e raiva; mas Frei Lourenço não me condena, nem me diz para conter o choro. Em vez disso, ele espera em silêncio até que todas as minhas lágrimas sejam derramadas e minha respiração se estabilize.

Sem palavras, ele me passa um lenço, e eu murmuro um "obrigado" educado enquanto seco o rosto e assoo o nariz. A chuva cessa quando eu paro de chorar.

— Se você quiser — sugere o monge, depois de outro silêncio cheio de pensamentos —, podemos sair e caçar um arco-íris.

Com um sorriso torto, eu concordo. Talvez seja hora de eu procurar o Divino.

12

Encontramos nosso arco-íris quase imediatamente, cruzando o céu em direção ao Lago di Garda, com seus tons brilhantes pintados sobre um fundo escuro de nuvens de tempestade já esvaziadas. Frei Lourenço explica uma lição importante sobre um bando de martins que voam sobre nós e, depois disso, topamos com um cacho de hortelã selvagem que ele precisa levar para fazer seus remédios.

Quando enfim consigo me despedir, o céu está de novo limpo, e a umidade vai se reagrupando à medida que o sol avança para o oeste. Minha camisa gruda quase instantaneamente na minha pele quando parto pelo caminho pedregoso que sai do mosteiro, iniciando minha jornada de volta a Verona.

Estou tão preocupado com meus pensamentos que quase não consigo perceber quando outra pessoa faz a curva da estrada logo à minha frente, aparecendo do nada. Quando vejo que é um conhecido, e talvez a última pessoa que eu esperava encontrar — não apenas aqui, mas em qualquer lugar —, eu paro.

— Bem. — Ela arqueia uma sobrancelha. — Uma vez pode ser um acidente e duas vezes uma coincidência, mas, se nos encontrarmos de novo amanhã, começarei a suspeitar de uma conspiração. — Erguendo o queixo de modo altivo, Julieta acrescenta: — Alguém pode pensar que você está me seguindo.

— Mas eu cheguei aqui primeiro — respondo por reflexo. Embora ela esteja em guarda, não há nada em seus modos que sugira hostilidade, e ela parece estar sozinha. Pela primeira vez, à luz do dia e sem máscara para obscurecer suas feições, eu a vejo: Julieta, minha contraparte, a única filha do maior inimigo de meu pai.

— Teobaldo diria que você estava esperando por mim.

— Teobaldo não é conhecido por sua sabedoria.

— Mas é conhecido por sua paranoia, que é alimentada pela crença de que todos os outros são tão inescrupulosamente ardilosos quanto ele. — Ela sorri com ironia. — Ele suspeitaria de uma emboscada, porque seu primeiro pensamento seria *armar* uma emboscada, caso estivesse em sua posição.

É quase a mesma coisa que eu disse para Valentim na noite anterior, quando estávamos decidindo qual caminho devíamos seguir para sair do pomar, e eu automaticamente estico o pescoço para espiar a rua atrás dela.

— Você não precisa se preocupar — diz ela, como se tivesse ouvido meus pensamentos em voz alta. — Ele tem pouca utilidade para mim fora da casa de meu pai, e eu preferiria passar uma hora dentro de um baú cheio de escorpiões do que tê-lo por companhia. — Afastando-se, ela me permite uma visão clara dos plátanos, perto dos quais está estacionada uma pequena carruagem esperando na beira da estrada. — Eu trouxe comigo apenas minha ama, e garanto que ela não é mais favorável a Teobaldo do que eu.

— Fico contente de ouvir isso. Fugir de Teobaldo não foi fácil, e sua ama tem cavalos. — Eu sorrio, e Julieta sorri de volta, e então caímos na risada. Parece quase uma amizade. — A propósito, desculpe-me por ontem à noite. Não foi minha intenção causar tal calamidade.

— Por favor, você não causou nada — diz Julieta, descartando minhas desculpas. — Teríamos continuado com nossa conversa estranha e civilizada e depois nos despedido de forma pacífica, caso Teobaldo não tivesse decidido se apresentar em nome de meu pai. A culpa é dele.

— De alguma forma, duvido que seu pai concorde com você.

— Talvez não. Teobaldo é a menina de seus olhos, e ele nunca deixou de defender as muitas provocações ultrajantes de meu primo, mesmo quando ele está claramente errado — ela reconhece em tom sombrio. — Mas não há uma só vivalma em San Zeno que não saiba da cobra mesquinha e caluniadora que Teobaldo de fato é, inclusive Alboíno Capuleto.

— Bem. Sinto muito, mesmo assim. — Eu não sei como entender sua coragem de articular tão bem o desdém por sua família, mesmo sem uma máscara para esconder seu rosto. — Obrigado, também, por ter vindo em minha defesa contra as acusações de Teobaldo.

— Não há necessidade de me agradecer por falar a verdade quando eu não tinha nada a perder. Ele está descontente comigo, mas isso não é novo, apenas mais uma onda arrebentando na praia. — Ela aperta os olhos para a luz do sol. — Eu é quem deveria agradecer você, pois nunca imaginei ver meu primo tão humilhado diante de todas as pessoas cujo respeito ele deseja. Você e seus amigos fizeram um ótimo trabalho, pois conseguiram despertar a raiva dele com facilidade.

— Fico feliz por ter prestado esse serviço. — Faço um gesto com as palmas viradas para cima. — Embora a única coisa mais satisfatória do que humilhar Teobaldo fosse ser nem ter cruzado com ele.

Caímos em um silêncio, uma pausa na conversa e, provavelmente, minha deixa para ir embora — mas me sinto relutante em partir. Por toda a minha vida, tem sido impossível escapar da rivalidade sem fim entre os Capuletos e os Montéquios, de nossa desconfiança mútua. Mas hoje, pela primeira vez, consigo conspirar sobre isso com uma *representante deles* — que parece tão cansada quanto eu da inimizade que herdamos.

Procurando um novo tópico para explorar, pergunto:

— O que a traz ao mosteiro?

— Eu já disse: minha carruagem — ela responde prontamente, e então sorri de orelha a orelha quando vê minha expressão. — Estou brincando, Montéquio, entendi o que você quis dizer! O que vim fazer em um lugar cheio de monges? Por que acha que estou aqui?

— Ah, claro. — Meu rosto aquece. Confissão, conselho, oração, caridade… essas são as opções prováveis para sua visita, e nenhuma delas é da minha conta. — Peço desculpas pela impertinência da pergunta, é só que… eu mesmo venho aqui com frequência e nunca a encontrei antes. Achei que os Capuletos preferissem a abadia de San Zeno.

— E eu pensei que os Montéquios preferissem a igreja de San Pietro. — Sua réplica não é hostil. — Parece que nenhum de nós está de acordo com as expectativas.

— Apropriadamente colocado. — *Se ela soubesse…* Encorajado por sua franqueza, eu explico: — Meus pais preferem a igreja de San Pietro, mas a razão é muito mais social do que espiritual. A alta classe de nosso distrito considera que é o lugar perfeito para ver e ser visto, e isso já basta para o sr. e a sra. Montéquio. — Meu rosto queima com a alegria aterrorizante de traí-los dessa maneira. — Venho aqui para me confessar e me aconselhar, porque é o único lugar onde não sinto San Pietro respirando em meu pescoço.

— *Sim* — ela exala a palavra, uma conversa inteira incorporada em uma sílaba. — Meus pais me levaram às missas em San Zeno, porque construíram a torre do sino, o que torna a igreja parte da imagem da família. Eles pagaram generosamente por sua reputação como os cidadãos mais devotos de Verona, e devo ajudá-los a colher os benefícios. — Com um suspiro de desgosto, ela continua: — Venho aqui porque estes monges, em sua pobreza e humildade, representam tudo o que os meus pais temem e não conseguem compreender. E, às vezes, preciso me sentir justificada em meus ressentimentos. Eu sei que parece terrível, mas é a pura verdade.

— Parece razoável para mim.

Dizer isso, enfim ter alguém com quem compartilhar esses sentimentos, tira um peso da minha alma. Benvólio julga que meu fascínio pelos franciscanos é sinal de rebeldia juvenil — que sou mimado e procuro a companhia dos mais pobres para horrorizar meus pais. Julieta, no entanto, parece de fato entender o quão longe tenho de ir para escapar do cerco erguido por meu pai.

— Sou fascinada pelos franciscanos e por seu modo de vida. — Ela olha ao nosso redor, para a vegetação e os pássaros espiralando ao redor da torre da igreja, com suas fendas eriçadas por seus ninhos. — É humilhante ver como são autossuficientes.

— De fato. — Penso em todas as coisas que Frei Lourenço faz, além de cultivar e colher seus próprios vegetais, de produzir seus remédios. Os monges também costuram roupas e fazem móveis, lavam suas vestimentas e fabricam o próprio vinho. As tarefas que conseguem realizar sozinhos são impressionantes. — Eu também adoraria me sentir assim livre. Saber que posso ir a qualquer lugar a qualquer hora, sem riscos.

Julieta abre a boca e depois a fecha, antes de enfim dizer de modo estranho:

— Um dia você substituirá seu pai como chefe do clã Montéquio e, então, pelo menos terá alguma liberdade para tomar suas próprias decisões.

Minha vida, claro, é um pouco mais complicada do que ela imagina, mas não posso usar esse argumento. Além disso, o que fica subentendido é que o futuro dela não garante essas promessas. Os pais dela entregarão sua mão a alguém, e ela se tornará senhora de outra casa — é provável que de um distrito inteiro, mas não fruto de sua escolha. Suas decisões serão baseadas nas prioridades de seu marido.

Também fica subentendido o fato de que, enquanto eu serei o patriarca dos Montéquios, os Capuletos serão liderados por Teobaldo.

Como se estivesse lendo minha mente, Julieta torce as mãos.

— Romeu… Espero que não seja inconveniente da minha parte oferecer conselhos, mas espero que você tenha falado sério ao dizer que prefere evitar meu primo.

Com um aceno vigoroso, respondo:

— Brigar com ele não me agrada, e cruzar seu caminho é um convite para uma briga. O que eu falei sobre humilhá-lo ser menos agradável do que nem o ver foi totalmente sincero, eu juro a você.

— Ótimo. Fico feliz com isso. — Ela relaxa as mãos, mas com algum esforço. — Ele não esquece seus rancores, e sua fúria não diminui com o tempo. Está indignado com o papel de tolo que fez na noite passada, e não abandonará sua raiva até que ela seja saciada. Ele estará procurando por você, então você deve desviar de seu caminho.

— Entendo. Acredite em mim, conheço a mágoa permanente de Teobaldo.

— Bom. — Ela respira fundo. — Você feriu o orgulho dele, aquilo que ele mais valoriza neste mundo; e, pior, você o diminuiu na opinião de meu pai. Ou, pelo menos, é assim que ele enxerga. Acredito que ele vá tornar a vingança contra você uma nova missão.

O calor aumenta no ar abafado da tarde, e o suor escorre pelas minhas costas como que carregado por patinhas de insetos; luto contra a vontade de me contorcer. A beligerância de Teobaldo é notória, e ele nunca precisou de qualquer desculpa em especial para me provocar. Mas agora ele *tem* essa desculpa… além de muitas oportunidades. Existem tantos lugares para se ir em Verona — há tantos lugares dos quais *não* consigo desviar — e é bom lembrar que ele adora uma emboscada.

— Terei cuidado — prometo a ela, lançando um olhar para o campo aberto, para a longa estrada sob o sol brilhante, sem esconderijos entre aqui e a cidade. — Obrigado pelo aviso.

— Mais uma vez, espero que você não ache inapropriado que eu diga isso, mas… você me parece uma alma gentil, Romeu. E Teobaldo não é. Quaisquer que sejam os medos e as dúvidas que você tenha, se seus caminhos se cruzarem de novo, você deve engoli-los e fazer o que precisa ser feito. — Forçando um sorriso no rosto, ela então dá um passo para trás. — Já tomei bastante de seu tempo. É desnecessário dizer que, se perguntarem, é melhor não contarmos a ninguém que tivemos esse encontro.

— Combinado — eu digo.

E, enquanto desço a rua, passando pela carruagem de Julieta e seguindo para a estrada, só posso me maravilhar com a estranha reviravolta nos acontecimentos que me levaram a ter uma aliada dentro da fortaleza dos Capuletos.

13

NA VIAGEM DE VOLTA A VERONA, AOS POUCOS deixo de esperar que Teobaldo surja de alguma vala ou arbusto pelo caminho. Na verdade, não tenho certeza de como avaliar o perigo que ele representa para mim. O príncipe de fato assumiu uma postura dura contra qualquer derramamento de sangue dentro das muralhas da cidade, por outro lado, Teobaldo já encontrou maneiras de praticar violência abertamente e escapar impune.

Prometo a mim mesmo que viverei uma vida tranquila e cuidadosa nas próximas semanas — sem viagens clandestinas a San Zeno, sem festas nas quais Teobaldo poderia esperar me encontrar e mais tempo com meus amigos. Agora que cumpri minha parte no acordo com Benvólio, eu não precisaria me preocupar com ter de me esquivar de suas perguntas intrusivas… E claro que sempre fico ansioso por ver Mercúcio.

E, depois, há Valentim.

Só de pensar no nome dele, meus pés ficam mais leves, como se eu pudesse flutuar pelo resto do caminho para casa. Aqueles olhos, como conhaque escuro; aquele cabelo revolto tão agradável ao toque; sua voz calma, seus gestos cuidadosos. O calor floresce na boca do meu estômago e depois me inunda por todos os lugares enquanto eu revivo os beijos no pomar.

Já testemunhei Ben e Mercúcio beijando muitas garotas — às vezes mais de uma na mesma noite —, e aquilo sempre me pareceu uma coisa muito estranha. Uma mistura desajeitada de lábios molhados e línguas viscosas, respirando as exalações quentes e úmidas de outra pessoa... Nunca consegui compreender o apelo ou por que eles ansiavam por mais.

Agora, porém, enfim entendo, porque não acredito que algum dia me cansaria dos beijos de Valentim. O primeiro me deixou tão sem fôlego e agitado, como se eu tivesse acabado de correr uma corrida e mesmo assim quisesse correr mais. Nunca mais vou revirar os olhos para o comportamento devasso e a libido desenfreada do meu primo.

Se beijar todas aquelas garotas é para ele algo parecido com o que beijar Valentim é para mim, então desejo a ele tudo o que ele possa conseguir.

Ainda estou perdido nesses pensamentos quando volto à cidade, escolhendo uma rota circular para casa — margeando as muralhas internas e mantendo os olhos abertos para qualquer sinal dos comparsas de Teobaldo. Talvez eu não consiga evitá-lo para sempre, mas posso driblá-lo por enquanto.

Seja pela providência, seja pela possibilidade de meus pés estarem seguindo meu coração, logo olho para cima e me encontro perto do beco onde Mercúcio mora. É longo e estreito, com uma faixa de terra empoeirada coberta de dejetos, e dois ratos enormes estão lutando até a morte logo na entrada. Ainda assim, sou atraído para lá.

Quando seu pai ainda era vivo, Mercúcio e seus irmãos viviam em uma parte muito mais bonita da cidade. Mas, depois de sua morte, havia dívidas a saldar, despesas a pagar e muitos vivendo com muito pouco. Duas das irmãs de Mercúcio casaram-se cedo, Valentim foi mandado embora, e Mercúcio teve de interromper os estudos e procurar trabalho. Tendo se tornado o homem da casa da noite para o dia, ele de repente teve novas e urgentes responsabilidades a assumir.

O plano de seus pais para ele era, orginalmente, bastante cerebral: uma educação formal; uma carreira distinta como advogado, como seu pai antes dele; e, por fim, uma nomeação para algum cargo no gabinete dos conselheiros do príncipe. Não era uma probabilidade ruim; com amigos e influência em toda a sociedade veronense, sua família sempre foi altamente respeitada entre a nobreza, o suficiente para que todos conseguissem permanecer neutros na rivalidade interminável entre os Montéquios e os Capuletos e, portanto, amigáveis com ambos os lados.

Mas, com a súbita reviravolta do destino, todos os planos para Mercúcio tiveram de ser reescritos.

Ele passou dois anos trabalhando para um dos colegas advogados de seu pai, com entusiasmo cada vez menor por um futuro jurídico e, então, por acaso, tornou-se aprendiz de carpinteiro. Acabou sendo uma vocação na qual ele se destacava — um trabalho que exigia precisão, atenção e, às vezes, força bruta. E o salário era bom o suficiente para que, quando sua irmã Agnese convencesse o marido a acolher sua mãe, Mercúcio pudesse usar seus ganhos para trazer Valentim de volta para casa.

O arranjo não tem como durar para sempre, é claro — dois irmãos dividindo seus alojamentos em uma casa sombria naquele beco imundo. Algum dia, Mercúcio arranjaria uma esposa; e, algum dia, provavelmente em breve, Valentim precisará de uma renda própria. É estranho imaginar. Embora eu pudesse imaginá-lo fazendo algo quieto e pensativo, como o ofício de um encadernador ou escriba, ele já me contou que era mais ou menos um criado em Vicenza.

Poderia ser esse o futuro reservado para ele? Com sua educação parcial e o bom nome de sua família, ele poderia assumir um cargo em uma das famílias mais respeitáveis da cidade. Por um breve momento, posso enxergar esse destino: Valentim como assistente de um homem importante, seus modos cultos e sua fala refinada fazendo dele alguém que seu empregador teria prazer em exibir diante de convidados aristocráticos.

Por um breve momento, também consigo me ver naquele mesmo futuro, como o homem que meus pais querem que eu seja: um grande comerciante de sedas finas, o chefe da linhagem familiar. Um homem que precisaria de um assistente com modos cultos e fala refinada... e lábios tão macios e doces como a polpa de cerejas maduras. É uma fantasia ridícula, eu sei, mas entra na minha mente como se sempre tivesse morado ali: a possibilidade de ter alguém como Valentim ao meu lado, pelo tempo que quiséssemos, sem nunca ter de nos explicar a quem quer que fosse.

É com um sobressalto que percebo que esse rapaz perdido e depois reencontrado estava me obrigando a fazer algo que antes considerava impossível: imaginar um futuro em Verona sem temê-lo.

Quanto mais me aproximo da casa que Valentim divide com seu irmão, menos sei o que estou fazendo aqui. Devo bater na porta deles? Fico pensando no que eu poderia dizer, nas maneiras pelas quais eu poderia iniciar uma conversa divertida depois da noite que tivemos... e me encolho em violento constrangimento a cada uma delas.

Como vai você? Muito tedioso, muito impessoal.

Queria ter certeza de que você chegou em casa em segurança ontem à noite. Potencialmente suspeito, caso alguém ouça... Ben se preocuparia com a segurança de outro garoto? Mercúcio se preocuparia?

Achei que você fosse gostar de... Só que parece não haver forma razoável de terminar este prelúdio. *Alguém já lhe apresentou novamente a cidade?* Como se seu irmão já não tivesse feito isso. *Ir caminhar?* Mal consigo pensar em uma maneira de dizer *olá* sem me humilhar, muito menos sustentar uma tarde de diálogo! *Beijar mais um pouco?* Ah, sim, isso com certeza vai impressioná-lo — muito bem, Romeu, seu demônio das palavras.

Quando passo pela casa deles, pensando que devo sair correndo e seguir para San Pietro antes que possa fazer algo ainda mais imprudente do que ouvir Benvólio quando ele diz que tem uma ideia brilhante, a porta da frente se abre. E, embora eles compartilhem a casa com várias outras famílias, não é nenhuma surpresa — dado o quanto o destino tem gostado de brincar comigo ultimamente — que seja Valentim quem emerge lá de dentro.

— Romeu! — Ele pisca, assustado, e minha mente se torna um deserto nevado, seus cílios incrivelmente grossos agitando um vento que sopra através do vazio. Há um balde com restos de comida em suas mãos e ele o move para trás de si. — O que você está fazendo aqui?

— Eu estava… — *Vindo ver se você chegou em casa em segurança.* As palavras quase são pronunciadas… mas a verdade as vence. — Eu estava pensando em você. E suponho que meus pés tenham me trazido até aqui por conta própria.

Ele cora de leve, e um sorriso surge no canto de sua boca. Eu me dou conta de que esta é a primeira vez que o vejo à luz do dia. Há ângulos em seu rosto que eu nunca notei, e, se antes a lua fazia seus olhos brilharem, agora o sol os faz brilhar em um mar de manchas douradas. *É impossível dizer quão bem formado ele é.*

— Fico feliz. Estava pensado em você também.

— Estava?

— Na verdade, tenho me esforçado para pensar em qualquer outra coisa.

Inexplicavelmente, minha cabeça gira, com prazer e medo de repente misturados. Como posso lidar com esse absoluto desconhecido? Este reino de sentimentos com os quais não tenho experiência, necessidades que não sei nomear, futuros que não posso prever. Não sei como vou lidar com meus próximos dias com Valentim, muito menos com nossas próximas horas, nossos próximos momentos.

— Na noite passada… — ele começa, e então vacila, seu olhar caindo até os pés. — Nunca pensei que algo assim pudesse acontecer. Não comigo. Não com você.

— Comigo? — Sinto-me um idiota por repetir, mas minha mente ainda está vazia.

— Eu disse que me lembrava de você com carinho, Romeu. — Suas orelhas ficam rosadas, e ele lança um olhar nervoso ao longo do beco. Uma carroça passa em algum lugar à nossa esquerda, e uma mulher se inclina para fora de uma janela duas casas abaixo, sacudindo a poeira de um pano. Ele então sussurra: — Eu beijei você repetidas vezes em minha imaginação, muito antes de termos dado as mãos naquele momento no pomar.

Com meu pulso batendo forte em minhas têmporas, engulo em seco e baixo meu olhar para sua boca. Passei a tarde revivendo aqueles momentos apaixonados sob o muro do jardim, vivenciando-os com todos os meus sentidos, como se estivessem de fato acontecendo. Agora eles parecem dolorosamente distantes, impossíveis de evocar com detalhes. Preciso de mais.

— Seu irmão está em casa? — pergunto com pouco mais que um grunhido, e vejo a respiração de Valentim parar, mas ele assente.

— Ele está. Nós não podemos… Quero dizer, se você estiver pensando…

— Eu estava. — Com um suspiro frustrado, tento sorrir… mas *ainda* estou pensando, desejando, olhando para sua boca. — Eu gostaria de ficar sozinho com você de novo, Valentim.

— Eu gostaria disso também.

— Logo. O mais logo possível. — Eu me surpreendo com a conversa, com o quanto estou sendo atrevido, com o quanto estou sendo direto. Durante toda a minha vida fui *paparicado*, capaz de conseguir tudo o que sempre quis… exceto agora. Não estou sendo paparicado o suficiente, o que me torna ganancioso.

— Estou em Verona para ficar — ele afirma com um sorriso tímido. — Haverá oportunidades. Eu me certificarei disso.

— Eu também.

O sol desliza pelos telhados tortos, pintando as laterais do beco com raios irregulares, fazendo-me lembrar dos ciprestes que margeiam a estrada que leva à minha casa. Impulsivamente, pergunto:

— Você tem algum interesse em… atividades artísticas?

— Eu adoro os afrescos da igreja — ele responde, lembrando o que eu disse sobre o grande Giotto no baile de máscaras. — Meu tio encomendou seu retrato quando eu morava com ele, e o processo foi fascinante. Eu assisti a tudo vidrado. — E, afetando um sorriso autodepreciativo, ele acrescenta: — Infelizmente, não tenho talento para isso. Uma vez tive a ideia de desenhar um cavalo a galope, só que todos pensavam que era um barril de cerveja sobre palafitas.

Rindo, eu o tranquilizo:

— Todos nós desenhávamos assim quando éramos crianças… Você só precisa praticar!

— Isso foi há quatro meses! — ele exclama, caindo também na risada. — Temo que, quando se trata de preservar coisas bonitas para a posteridade, terei de me ater a técnicas mais mundanas, como prensar flores ou conservar legumes.

Cutucando seu ombro, eu provoco:

— Então você acha legumes lindos?

— Uma vez vi um rabanete absolutamente adorável. — Seus olhos brilham. — Arrebatador, até! Um rabanete arrebatador.

— Perfeito para uma salada, imagino. — Eu mantenho o rosto o mais sério que posso. O riso dele me aquece; só consigo ouvir na minha cabeça Frei Lourenço dizendo que talvez essa felicidade seja *destinada a mim*. Talvez este momento, ele saindo de casa assim que eu passei, não seja coincidência.

Uma atração irresistível me puxa para mais perto dele, sem me importar com as pessoas que compartilham o beco conosco; mal noto os gatos e as galinhas que passam correndo, toda uma sociedade de ferinhas frenéticas que se perseguem sob nossos pés. Mais uma vez, imagino aquele futuro em que teremos todo o tempo que quisermos sozinhos, o tempo de que precisamos para explorar essa felicidade ao máximo.

— É uma pena que você não goste de desenhar — murmuro, olhando para uma mecha de seu cabelo loiro e lembrando-me de como foi entrelaçar meus dedos naqueles cachos. — Há uma campina nos arredores da cidade que aprendi a amar e muitas vezes vou lá para me inspirar. É tranquila e linda, apenas flores e o sol… Na maioria das vezes, fico sozinho…

Ele olha para mim e noto que seu olhar se move primeiro para minha boca também, seus olhos sonolentos de uma forma que só faz acelerar meu pulso.

— Posso ser um péssimo artista, mas adoro o campo. Talvez eu possa lhe fazer companhia algum dia?

— Eu gostaria disso. — Minha pele arrepia, como se pudesse saltar do meu corpo a qualquer momento. Ele está tão perto de mim agora que posso contar as sardas que se espalham por suas bochechas, uma constelação encantadora que desejo memorizar. — Seu irmão… Seu irmão ficaria desconfiado? Se você deixasse a cidade sozinho comigo?

— É difícil dizer. — Uma nuvem parece nublar o rosto de Valentim. — Mercúcio… Acho que ele sabe que não sou… Como ele. Uma vez ele me perguntou se havia alguma garota em que eu estava de olho e, como não consegui responder, ele não tocou mais no assunto. — Inquieto, ele passa o balde que segura de uma mão para outra. — Não creio que tenha mudado a forma como ele me trata, mas ou ele não consegue falar sobre isso, ou não quer saber mais sobre o assunto. Ele suspeitaria de você?

— Acho que não — digo a ele, refletindo. — Mercúcio acha que minha falta de interesse por mulheres deve-se ao meu excesso de timidez ou à minha falta de jeito com elas. Mas não acredito que ele pense muito sobre meus interesses nessa área. — *Se ele alguma vez pensou,* prefiro não acrescentar, *ele deve ter notado o quanto minhas atenções estavam focadas nele.* — Ben, por outro lado… acredito que ele tenha uma ideia sobre mim. Ele nunca disse, mas ultimamente tem adquirido o hábito de me empurrar para os braços desta ou daquela garota, pressionando-me para me comportar da maneira que se espera dos homens.

Valentim fica quieto por um momento.

— Você acha que ele não entenderia.

Não é uma pergunta, mas eu respondo mesmo assim.

— Não. Acho que ele não entenderia.

Ele fica quieto por um longo momento e, quando olha para mim, a luz do sol que reflete nas casas pintadas marmoriza seus olhos em tons de ouro, rosa e azul — são como duas tempestades de verão sonhadoras, que me fazem ansiar por aquela campina aberta.

— E se passar um tempo sozinho comigo despertasse as suspeitas de Mercúcio, afinal? E talvez alimentasse ainda mais a desconfiança de Ben? — ele pergunta, enfim.

— Valeria a pena. — As palavras saem de mim com uma respiração rouca, e percebo que estou falando sério. Neste momento, não consigo imaginar nada que não valha a pena por mais alguns beijos de Valentim, mais algumas horas para apenas olhar nos olhos dele assim e deixar que isso signifique o que de fato significa, sem ter de fingir que é menos do que é. Não sabia o quanto precisava disso até agora. — Valentim…

Neste instante, quando estendo a mão para tocá-lo, a porta da casa se abre e Mercúcio sai no beco. Eu recuo assim que ele nos vê; seu olhar vai de mim para seu irmão e vice-versa. Um olhar que faz minha boca ficar seca. Nós nos separamos rápido o suficiente? *Ele vê a culpa em mim?*

Só assim percebo que sou um mentiroso e um covarde, porque estou inegavelmente com medo de despertar as suspeitas de Mercúcio.

E, então, o rosto do meu amigo se abre em um de seus sorrisos mais brilhantes.

— Romeu? Que sorte! O que diabos você está fazendo aqui?

Minha língua não me ajuda em meu esforço para formular uma resposta.

— Eu… Acontece que eu estava passando por perto…

— Ele me encontrou enquanto eu estava tirando as sobras — Valentim intervém, erguendo o balde, com o rosto vermelho, mas seu irmão mal parece notar.

— Esta é a mais feliz das coincidências! — Mercúcio me dá um tapinha nos ombros, sorrindo, e um enxame de borboletas percorre meu sangue.

Há não muito tempo — vinte e quatro horas, talvez — essa proximidade com ele teria enfraquecido meus joelhos. Seus olhos escuros se transformaram em meias-luas pelo sorriso, pelas covinhas nas bochechas, pelo formato quadrado do queixo... Tudo isso costumava me deixar com inveja e nervosismo por dentro, de uma forma que eu não conseguia conciliar os sentimentos. Eu ficava com raiva dele pelo quanto queria ser ele; com raiva de mim mesmo por não ser ele; e, acima de tudo, queria que ele me escolhesse de alguma forma — que desejasse minha companhia de uma forma que eu não conseguiria explicar para mim mesmo.

Mas, agora, mesmo com as mãos de Mercúcio em meus ombros, é Valentim quem tem a presença mais significativa. Enquanto Mercúcio é rude, barulhento e arrogante, Valentim é pensativo, quieto e calmo, de uma sensibilidade que eu não sabia que achava atraente até agora.

— Que coincidência? — eu consigo dizer, esforçando-me para parecer normal. — Do que você está falando?

— Devemos nos encontrar com Benvólio na praça dentro de meia hora! — Mercúcio exclama, como se eu já devesse saber disso, apontando para a direção de San Pietro. Ele continua: — Ele disse que ia buscá-lo em sua casa, onde imagino que ele esteja agora, provavelmente furioso por você não estar lá para ser buscado.

— Eu tinha tarefas a fazer. — Eu invento desculpas quando nenhuma desculpa é necessária. — Só por acaso encontrei Valentim no caminho de volta para casa. Espero que Ben não esteja muito aborrecido. Se eu...

— Ah, por favor, ele precisa de um pouco de frustração.

Mercúcio puxa-me para um abraço rápido e viril, e eu gosto desse abraço o suficiente para achar difícil encontrar o olhar de Valentim por cima do ombro.

— Estou muito feliz que você tenha sobrevivido à nossa fuga angustiante na noite passada e por todos nós vivermos para contar a história. Mal posso esperar para ouvir você contar o que aconteceu depois de nos separamos, porque o relato do meu irmão foi terrivelmente chato. — Soltando-me, ele se vira para Valentim, cujo rosto ficou corado. — Esvazie já essas sobras, para que possamos seguir nosso caminho.

Estamos reunidos! Os Quatro Cavaleiros juntos novamente... e nossas aventuras nos aguardam!

Valentim faz o que lhe é ordenado, jogando o conteúdo do balde na sarjeta e depois colocando-o de volta na porta da casa; e então saímos pelo beco, com Mercúcio colocando-se visivelmente no meio de nosso pequeno trio, com os braços sobre nossos ombros.

Mas, embora aquele momento íntimo e carregado entre mim e Valentim possa ter acabado, o ar ainda está denso com sua memória... Doce e pesado, como o perfume que permanece depois da chuva.

14

EMBORA HAJA UM SUPRIMENTO ILIMITADO DE EN-crencas a serem encontradas em Verona, a cidade oferece apenas um punhado de maneiras respeitáveis para se divertir que não se tornam chatas depois da terceira ou quarta repetição. Das cavalgadas à caça, do gamão ao jogo de bugalha, já esgotamos todas elas; e agora que temos idade suficiente para beber nas tavernas, a encrenca se tornou o único passatempo que nos resta explorar.

Mercúcio nos leva por um atalho, pisando em pedras desgastadas por anos de nossos próprios passos, cumprimentando com entusiasmo todos os rostos familiares pelos quais passamos. Não há uma rua nesta cidade pela qual não caminhamos — fora de San Zeno, claro —, mas esta rota é a que mais percorremos. A esta altura, já se tornou uma peregrinação, só que, no lugar dos santuários, estão os nossos melhores amigos.

Durante toda a minha vida, fui alguém reconhecível pelo povo de Verona, mesmo por aqueles que não conheço. Estranhos me conheciam antes de eu me conhecer — porque tudo que Bernabó Montéquio faz é digno de conversa, e seu herdeiro decerto é um assunto relevante. É meu nome que as pessoas veem quando olham para mim, um nome para o qual prestam cortesia quando me tratam bem.

De muitas maneiras, nunca fui visto por quem sou *sem* o meu nome, exceto nas ocasiões em que estou com Mercúcio e Ben.

— Francesca, meu anjo! — Encostando-se no batente da porta na padaria de Vicolo al Forno, Mercúcio cumprimenta a mulher que administra o lugar desde que me lembro; é a viúva Grissoni, de ossatura proeminente e desgastada pela idade. — A senhora tem algo a oferecer a um pobre e faminto moleque como eu?

— Sim. — A velha lhe dirige uma careta exagerada, com as narinas dilatadas. — O cabo da minha vassoura! Agora saia daqui antes que você e seu bando de filhotes sarnentos assustem minha clientela respeitável.

— Impossível. — Mercúcio é o mais sedutor, o mais simpático. — Eu sou tão adorável que nem os ratos têm medo de mim.

— É difícil ter medo de sua própria espécie — ela retruca, mas está lutando para conter um sorriso. — Vá embora… Não tenho nada para dar hoje!

— A sra. Francesca me magoa assim. — Mercúcio bate contra o peito e faz beicinho. — Vim lhe desejar um bom-dia, e a senhora lança calúnias sobre minha honra!

— Sua pele é grossa o suficiente para resistir ao golpe. — Ela enfim morde a isca, caminhando até ele com as mãos na cintura. — É o seu bolso que é fino.

— Eu tenho meu irmão mais novo para sustentar agora, não é? — Seus olhos arregalam-se de modo inocente. — Ele foi criado de um homem rico em Vicenza por três longos anos, e economizei cada centavo para trazê-lo de volta a Verona, que é o seu lugar. Talvez isso signifique que não tenho muito dinheiro sobrando, mas ninguém respeitável usaria isso contra mim. A senhora se lembra de meu irmão, Valentim?

Ele gesticula de volta para nós e, na hora certa, Valentim inclina a cabeça com um humilde:

— Bom dia, minha senhora.

Em um instante, seus membros passam de graciosos a angulosos, seus olhos como uma corça indefesa. Ele poderia muito bem ser um órfão vestindo um saco, e o efeito que ele causa na padeira é inconfundível. Francesca está acostumada a enfrentar Mercúcio, com seu charme agressivo e sua beleza robusta; mas, agora, ele tem uma nova arma, e ela está claramente impotente contra isso.

Com um suspiro ofendido, a mulher murmura alguns xingamentos baixinho, enquanto pega um pequeno pedaço de pão e algumas roscas.

— Eu sei que estou sendo enganada, mas não posso evitar. Peguem estes... E, se puderem pagar pelo menos por uma parte, qualquer parte, vou acrescentar algumas crostas extras que não posso vender porque queimaram no forno. É pegar ou largar.

— Eu aceito — diz Mercúcio graciosamente, curvando-se, e eles negociam o restante da troca de maneira semelhante: ele brincando, e ela fingindo estar irritada.

No fim, as "crostas" que ela acrescenta são substanciais e nem um pouco queimadas. Ninguém menciona o fato de que eu poderia ter pagado, caso me pedissem. A viúva Grissoni sabe quem eu sou, mas, desta vez, isso não importa. Aqui, posso ter má reputação, tenho permissão para fazer parte do "bando de filhotes sarnentos" que ela tem adotado extraoficialmente. Ela e Mercúcio repetem essa coreografia inúmeras vezes: ele a bajulando, e ela o repreendendo até finalmente ceder. Cada passo do ritual tem sua importância.

Depois de sairmos da padaria, continuamos em direção ao centro da cidade, seguindo Mercúcio. Trocamos algumas zombarias amigáveis com Abramo, o caçador de ratos; dou algumas moedas ao mendigo que está sempre sentado na *piazzetta* que fica em frente à antiga casa de banhos, enquanto Mercúcio joga para ele um pouco do nosso pão; paramos, então, para fazer uma serenata para a velha que vendia flores perto do santuário de Santa Justina. Ela está fraca demais para deixar seus aposentos no segundo andar agora, mas cantamos para ela enquanto ela olha para baixo e sorri.

De forma consciente ou não, Mercúcio nos desviou da Via de Mezzo, onde Teobaldo marcou sua ultrajante reivindicação territorial; quanto mais nos aproximamos da *piazza*, porém, onde todas as vidas de Verona inevitavelmente se cruzam, mais me pego olhando por cima do ombro e me preocupando se fomos cautelosos o suficiente.

Esta peregrinação, por mais que eu a ame — ainda que ela me faça me sentir mais como *Romeu* e menos como *Montéquio* — talvez seja conhecida demais. Se fosse feita uma lista de lugares para me procurar na cidade, este labirinto de becos em ruínas estaria no topo. Até Teobaldo sabe disso. E, à medida que o sol se move mais para o oeste e as ruas mais movimentadas, fica cada vez mais difícil distinguir amigos de inimigos entre os rostos pelos quais passamos.

Fico aliviado quando encontramos Benvólio em frente ao Palazzo del Podestà, a residência oficial do príncipe, pertinho da *piazza*. As pessoas vêm de todas as direções, indo e vindo do mercado, e fico tonto ao tentar reconhecer todas elas. Felizmente, meu primo nos faz andar de novo antes mesmo de pararmos, dirigindo a mim um sermão acalorado pelo tempo que ele desperdiçou subindo até meu quarto vazio em San Pietro.

— Honestamente, primo, você poderia ser mais atencioso — ele bufa, conduzindo-nos à frente dele como um rebanho de gado, para longe da *piazza*. — Estou coberto de hematomas por causa da escalada de sua parede, e aquela besta demoníaca que você chama de gata até me *arranhou* quando eu passei pela janela! O mínimo que você poderia ter feito era estar lá para me receber.

— Primeiro, como você bem sabe, Hécate não me pertence, nem ouve minhas advertências sobre sua má etiqueta — aponto, satisfeito por ela enfim ter virado suas garrinhas cruéis contra outra pessoa. — E, segundo, como eu poderia saber que você iria?

— Essa é uma desculpa lamentável — ele funga, torcendo o nariz. — Você sabe que uma visita não anunciada é meu tipo favorito de visita, e deveria ter tido a cortesia de pelo menos deixar um bilhete explicando sua ausência, só por garantia.

— Sinto muito, Ben. — Na verdade, não consigo dizer se ele está falando sério e me esforço para conter uma risada. — Você tem razão. Quando se trata de você, devo esperar apenas o que não é esperado.

— Ou respeitável — Mercúcio intromete-se, recebendo um olhar feio de meu primo.

— Obrigado, Romeu. — Ben ajusta seu gibão, um pouco apaziguado. — Vou permitir que você me compense pagando uma cerveja para mim hoje.

A taverna à qual Ben nos força a ir é grotesca, pior até mesmo do que aquela perto da arena, mas com preços mais baixos. Basta uma caneca de cerveja ruim para que Mercúcio e Ben cativem a clientela com suas réplicas habituais, assumindo o comando do salão com confiança e charme. Eu me dou conta de que Valentim está certo: eles são praticamente homens agora, encaixando-se com facilidade nos papéis escritos para eles.

Eu participo da apresentação quando a ocasião exige, mas Valentim tem pouco a acrescentar, pois a maioria das histórias que contam vêm dos anos de sua ausência. Ele olha para mim de vez em quando, seus olhos dançando de um jeito que me faz tremer, de um jeito que me faz desejar que estivéssemos sozinhos. Enfim encontro algo novo para explorar em Verona, mas devo esperar até um momento mais favorável. A demora é uma doce agonia.

Ao longo da hora seguinte, meus sentidos vão ficando quentes e transparentes graças à cerveja, meu coração repleto de amor por esses garotos, e eu me sinto… quase pleno. Como se não houvesse nada a temer, afinal, sobre o futuro. E se a felicidade for *mesmo* para mim? Ben preocupa-se de fato com a nossa amizade, e Mercúcio com certeza adora Valentim… Poderia haver chance melhor de eles aceitarem a verdade? Talvez eu possa ser quem sou e quem espero ser.

Saboreio essa fantasia pelo resto da tarde, até nos cansarmos da taverna e sairmos, zonzos, de volta às ruas banhadas de sol. Meus sentidos estão entorpecidos o suficiente para que minhas preocupações anteriores caiam de mim como folhas de outono, e fico mais leve sem o peso delas para carregar.

Rimos e cantamos juntos enquanto caminhamos, com Mercúcio pastoreando nosso pequeno rebanho curioso, pedindo desculpas aos transeuntes pela nossa condição.

Quando chegamos à *piazza*, com sua vastidão envidraçada pela luz espessa do fim do dia, exalamos de forma prazerosa. Espalhada sobre as ruínas de um fórum da época romana, cercada por torres, palácios e edifícios públicos suntuosos de pedra ocre, esta praça é o verdadeiro centro da vida de Verona.

Desabamos à beira de uma grande fonte, observando a vida passar, tentando e não conseguindo não cochilar. É justamente quando estou começando a pensar que tive um bom dia em meio às dificuldades sem fim que o desastre inevitavelmente nos atinge.

— Montéquio!

Coloco-me de pé em um instante, o medo de repente clareando minha cabeça. Investindo em nossa direção com uma expressão assassina nos olhos, Teobaldo Capuleto vem flanqueado por alguns de seus acompanhantes habituais — Duccio e Galvano, uma dupla de bajuladores com muitos músculos e nenhuma inteligência entre eles.

— Você e eu temos assuntos inacabados — ele rosna para mim enquanto se aproxima.

No mesmo instante, tenho Ben e Mercúcio ao meu lado, bem-compostos, mas prontos para a escaramuça. Parando a alguns metros de distância, com o rosto contorcido de fúria, Teobaldo continua:

— Você responderá por seus atos desonrosos contra minha família, ou será covarde o bastante para fugir de mim uma segunda vez?

— Boa noite, majestade! — Mercúcio cumprimenta Teobaldo com uma reverência exagerada, perturbando a intensidade do momento com seu tom brincalhão. — Quase não o reconheci sem suas adoráveis orelhinhas. — Para as pessoas que pararam para assistir ao confronto, ele então grita: — Curvem-se e mostrem algum respeito, seus miseráveis! Estamos diante do Príncipe dos Gatos!

— Seria melhor você recuar e manter sua tola boca fechada, Mercúcio. — As bochechas de Teobaldo inflamam-se e, atrás dele, Duccio e Galvano duplicam quase perfeitamente o brilho de seu olhar estreito e ameaçador. — Você é lamentável, como sabe. Ainda se comportando como uma criança, vivendo em um casebre imundo na pior parte da cidade. Se não fosse pelo bom nome do seu falecido pai, você seria tão indesejável na sociedade respeitável quanto um mendigo na rua.

— Ao menos os mendigos dizem "por favor" e "obrigado" — diz Benvólio. — Maneiras melhores do que as suas, Teobaldo.

— E eu limpo meu casebre uma vez por semana, muito obrigado. — Mercúcio finge-se de ofendido. E, então, com um olhar culpado para Valentim, acrescenta: — Bem, a cada duas semanas. Em geral.

— Não é nenhuma surpresa que tudo isso não passe de uma grande piada para vocês dois… Esgueirando-se pela casa de meu tio, aproveitando-se de sua bondade e atraindo sua filha para a humilha-ção. — Teobaldo dirige-lhes um olhar de desprezo. — Nenhum de vocês tem qualquer honra a proteger, nem um grama de dignidade. Não há nenhum ato que possa lhes trazer mais vergonha, pois já não têm nada de que se orgulhar!

— Tenho muito orgulho do autocontrole que tem me impedido de enfiar seus dentes goela abaixo — Mercúcio responde com certa seriedade.

— Eu tenho muito orgulho. — Ben estufa o peito. — Quem não ficaria orgulhoso de nascer como um espécime tão perfeito de masculinidade? Não pedi o peso da minha devastadora beleza, mas consigo lidar com esse desafio de forma admirável.

— Sim, um "peso" — Mercúcio o interrompe com ironia. — Esta é a palavra que procuro quando o assunto é você.

— Você zomba de mim, mas as mulheres não resistem ao meu cabelo ruivo. — Ben dirige um sorriso atrevido a Teobaldo. — Basta perguntar à sua mãe, se você não acredita em mim.

— Basta! — Teobaldo está roxo de raiva. — Não vou tolerar sua insolência por mais um segundo, Benvólio! Vá embora daqui antes que eu lhe dê uma lição!

Ben não se move nem um centímetro, mas, depois de um momento de silêncio em que o ar nebuloso fervilha de tensão, ele sorri.

— Ora, veja. Você acabou de tolerar minha insolência por mais um segundo… Logo você, que pensou não ser capaz. Parabéns…

Ele não termina, porque, com um grito feroz, Teobaldo o ataca, dando-lhe um soco. Em resposta, Ben o agarra pelo torso, e juntos eles caem de cabeça sobre um grupo de homens parados perto de uma barraca de mercado vazia. Três deles são atirados ao chão — e, quando se levantam, também estão ansiosos para brigar.

Em segundos, toda a *piazza* embarca no caos.

15

CONTECE TÃO RÁPIDO QUE É DIFÍCIL DE ASSImilar, a raiva saltando de pessoa para pessoa, como faíscas em um incêndio florestal, novas chamas brotando em todos os lugares. E, antes que eu possa pensar, Duccio e Galvano atacam a mim e a Mercúcio, arrastando-nos para o corpo a corpo.

Embora eu tenha sido treinado para manejar a espada e o arco, tenho pouca experiência em combate corpo a corpo — e uma luta real não é nada como aquelas encenadas no palco, onde tudo é coreografado e executado de forma limpa. Quando Galvano mergulha em mim, não há tempo de planejar, apenas de reagir. Eu me encontro no chão em segundos, seus punhos martelando minhas costelas enquanto eu enfio meu joelho em qualquer carne que possa alcançar.

É brutal e exaustivo, e minha boca logo se enche de sabor de sangue, enquanto tudo o mais se transforma em dor, falta de ar e sobrevivência. O barulho fica mais alto ao nosso redor, com armas improvisadas atiradas para cima. Não tenho medo por Ben e Mercúcio, pois eles já passaram por situações tão absurdas quanto esta, mas, no fundo da minha mente, mesmo enquanto sou espancado por Galvano, eu me preocupo com Valentim.

Eu o perdi de vista em meio à confusão e não tenho ideia de onde ele esteja agora. Não consigo conciliar seu comportamento gentil com o tipo de batalha sangrenta que está se desenrolando. Isso me deixa em pânico, imaginando que ele possa estar ferido — e meu pânico é ainda maior porque estou sendo *literalmente atacado* e, ainda assim, não consigo parar de pensar nele. Mercúcio vai protegê-lo se eu não puder... mas, de maneira egoísta, *sou em quem quero protegê-lo.*

Galvano está agora atrás de mim, prendendo minha garganta em seu braço. Quando ele começa a apertar, eu me jogo para trás o mais forte que posso, batendo seu corpo contra a pedra implacável da fonte. O ar deixa seus pulmões com um grande sopro, e seu braço cede.

No entanto, quando estou prestes a me virar para ele, sons orquestrados e alarmantes enchem a *piazza,* paralisando-nos. Quando me viro, vejo dois trompetistas carregando a insígnia do Príncipe Éscalus — e, parado logo atrás deles, vestido dos pés à cabeça em seda da cor roxa da realeza, que meu pai fabrica especificamente para ele, está o nosso soberano em pessoa.

— O que significa isso? — ele grita para a multidão atordoada, sua voz ressoando imperiosamente nas pedras e nos azulejos.

Cercado por seus guardas armados e acompanhado por outros dois homens em trajes nobres, ele compõe uma imagem imponente. À medida que é reconhecido, as pessoas assumem posições de respeito, curvando-se o mais rápido que podem.

— Vocês todos perderam a noção? Batendo uns nos outros como bêbados em uma festa rural, perturbando a paz pública... Não há um só homem entre vocês com alguma civilidade?

Ele é respondido com silêncio, e a multidão fica inquieta. Eu caio sobre um joelho, o que aumenta a dor, pois descubro que minha calça está rasgada.

Depois de um momento com sua pergunta pairando no ar, Éscalus troveja:

— E então? Exijo uma explicação para este chocante comportamento!

A primeira pessoa a morder a isca, claro, é Teobaldo.

— Romeu Montéquio iniciou este confronto, meu senhor.

— Mentira! — quando pronuncio a palavra, eu a ouço ecoar da minha esquerda e da direita: Ben e Mercúcio estão me apoiando.

Eu ergo o queixo da maneira que meu pai me ensinou. — Teobaldo Capuleto foi o instigador aqui. Ele atacou meu primo Benvólio.

— Esta é a verdade, sou testemunha — acrescenta Mercúcio com sua voz estrondosa.

— Mercúcio. — Éscalus redireciona seu foco, sua expressão como uma careta paternal. — Devo dizer que estou desapontado em ver você aqui, e na frente de seu parente, nada menos. — Ele gesticula para o homem elegante à sua esquerda, alguém que não reconheço, mas que está vestido como se pretendesse comprar Verona. — O que o trouxe a esta demonstração de violência devassa? Certamente seu pai criou você com um julgamento melhor do que este.

— É como Romeu disse, meu senhor. — Mercúcio mantém seu tom respeitoso, apesar de um toque de cor brotar em suas bochechas. — Nós estávamos aqui, Romeu e seu primo, e eu e meu irmão, quando Teobaldo avançou sobre nós. Foi ele quem iniciou o confronto e quem deu o primeiro golpe.

— Jovem Capuleto? — Éscalus arqueia uma sobrancelha grossa. — Você acusou Romeu, e ele acusou você, com testemunhas que apoiam sua afirmação. O que tem a dizer em sua defesa?

Com o rosto escarlate, Teobaldo afirma:

— Não tenho como evitar que um canalha e seus companheiros inventem histórias a alguém de sua estatura. Tudo que posso dizer é que sou um homem honesto. Romeu Montéquio entrou na casa do meu tio sem convite na noite passada, aproveitou-se de sua hospitalidade e tentou comprometer a virtude de minha prima Julieta…

— Eu não fiz nada disso! — eu exclamo, meu rosto queimando quando olhos de todas as partes se voltam contra mim com desdém e suspeita. — Nós compartilhamos uma dança, e isso foi tudo que compartilhamos!

— Ele violou a casa de meu tio, violou a confiança de meu tio, e… declaro isso ao senhor, Príncipe: ele poderia ter confortavelmente violado a única filha de meu tio se não tivesse sido denunciado diante dos convidados. — Teobaldo inclina a cabeça, em um gesto de pretensa humildade. — Vim aqui em busca da satisfação como faria qualquer homem cuja honra tivesse sido desafiada por uma atitude tão vil de um fanfarrão como Romeu Montéquio.

Meus ombros quase sobem até as orelhas, meus pensamentos cozinhando tudo isso com raiva, quando o olhar perturbado do Príncipe Éscalus retorna para mim.

— Tudo isso é verdade?

Quero discutir, chamar Teobaldo do mentiroso que ele é... mas pelo menos metade de suas afirmações *são* verdadeiras, mesmo que nenhuma seja apresentada de forma honesta. Como posso explicar algo assim sem parecer absurdo? Se a única negação sincera que consigo sustentar é contra uma acusação de "sedução nefasta", então não parece haver sentido nisso. Amargamente, eu digo:

— Eu gostaria de poder concorrer com uma história tão imaginativa quanto essa.

— Fui eu quem convenci Romeu a convidar a jovem para dançar. — Mercúcio lança um olhar venenoso para Teobaldo. — Os motivos dele eram puros, e não há uma pessoa que estivesse no baile de máscaras do sr. Capuleto que possa dizer com honestidade que Romeu agiu de forma inadequada!

— Eu vi o que vi — Teobaldo fala entre os dentes cerrados, recusando-se a recuar.

Mercúcio então se dirige ao homem elegante ao lado de Éscalus:

— Primo Páris, você estava lá, no baile dos Capuletos, e sabe que compartilhamos o sangue dos homens honestos. Estou mentindo?

O homem arrasta os pés, passa o olho entre o primo, o príncipe e meu inimigo mortal, e naquele momento já posso dizer que ele não é nosso aliado. Onde quer que Mercúcio tenha conseguido sua honestidade, não foi do sangue que eles compartilham.

Limpando a garganta, Páris afirma:

— Eu não estava no salão de baile quando tudo isso aconteceu, então não posso garantir nenhum dos relatos. No entanto, eu... eu sei que Teobaldo também é um homem honesto.

Ele não olha para Mercúcio, cujo rosto fica pálido com a humilhação de ser efetivamente chamado de mentiroso na frente do príncipe, e por alguém de sua própria família. Éscalus parece ponderar por um momento, parecendo mais irritado do que nunca, até que enfim perde a paciência.

— Sou levado além dos limites da minha paciência com as brigas infantis e sem fim de suas famílias! — Volta-se para a multidão de briguentos ainda reunida; nenhum deles se atreve a mover-se um centímetro diante do príncipe; ele explode: — Todos esses homens insistiram que as testemunhas apoiariam suas opiniões conflitantes, portanto, devemos encontrar uma. Alguém mais estava presente na festa do sr. Capuleto na noite passada? Qualquer um que possa nos dizer qual desses encrenqueiros está falando a verdade... se é que algum está?

Há um silêncio pesado e condenatório... E, então, de repente:

— Eu estava lá, meu senhor.

A voz vem da periferia da multidão, e todos se voltam em sua direção, onde uma figura solitária faz uma profunda reverência na beira da zona de batalha improvisada. Éscalus gesticula de modo impaciente, pedindo:

— Avance, então, se acredita ter algo a acrescentar a este caso sórdido.

— Oh, tenho certeza de que sim.

À medida que ela se ergue, o capuz de seu manto cai para trás para revelar ninguém menos que a própria Julieta Capuleto.

— Julieta, quero dizer, minha senhora? — Páris balbucia, com os olhos comicamente esbugalhados.

O príncipe apenas franze a testa.

— Estou surpreso em vê-la aqui.

— Metade de Verona está aqui — ela ressalta, lançando um olhar inocente para os briguentos dispersos e para o grupo cada vez maior de espectadores atrás deles. — Vim em busca do meu primo, a pedido de meu pai, apenas para ouvir meu nome sendo mencionado de forma descuidada… Sou menos bem-vinda aqui do que a minha reputação?

Para seu crédito, nosso soberano é astuto o suficiente para não cair nas mandíbulas de sua pergunta afiada. Em vez disso, ele a questiona:

— O que a senhora tem a acrescentar a esses procedimentos? Qual é a verdade sobre o que ocorreu ontem à noite?

— A primeira verdade, e a que mais importa para mim, é que sou uma mulher virtuosa e não admito ser caluniada por qualquer falatório que impugne meu caráter ou minha determinação moral. — Suas palavras são dirigidas a Teobaldo, mas servem como uma denúncia de qualquer um que apoiasse o relato dele, inclusive o príncipe. — Como tenho certeza de que o senhor sabe, o bom Conde Páris veio a Verona com o propósito de se reunir com meus pais e tratar de nossa potencial aptidão para o casamento. Toda essa conversa de minha suposta "violação" não é apenas um insulto à minha pessoa, mas uma ameaça contra o meu bom nome.

Éscalus suaviza sua voz.

— Tenho certeza de que ninguém aqui pretendia lançar qualquer dúvida sobre sua integridade moral, minha cara Julieta. Esta não é uma questão de sua virtude, mas das ações realizadas por esses homens presentes.

— Então deixe-me esclarecer essas questões — ela rebate friamente. — Romeu Montéquio, na verdade, não entrou em minha casa sem ser convidado. Eu mesma o convidei.

Com isso, um coro de murmúrios assustados percorre o público reunido. Páris estremece, e Teobaldo fica boquiaberto — até eu mesmo fico boquiaberto, e atrevo-me a olhar para Benvólio, que parece tão atordoado quanto eu.

— Não é possível! — Teobaldo luta contra a vontade de ficar de pé. — Eu… Sua mãe e seu pai revisam sua correspondência, e eles por certo teriam a impedido de convidar esse… esse *estrume*. E eu teria ouvido falar sobre isso.

— Eu não o convidei por carta. — Julieta permanece serena. — Enviei o convite por um criado, a quem encarreguei de guardar a mensagem de memória.

— Subterfúgio e traição! — As mãos de Teobaldo cerram-se em punhos tão apertados que os nós dos dedos empalidecem. — Que criado foi esse? Vou me certificar de que seja expulso da casa.

— Não faça isso. — Julieta olha para ele. — Pois não é sua casa para comandar, e nenhum criado meu será demitido por ter cumprido com uma ordem minha.

— Mas, minha doce menina... — Éscalus interrompe, claramente sem palavras. Ao seu lado, o Conde Páris está enrubescido, seja de raiva, seja de vergonha, ou de ambas. — Por que faria uma coisa dessas?

— Eu não deveria? — Ela vira um olhar para ele que é o puro retrato da ingenuidade. — Passei a vida inteira ouvindo falar de Romeu, que um dia sucederá a seu pai; mas, até a noite de ontem, nunca tínhamos colocado os olhos um no outro. Pode me culpar por ter sido curiosa? Como poderíamos ser inimigos, como poderíamos odiar um ao outro com o zelo apropriado, sem nunca nos encontrarmos cara a cara?

O silêncio se segue a isso, e uma mudança ocorre na expressão do príncipe. Seu argumento é uma arma perfeitamente adaptada ao seu alvo, e ela o atingiu em cheio.

— A senhora é uma jovem sábia, Julieta Capuleto — declara o príncipe, com as sobrancelhas franzidas enquanto ele lança um olhar desagradável primeiramente para Teobaldo, depois para mim. — Mais sábia em quase todos os aspectos do que os homens aqui presentes, que ainda insistem em travar guerrinhas sangrentas contra fantasmas e rumores do passado. Enquanto a senhora escolheu repartir o pão com seu suposto adversário, esses garotos escolhem quebrar a promessa de paz e segurança que Verona oferece aos seus preciosos cidadãos. — Sua voz vai ficando afiada, até que Éscalus afirma: — Ao que parece,

Teobaldo, o jovem Romeu não desonrou a casa de seu tio com sua presença, embora vocês dois tenham desonrado a *minha* casa.

— Por favor, meu senhor! — eu suspiro, sem saber o que quero dizer, pois não sei como lidar com uma situação em que sou pessoalmente desfavorecido pelo soberano de Verona. Minha família sempre foi tida em alta estima por aqueles que governam a cidade e, embora agora eu certamente me arrependa de ter ido ao baile de máscaras dos Capuletos, não era eu quem tinha planos de violência. Não era eu que queria ver derramamento de sangue na *piazza*.

— Não sou nem meu irmão, nem meu pai — diz o príncipe. — Ambos tinham alguma reverência inexplicável pela rivalidade eterna entre suas famílias. Mas eu *sou* o príncipe de Verona e não vou tolerar vinganças que coloquem a suposta glória de duas linhagens acima do bem-estar de uma cidade inteira. — Ele pega então a mão de Julieta, dirigindo-lhe um sorriso triste. — É vergonhoso que esta jovem senhora tenha de recorrer a subterfúgios para finalmente conhecer um jovem de uma casa igual à dela, e foi corajoso da parte desse jovem responder ao seu apelo com espírito de abertura e devido decoro. É um exemplo com o qual acredito que todos os presentes poderiam aprender.

— Ele tentou me fazer de bobo na frente de toda a nobreza desta cidade! — exclama Teobaldo, com o rosto quase bordô de tão vermelho. — Ele só aceitou o convite de minha prima porque sabia que seria uma alfinetada no olho de meu tio! Há uma razão pela qual Julieta tem sido tão protegida, e a ingenuidade dela não desculpa a desonestidade dele.

— Basta! — Éscalus ruge, e um bando de pombos salta no ar sombrio. — Por admiração à disposição da sra. Julieta de convidar a amizade em vez da inimizade, e como parece que nenhum crime está no cerne da confusão desprezível desta noite, devo permitir que essa sua violação da paz pública passe sem maiores reprimendas. Mas esta é a última vez. — O príncipe fixa em nós um olhar penetrante. — Espero que vocês, rapazes, considerem o quão sortudos são por terem me testado em um dia em que eu estou me sentindo misericordioso, e como são sortudos por estarem deste lado das muralhas de Verona, lembrando-se que este é um privilégio que pode ser revogado a qualquer momento, não importa o nome que tenham. Se algum dia eu precisar intervir entre suas famílias de novo, farei com que bons exemplos sejam dados. — E, com os lábios curvados, ele finaliza: — Agora saiam da minha frente, antes que eu me irrite de novo.

16

ÉSCALUS MANTÉM-SE FIRME ENQUANTO TODOS nós nos curvamos e abrimos caminho para longe de sua presença — certificando-nos de que Teobaldo não venha atrás de nós. Por mais imprudente que seria lançar um novo ataque tão rapidamente depois daquele terrível aviso, eu não confiaria nele. Agora somam-se duas vezes que ele foi desonrado em público na tentativa de se vingar de mim, e a vergonha disso vai apodrecer em seu coração como uma escara. Ele não deixará o passado passar.

Benvólio, é claro, nunca esteve de tão bom humor.

— Vocês viram a cara de Teobaldo? Achei que ele fosse sangrar pelos olhos!

— Nunca vi ninguém ficar daquela cor. — Valentim ri. — Ele parecia uma romã!

Mercúcio flexiona a mão, os nós dos dedos inchados pelos socos que trocou durante a briga.

— Eu não pude acreditar no que ouvi quando Julieta mentiu por nós… por você, Romeu. Ela salvou a sua pele!

— Você não precisa me lembrar.

Na minha cabeça, ronda uma dúzia ou mais de cenários explosivos em que ela não fez tal coisa; em que sou punido pelo príncipe, enfrento a fúria de meu pai e saio com meu bom nome abalado — quando já está bem claro que meu nome é a única coisa que possuo de valor real e tangível.

— Acredite ou não, quando Éscalus atingiu o auge de sua fúria, todo esse horrível espetáculo finalmente me fez me arrepender de termos arranjado aquela dança com Julieta para você. — Ben salta no ar, gritando de alegria. — Seja lá qual for a mentira que você contou a ela sobre sua anatomia, valeu a pena, Romeu, meu garoto. Uma dança, e a filha do pior inimigo do seu pai está mentindo por você para o príncipe... *O príncipe!* E na frente do seu pior inimigo!

— Por que ela faria uma coisa dessas? — Valentim vira-se para mim e, embora eu queira contar a ele sobre meu encontro com Julieta no mosteiro, ela tinha me pedido para não fazer isso.

— Por quê, boa pergunta! — Andando para trás, seus olhos ainda febris com a vitória, Ben me lança um olhar malicioso. — *O que* você disse a ela? E lembre-se de que já vi sua anatomia, primo; estamos pelo menos no mesmo nível e, embora eu certamente nunca tenha recebido queixas, nunca nenhuma garota traiu sua família por mim!

— Acho que chegamos a um entendimento — é o que consigo dizer. Como posso explicar o que nos conectou, o quão sufocados nós dois nos sentimos, apesar de nossas vidas confortáveis? Como nosso futuro foi decidido por nós: rico em bens e pobre em satisfação. — Acontece que temos muito em comum, e acredito que ela sinta alguma compaixão por mim.

— Ah, claro, compaixão. — Benvólio revira os olhos com conhecimento de causa, como se isso fosse um eufemismo claro para algo mais lascivo. — Bem, que sorte você finalmente ter descoberto uma garota em toda a Verona cujo coração se derrete por você, apesar de sua triste falta de cabelo ruivo.

— Por um momento bastante terrível, pensei que Teobaldo fosse convencer o príncipe contra Romeu — murmura Valentim. Ele não está andando ao meu lado, onde eu gostaria que estivesse, mas seus olhos não se desviam de mim. — Não posso acreditar no quão confiante ele está, a ponto de praticar violência e fazer com que outros respondam por isso.

— É porque ele comete violência com frequência, e outros respondem por isso. — Mercúcio chuta uma pedra com força desnecessária, por pouco não atingindo um pote de barro do lado de fora da porta de alguém. — Mesmo agora ele escapa da justiça que lhe é devida por suas ações… É como um gato insistindo que a culpa é do rato por tentá-lo, e então ambos são repreendidos e libertados.

— Se fosse para nós dois sermos açoitados e exilados ou repreendidos e dispensados, com certeza aceito com prazer a segunda opção — eu digo, mas, por algum motivo, uma expressão de alegria me escapa. — Eu vivo para evitá-lo outro dia.

— Evitá-lo? — Mercúcio zomba, dando uma risada cruel. — Ele reivindicou San Zeno e a Via de Mezzo, e agora devemos dar a ele a *piazza* também? O que você fará quando ele vier marchando para San Pietro, entregará a ele as chaves do lar de sua família?

A nitidez de seu tom me pega de surpresa, e Valentim franze a testa.

— Mercúcio…

— Não, estou falando sério! — Mercúcio passa na minha frente, e algo parece rancoroso escondido atrás de seus olhos. — Quanto do seu território, de sua *dignidade*, você está disposto a ceder a Teobaldo Capuleto? Você se contenta em não ser nada além do rato que ele caça quando o príncipe não está olhando, ou você é homem o suficiente para enfrentá-lo, de igual para igual?

— Não quero guerra com Teobaldo. — É a minha vez de fazer cara feia, pois Mercúcio já sabe disso. — Se eu não posso me livrar dele, então eu prefiro mantê-lo a distância. E você ouviu o que Éscalus disse: se deixarmos que ele nos incite a outro confronto, todos pagaremos o preço!

O que não acrescento, porque estou cansado demais para discutir, é que Teobaldo quer tanto lutar contra nós para obter poder e prestígio em Verona, mas não me importo com nada disso. Se pudermos evitar um ao outro, viverei feliz; mas a felicidade dele parece depender de me menosprezar, de alguma forma provar que a família dele é superior à minha.

— O que é que você não está entendendo? — Mercúcio joga as mãos no ar. — Ele não precisará nos incitar a outro conflito, porque este ainda não acabou! Ele não vai apenas rastejar de volta para casa e lamber suas feridas, esperando que você o contrarie de novo em um local mais conveniente... Ele só vai pensar em alguma maneira mais tortuosa de atacar você sem incorrer na ira do príncipe.

Piscando para ele, dou um passo para trás.

— Você está bravo comigo por causa disso?

— Acho que meu bom amigo Mercúcio aqui está irritado porque seu primo grande e importante disse a todos na praça que ele não pode ser levado a sério — Ben interrompe, ainda despreocupado —, e ele só está canalizando seu ressentimento em você.

— Vá você à merda! — Mercúcio o ataca, mas ele se afasta, enfim, e se põe a caminhar pela estrada de novo.

— Não deixe isso afetar você, cara. — Ben dá um tapa em uma placa pendurada quando nós passamos por ela, fazendo-a balançar. — Todo mundo podia ver que verme covarde ele é.

— Ele é um parente próximo... esse Páris? — faço a pergunta a Valentim, que, graças ao rompimento de nossa fileira por Mercúcio, está agora ao meu lado.

— Já foi um dia. — Valentim passa os dedos pelo cabelo rebelde, e só de vê-los me dá vontade de beijá-los. — Quando éramos pequenos, e ele era pouco mais velho do que Mercúcio é agora, nós o admirávamos muito. Ele responderia a qualquer pergunta que poderíamos pensar sobre todos os assuntos que nossos pais consideravam inadequados.

— Suspeito que ele esteja falando sobre "relações conjugais". — Ben levanta as sobrancelhas, e Valentim ri.

— Estou, claro, embora esse não tenha sido o único assunto que ele parecia conhecer. Não havia um só escândalo sob o sol que ele não conseguisse explicar em detalhes vívidos.

— A maior parte do que ele nos contava eram bobagens que ele inventava. — Mercúcio ainda está irritadiço, embora seu temperamento tenha perdido parte de sua energia. — Éramos jovens demais para saber a diferença, então qualquer resposta seria tão boa quanto qualquer outra, como ele bem sabia. Ele só queria parecer impressionante. — Resmungando, ele acrescenta: — Uma vez um charlatão, sempre um charlatão.

— Ele nunca deveria ter herdado esse título — Valentim observa em seguida, quase em segredo. — Havia dois irmãos mais velhos, mas a peste levou os dois, e seu pai morreu de coração partido. Ou assim dizem. De qualquer forma, ele não estava preparado.

— Ele é uma piada, um motivo de chacota. — Mercúcio olha para nós e, desta vez, no azul da noite, eu finalmente vejo a dor em sua expressão. Ele fica em silêncio por mais um momento, antes de dizer: — Ele foi… Ele foi a primeira pessoa para quem escrevi quando nosso pai morreu. Quando suas dívidas foram descobertas e ficou claro que estávamos todos em apuros.

Valentim se assusta, suas mãos imóveis.

— Eu nunca soube disso.

— Não havia razão para você saber disso — Mercúcio fala com a cabeça baixa. — Fiquei angustiado. Eu disse a ele que você seria mandado embora se não conseguíssemos encontrar alguma solução. Eu pensei, eu acreditei, que, se alguém fosse ser solidário conosco e com nossos pobres e mortos pais, seria um parente próximo que tivesse passado por algo parecido. — Ele não olha para nós, e de repente fica muito difícil olhar para ele também. — Mas, em pouco tempo, Páris me escreveu de volta, dizendo que "sentia muito por nossa lamentável situação", mas que, se ele presenteasse seu dinheiro a todos que pedissem, não teria mais nada para si.

Estas últimas palavras pairam no ar, tornando-o amargo com desdém.

Ben tosse, com o rosto rosado.

— Ele certamente parecia confortável na *piazza*, esse seu primo que "sentia muito".

— O gibão dele era de brocado de seda — comento. — Meu pai teria salivado.

— Oh, acredite em mim, ele tem mais dinheiro do que se imagina. Poderia ser roubado pela metade e nem perceber o quanto desapareceu. — A raiva de Mercúcio diminui e dá lugar a uma tristeza profunda. — Agora ele procura aumentar ainda mais sua riqueza com o dote dos Capuletos, e o máximo que ele pode fazer por seus "pobres parentes" é uma observação pública de como não pode atestar a sua honestidade.

Logo chegamos às margens do Ádige, com as estrelas apenas começando a aparecer no céu índigo acima dos ciprestes. San Pietro fica do outro lado do rio, do outro lado da Ponte Pietra, e é aqui que devo deixar meus amigos. Valentim encontra meu olhar e, através dele, tento comunicar tudo o que não tive oportunidade de dizer em voz alta quando estávamos sozinhos no beco em frente a sua casa.

Eu gostaria que não tivéssemos de nos separar ainda, que pudéssemos partir daqui juntos, seguindo nosso próprio caminho e continuando nossa conversa. Que pudéssemos nos envolver em um casulo privado e nos entregar à magia que borbulha ao nosso redor quando olhamos nos olhos um do outro.

— Boa noite, Montéquio. — Mercúcio fica um pouco envergonhado ao me saudar, e posso dizer que está expressando arrependimento pelo atrito entre nós. — Quais você diria que são as probabilidades de termos um dia chato e tranquilo amanhã?

— Eu não contaria com isso — retruco, saudando-o de volta. — O destino pode nos favorecer, mas a catástrofe é ainda mais apaixonada por nós.

Ben suspira.

— Maldito charme irresistível.

Nós nos despedimos, e então eles se viram e seguem pelas margens do rio. Assim que chego às tochas que marcam o ponto de travessia do rio, olho para trás e vejo que Valentim também está me olhando. Furtivamente, mando-lhe um beijo, e o sorriso que ilumina seu rosto me aquece durante todo o caminho para casa.

17

DUAS HORAS DEPOIS, DEITADO NA CAMA COM os olhos bem abertos — e Hécate descansando de forma indulgente sobre a minha barriga, como se fôssemos amigos —, eu me concentro naquele sorriso de despedida. Eu me detenho em todos os momentos desde a tarde, em que me foi negada a oportunidade de tocá-lo, de respirá-lo dentro de mim. A lua brilha pela minha janela, e eu olho de volta, mais acordado do que nunca, apesar do dia longo e exaustivo.

Revivo uma vez atrás da outra aquele momento no beco, onde quase joguei a cautela ao vento e reivindiquei seus lábios. O desejo que senti foi avassalador — talvez porque, pela primeira vez, eu sabia que ele também o estava sentindo. Na privacidade do meu aposento, apenas com a lua e um gato como minhas testemunhas, posso imaginar como deveria ter acontecido: seu cabelo preso entre meus dedos, sua respiração suspirante enquanto nos pressionamos um contra o outro, sua boca macia e madura...

Um barulho repentino na janela me arranca do devaneio, enviando meu coração direto para minha garganta. Trata-se de um barulho agudo, como algo batendo contra a veneziana semifechada do lado de fora... E, depois, silêncio. Alguns longos segundos se passam, e minha cabeça está girando com imagens de Teobaldo empunhando uma adaga tentando escalar as paredes de nossa casa. Quando tento me assegurar de que não foi nada, o som vem novamente.

Clack.

A veneziana balança com o impacto, e Hécate finalmente acorda, com suas garrinhas horríveis cavando minha camisa de dormir enquanto ela fica em pé.

Clack.

Um terceiro golpe, este acertando a borda da veneziana, e uma pedrinha desliza pelo chão do quarto onde um raio de luar a ilumina. Hécate me abandona, correndo para as sombras, e minha cabeça gira. Não pode ser Teobaldo... ou pode? Decerto meu inimigo mais astuto e sanguinário teria uma vingança mais perversa em mente do que atirar pedrinhas pela minha janela na esperança de perturbar meu sono.

Com cuidado, saio da cama, esgueirando-me ao longo da parede até a borda do peitoril. Espero que mais uma pedra ricocheteie contra a minha pobre janela antes de abri-la e arriscar uma espiada lá embaixo.

Para minha surpresa, avisto Valentim no caminho que corta os fundos da nossa *villa*, curvado enquanto procura mais mísseis para disparar em direção ao meu quarto. Aliviado, com meu pulso ainda latejando nas têmporas, inclino-me pela janela.

— O que você está fazendo aqui?

— Bom dia! — ele me chama com um sussurro áspero, seus olhos brilhando de culpa e prazer. — Espero não ter incomodado você.

— Você estava atirando pedras na minha janela — digo secamente. — E ainda não passou da meia-noite, então não é de manhã.

— Boa noite, então. — Ele sorri, a lua beijando sua boca do jeito que eu estava sonhando em fazer momentos atrás. — Eu... Eu lembrei que tinha algo que queria lhe contar mais cedo, mas não tive a chance.

— Hã? — Eu espero, mas ele não diz nada, apenas olhando para mim com seus traços dourados pela noite. Rindo, eu digo: — Você veio até aqui para me dizer algo... Então, o que é?

Ele apenas balança a cabeça, mantendo seu sorriso tímido. É frustrante e intrigante, e alguma curiosidade começa a surgir no ar — um enxame de segredos vibrantes apenas esperando para serem capturados e descobertos. Acho que talvez estejamos flertando, e isso faz com que eu me contorça de alegria.

— Tudo bem, então guarde para você! — Tento fingir indiferença, embora eu esteja bem perto de pular pela janela e pousar sobre ele. — Seu irmão não vai se perguntar onde você está?

— É quase impossível acordá-lo — responde Valentim. — Duvido que ele vá notar que eu saí, e eu não queria esperar até amanhã para vê-lo novamente. O que desejo dizer requer... privacidade.

Esta última palavra é falada em voz baixa, e sua voz é como uma fita de seda girando no ar e enrolando-se em torno do meu desejo por ele, puxando-me para perto.

— Vou descer! — eu respondo com a voz rouca. Lutando para colocar as calças sem rasgá-las na pressa, subo no parapeito e escalo a hera até o chão.

Valentim sorri para mim e, quando estamos lado a lado, a proximidade faz meu pescoço arrepiar. Sou de novo tomado pelo desejo de segurá-lo, de atraí-lo ainda mais para perto.

— Bem? — eu pergunto. — O que foi?

— Eu vou contar... — Ele começa brincando, recuando, dando um passo em direção à escuridão do pomar que cobre a colina atrás de nossa propriedade. — Mas só se você me pegar primeiro!

E, com isso, ele sai correndo, desaparecendo nas árvores e fazendo-me correr atrás dele. A lua está brilhante, mas os galhos estão densos de folhas, e suas sombras criam uma paisagem incerta. À minha frente, tenho vislumbres de Valentim enquanto ele dispara através dos raios de luz, seus cachos dourados brilhando, suas risadas pairando no ar.

Ele não está de fato tentando escapar, e parece não ter nenhum destino em mente; apenas corre e eu vou atrás, meu sangue ainda quente com desejo e admiração. Não tenho ideia do que estou fazendo, ou o que acontecerá quando ele me deixar capturá-lo, mas estou desesperado para descobrir. A brisa passa ondulando minha camisa, e a carga no ar fica mais pesada quanto mais rápido corremos.

Estamos agora em um bosque de pereiras. O perfume das flores recai sobre nós como um véu, e é aí que Valentim vira o jogo. Ele desaparece nas sombras — e, então, quando passo, ele salta sobre mim. Nos trombamos, lutando e gritando, tropeçando sobre a grama que logo estará úmida de orvalho. E, então, sem qualquer palavra, nossas bocas se conectam, e vivencio tudo que fantasiei nas últimas horas.

Não é uma conexão gentil. Nós logo nos tornamos ferozes, rosnando e famintos, as mãos se enroscando nas roupas um do outro, puxando os cabelos um do outro. Vorazes sob a lua, lutando para nos beijarmos ainda mais fundo, cambaleamos contra troncos de árvores e tropeçamos em galhos. Tudo isso é novo para mim. Não tenho ideia se estou fazendo da maneira como deve ser feito; tudo o que sei é que cada toque é uma descoberta emocionante que me deixa ávido por outra. Não há nada que eu tente, ou que ele tente em troca, que não me traga mais prazer.

Nós nos beijamos até ficarmos bêbados com a sensação e o sabor, sem fôlego do esforço necessário para resistir à combustão. Não tenho ideia de quanto tempo se passou quando enfim nos separamos — talvez minutos, talvez horas —, ofegantes e cansados. Meus lábios estão inchados e ainda se lembram do formato de seus dentes.

Tonto, com os olhos cheios de sonhos, Valentim cai no chão, aos meus pés.

— Deite-se comigo.

— As formigas prosperam neste pomar — eu o aviso, surpreso ao descobrir que estive suando e que a brisa perfumada agora esfria as minhas costas. — E você vai sujar suas roupas de terra.

— Não se eu as tirar — ele diz em tom de provocação, mas depois dirige um olhar para mim que sinto da boca do estômago até as pontas das orelhas. — Deite-se comigo, Romeu. Por favor.

É um pedido que dificilmente posso negar, e minhas calças já estão bastante arruinadas depois da corrida pelo pomar; então me deito ao seu lado e olho para cima.

— *Oh.*

A lua acima de nós está cheia e imponente, mas nuvens delicadas também embelezam o céu em suas bordas, formando uma moldura de renda parcialmente iluminada pelas estrelas. O vento sacode as árvores, e seu perfume nos envolve. A paz parece reinar nas colinas. Por um momento, fico sem palavras.

— É lindo, não é? — Valentim sussurra.

— Eu gostaria de poder pintar isso bem. — Minha mão encontra a dele, nossos dedos se entrelaçam, e eu me aninho nele. Depois de um tempo, enfim pergunto: — O que foi que você veio me contar?

Valentim começa a rir, sua perna roçando a minha de uma maneira que me provoca uma onda de calor.

— Eu não tinha nada a dizer. Só queria que você me beijasse mais um pouco, e eu não aguentava esperar e torcer para que houvesse tempo para isso amanhã.

Eu começo a rir também, porque estava sentindo o mesmo a tarde toda, o dia todo.

— Você arriscou caminhar até San Pietro no meio da noite para isso?

— Claro que sim. — Sua voz está sonolenta, mas seus olhos brilham. — Só consigo pensar nisso desde ontem à noite. E quando poderia ser mais seguro enfrentar as ruas de Verona do que quando seus gatos estão todos dormindo e os ratos ficam livres para governar a cidade?

O luar congela sua face, fazendo-a cintilar, e por um momento é como se o chão estivesse cedendo abaixo de mim. Alguma força invisível repuxa e torce meu interior, dando-lhe um nó que suspeito que apenas Valentim vá ser capaz de desatar.

Minha memória encontra o caminho de volta para aquele beco, onde todos meus pequenos devaneios de fato começaram — até quando já não parecia haver nenhuma fantasia louca demais para ser considerada, nenhum desejo absurdo demais.

Mas, agora, depois de desfrutar deste sabor do sublime, demos um passo para mais perto do futuro, e de alguma forma temo que isso faça com que o futuro se torne mais difícil de alcançar.

— O que você deseja? — eu deixo escapar, e então fico quente quando seu olhar permanece em minha boca. — Além de beijos, quero dizer. Preciso descansar pelo menos por alguns minutos antes de recuperar minha energia. — Ele ri com um som lindo e bêbado, e eu pressiono: — O que eu quero saber é que tipo de vida você quer ter. Mercúcio está aprendendo carpintaria, Ben quase que certamente se tornará um soldado, caso ele não vá parar na prisão antes disso, e eu um dia assumirei os negócios do meu pai… mas o que é que *você* deseja fazer?

Valentim fica quieto por um tempo, antes de dizer:

— Provavelmente vou acabar trabalhando para a viúva Grissoni, a padeira. Ela está envelhecendo e precisará de ajuda.

— Mas é isso que você *quer*? — Aperto sua mão. — Se você pudesse fazer qualquer coisa, ter qualquer futuro que desejasse, o que desejaria para si? — Ele olha fixamente para o céu, com a testa franzida, e me pergunto se ele já se deu permissão para pensar nisso de forma ampla. Incentivando-o, eu acrescento: — Um dia, saberei tudo o que há para saber sobre a importação de sedas finas… e só de pensar nisso, tenho vontade de chorar de tédio. Mas é o que vai acontecer, embora eu não queira.

Valentim contempla essa declaração, depois se aproxima.

— Acho que eu gostaria de ser jardineiro.

— Jardineiro? — repito, sem esconder a surpresa em meu tom. — Você sabe que isso exigiria escavar bastante esterco, não é?

— Eu sei. Mas meu tio tinha um jardineiro, e ele era um homem fascinantemente instruído… Não havia nada que não pudesse me falar sobre a natureza. Passava todo inverno planejando como ia fazer reviver o terreno morto da propriedade, e então… ele conseguiu. — Sua voz contém espanto, um sussurro meloso que se mistura com a doçura das flores de pera. — Assistir aos canteiros ficando verdes, às flores se abrindo, aos galhos cheios de frutas... tudo conforme ele planejou, como ele previu. Foi impressionante e lindo e mágico.

Ele continua a observar as estrelas, sua luz refletida nas densas pontas de seus cílios, e eu não consigo tirar os olhos dele.

— Você é um tanto impressionante e lindo e mágico também, eu acho.

— E você me reviveu. — Ele toca meu rosto e estremeço, minha pele se solidificando sob a ponta de seus dedos. — Mas, se você quiser saber do que eu realmente gostaria, caso fosse tão rico quanto Éscalus ou mesmo Páris, e nunca tivesse de me preocupar com comida e um teto sobre minha cabeça? Eu gostaria de viajar.

Fico imóvel.

— Você deseja... partir de Verona?

— Por um tempo, pelo menos. — Ele suspira. — Meu tio tinha um velho amigo, Marsiglio, que foi marinheiro na juventude. Ele contava histórias sobre os lugares onde esteve, sobre as grandes cidades que visitou na França, em Bizâncio, na Catalunha, e as descobertas que fez. Ouvi-lo descrever a comida, a terra, as pessoas, como tudo era diferente de casa... Isso me fez desejar ver por mim mesmo.

— Uma viagem como essa levaria anos — destaco, inexplicavelmente preocupado. — E seria muito cara.

— Eu sei. — Ele ri melancolicamente. — É apenas um sonho, a menos que eu me torne um marinheiro, suponho. Não tenho certeza se fui feito para uma vida no mar, mas, se a padeira não me aceitar...

Ele para, e eu sinto frio até a sola do pé. É irracional, eu sei; Valentim e eu acabamos de nos reencontrar, mas fico arrasado com a ideia de ele partir de novo. O futuro que eu desejo, ainda mais do que ser um artista como Giotto, é desfrutar *deste banquete* toda noite. Deitar-me perto de alguém que me faça me sentir imprudente, de mãos e pernas entrelaçadas, de lábios quentes e hálito quente e dedos em meu cabelo.

Se Valentim for embora, algum dia encontrarei algo parecido de novo? Ou simplesmente acabarei casado com uma estranha, uma moça aristocrática da escolha de meu pai, e passarei o resto da minha vida vivendo uma de suas alianças estratégicas, sem paixão, enquanto ele apodrece em sua cova?

— Mas e quanto a… — Eu me engasgo com as palavras que quero dizer, embaralhando-me em algo que ainda nem faz sentido. — Ao seu irmão? Você o deixaria?

— Eu… — Valentim para. Quando olha para mim, seus olhos estão tão profundos que tenho medo de cair neles e nunca mais sair. — Você não sabe como foi para mim ser enviado para longe. Meu pai estava morto e meu tio se recusava a reconhecer isso. Ficava furioso se eu tocasse no assunto e me punia se eu chorasse. Mostrava-se envergonhado com a fraqueza da dor, então eu era forçado a escondê-la. — Ele estende a mão, seus dedos brincando com a luz das estrelas. — Meu irmão, minha mãe, minhas irmãs… Eles tinham como confiar uns nos outros. Viveram e cresceram por três anos sem mim, e agora sou quase um estranho para eles.

— Tenho certeza de que isso não é verdade. — Apoiando-me em um cotovelo, eu digo: — Desde o dia em que você partiu, Mercúcio não falou de outra coisa além de trazer você de volta.

— Sim. Ele me escreveu muitas vezes enquanto estive em Vicenza, contando-me todas as novidades de casa e compartilhando todas as piadas que podia para me alegrar. — Um sorriso transforma suas feições em poesia. — Mas, mesmo assim… nós dois mudamos bastante e, depois desses dias todos, ainda estamos nos reconhecendo. De qualquer forma, não demorará muito para que ele se case e não possa mais me alojar.

Este último sentimento ecoa os meus pensamentos do início do dia, e o pânico que vem com ele dá nova vida aos sonhos mais improváveis.

— E se eu nomeasse você para ser o jardineiro daqui? Quando meu pai me deixar encarregado de seu império, quando eu tiver as chaves da *villa*, posso colocá-lo sob seus cuidados!

Ele me puxa de novo para baixo, aproximando-se mais, pressionando sua testa na minha.

— Mas não tenho nenhuma experiência real, Romeu. E quanto tempo levará até que você tenha o poder de tomar essa decisão?

— Não sei. — Uma rajada de vento sacode as árvores, e folhas e pétalas se soltam de seus galhos. — Mas eu... eu não quero que você vá a lugar nenhum.

É difícil ser honesto, o que me deixa vulnerável e inseguro. Eu nunca me senti assim com ninguém, nunca fiquei tão exposto e não tenho ideia de como navegar pela tempestade que está se formando em meu coração. Mas Valentim suspira, sua respiração suave e quente contra o meu rosto, e eu derreto por dentro quando ele murmura:

— Você não quer?

— Eu quero mais disso — digo a ele claramente. — Dias disso... semanas, meses.

— Apenas meses?

Ele está tímido, mas eu não.

— Anos, então. Para sempre, se você puder me dar.

— Ninguém tem o "para sempre" — ele diz isso em tom de triste fatalidade, afastando-se sutilmente. — Eu sei disso melhor do que a maioria das pessoas. O destino pode mudar de uma hora para outra. — Valentim lança uma mão descuidada ao vento, enquanto folhas são arrancadas de seus galhos. — Você pode até se cansar de mim, um dia. E não vivemos em um mundo que nos permita fazer planos tão fantasiosos.

— Eu... — Minha voz fica presa na garganta, porque é claro que ele está certo. Já vi Benvólio se apaixonar por uma nova garota repetidas vezes, esquecendo-se de todas as outras de seu passado, apenas para perder o interesse nela dentro de uma semana e recomeçar o ciclo com outra.

Mas Ben nunca teve de procurar muito para ter uma companhia. Ele pode até exagerar um pouco seu poder com as mulheres, mas a verdade é que há senhoras por toda a Verona ansiosas para cair em seus braços, e ele é mimado por essa abundância.

Enquanto isso, levei dezessete anos para encontrar Valentim — para finalmente saber o que significa desejar alguém que me deseje em retribuição; para descobrir quanto prazer pode ser extraído de um toque, de um sorriso, de uma palavra. O que Ben dá como certo, mal tive tempo de apreciar, e aqui já estamos falando do dia em que ficarei sem isso.

O que quer que esteja acontecendo entre nós, quero saboreá-lo, se não para sempre, então enquanto eu puder.

— Você fala de planejamento e crescimento. — Eu ainda estou segurando a mão dele e esfrego meu polegar sobre sua pele, o magnetismo aumentando no ar. — Por que não podemos planejar e aumentar nossa felicidade? Não nos é prometida a eternidade, isso é verdade, mas este foi o dia mais maravilhoso de toda a minha vida. — Suavemente, eu insisto: — Por que não deveríamos esperar mais, planejar mais? Por que não deveríamos procurar tantos dias como este quanto pudermos?

— Eu gostaria disso — ele sussurra. Estende a mão sobre o meu peito através do tecido da minha camisa, seus dedos explorando o músculo por baixo. — A verdade é que nunca me senti tão forte e tão indefeso ao mesmo tempo, e isso me dá medo.

— Eu também estou com medo. — Uma sensação de liberdade toma conta de mim ao ouvir essa confissão. — Você é a primeira coisa que acontece comigo que eu nunca esperei, e isso me faz questionar tudo que já acreditei saber sobre minha vida. Há dois dias, eu não conseguia pensar em algo pelo que ansiar, e agora estou sonhando com semanas, meses e anos. — Eu me inclino sobre ele, plantando minhas mãos em cada lado de seus ombros. — Por mais dias que passemos juntos, Valentim, por favor, vamos nos esforçar para fazer com que cada um seja tão feliz quanto este.

— Sim — ele diz, sua voz capturada pelo vento, roubada pelas copas das árvores. Sua outra mão sobe pelo meu quadril e abre caminho sob minha camisa, tocando a pele nua da minha cintura. Meu sangue acende, minha pele se contrai, cada parte de mim vívida. — Sim. Beije-me, Romeu. Por favor.

Eu me abaixo, pressionando meu corpo contra o dele, e avidamente atendo a seu pedido. E ali, sob a luz das estrelas e os galhos dançantes das árvores, fazemos outras descobertas — novas, maravilhosas e inesperadas.

18

QUANDO A MANHÃ CHEGA, ESTOU NA MINHA cama de novo e relutante em deixá-la. Pelo segundo dia consecutivo, eu rolo para longe da luz e enterro meu rosto nos lençóis, tentando voltar à satisfação dos meus sonhos. Se eu manter meus olhos fechados, minha mente ficará suspensa apenas por mais algum tempo, e assim posso continuar experimentando Valentim — seu toque, suas palavras, seu gosto — quantas vezes eu quiser.

Mas o galo canta incessantemente, e Hécate, que começa a sentir que seus carinhos são ainda mais incômodos do que sua antipatia, massageia meu ombro com suas patas delicadas. Ela exige atenção, aumentando a pressão tal qual a viúva Grissoni quando sova a massa de pão.

Finalmente sou forçado a me levantar, tonto pelo contentamento e pela falta de sono. Minha camisa está coberta de manchas de terra, minha calça completamente arruinada, e terei de encontrar uma maneira de me livrar delas antes que sejam encontradas e explicações, exigidas.

Estou com um humor tão alegre que até concordo em tomar o desjejum com meus pais, suportando seu escrutínio hostil com o máximo de paciência possível. Minha mãe está horrorizada com o que ouviu sobre o espetáculo na *piazza*, em como minha vergonha pública nas mãos do príncipe refletirá sobre nossa família. Meu pai está furioso porque compareci à festa dos Capuletos e me acusa de deslealdade.

— Essas pessoas — ele se irrita — não são nossas amigas, nem nossos iguais. São traiçoeiras até o último fio de cabelo! Eu espero ter criado você para não se deixar levar por uma prostituta de olhos amendoados como Julieta. — Inclinando-se sobre a mesa, ele bate o punho na minha frente, fazendo minha caneca saltar. — Você tem ideia do quanto você enfraqueceu a nossa imagem? Meu único filho, um alvo fácil para os Capuletos! Um cordeirinho tolo, obedientemente levado ao matadouro. — Não faz sentido explicar-lhe que a história de Julieta era falsa e que me infiltrei no baile de máscaras por instrução de Benvólio; ele simplesmente se enfureceria mais ainda. — Eu quase poderia respeitar sua disposição de lutar contra o almofadinha do Teobaldo — continua ele —, caso o resultado não tivesse sido tão humilhante. Caso sua traição contra seu próprio sangue não tivesse sido anunciada a todos perante o príncipe! — Seu olhar me prende ao meu lugar. É quase chocante a rapidez com que ele pode me reduzir a um rato encolhido com tão poucas palavras. — Eu tenho sido tolerante demais com você. A culpa é minha.

— A culpa não é sua, meu amor — minha mãe lhe assegura, dirigindo-me um olhar magoado. — Não se culpe por isso.

— Mas eu devo me culpar. É claro que não me comportei adequadamente como pai. — Ele se recosta na cadeira, e a maneira como ele se recompõe faz os cabelos da minha nuca se arrepiarem. — Romeu, eu estava contente em deixá-lo livre por mais este verão para que você finalmente se desfizesse de seus interesses infantis e se tornasse um homem, um verdadeiro *Montéquio*. Mas posso ver que minha fé na sua maturidade foi equivocada. — Firmando os dedos, ele assume um ar severo que me congela o sangue. — Já houve tempo suficiente para você fazer uma escolha. Ou você tentará se tornar um oficial do exército do príncipe, ou finalmente assumirá a posição de meu aprendiz e começará a aprender o comércio de importação de sedas. Você tem duas semanas para se decidir. — Então, pegando casualmente um dos rolos empilhados em uma torre ao lado de seu prato, ele acrescenta: — Além disso, começaremos a busca por sua noiva imediatamente, para que você esteja casado ao final da estação. Não vou permitir que Verona toda pense você é um degenerado como seu primo, facilmente manipulado por qualquer moça de peito farto.

— *P-Pai...* — eu gaguejo, e então minha voz desaparece em uma onda fria e aterrorizada, minha mente vazia demais para evocar qualquer defesa adicional.

Este é o horizonte que eu esperava nunca alcançar, o futuro que tentei de várias maneiras ignorar, atrasar ou negar. Eu acreditei que teria o verão — o verão inteiro — para esperar e torcer por um milagre, mas meu tempo foi arrancado de mim. Afinal, Valentim estava certo: o destino pode mudar de uma hora para outra.

— Nem se preocupe em discutir; minha decisão está tomada e é final. — Meu pai acena com a mão, encerrado o assunto comigo. — Duas semanas. E, enquanto isso, sua mãe e eu começaremos a avaliar suas perspectivas conjugais.

Estas são as afirmações que ressoam em meus ouvidos enquanto tropeço para fora de casa com pássaros cantando e o sol jogando sua alegria e luz sobre meus olhos, enquanto meu intestino se contorce como um ninho de enguias. Estou com frio até a alma, percebendo que todos os amanhãs com os quais estive contando de repente começaram a acabar. Lidar com esse cataclisma logo agora — na manhã seguinte à minha descoberta do que de fato é uma parceria — é horrível.

Quando eu não sabia como era a paixão, não era difícil imaginar viver o resto da minha vida sem ela. Mas agora que eu sei o que perderei, agora que eu sei que tipo de enganos serão necessários para me passar por um marido devotado de uma pobre garota, não tenho mais certeza se sou capaz de fazer isso.

Pela primeira vez, consegui agarrar a felicidade. E agora meu pai segura a outra extremidade e começa a puxar.

Na noite anterior, quando estava perdido em pensamentos, meus pés me levaram a Valentim; esta manhã, porém, atordoado como estou, eu sei exatamente para onde estou indo quando atravesso a extensão verde que leva aos nossos estábulos. Só há uma pessoa a quem posso recorrer essa terrível notícia; uma pessoa que pode entender a profundidade da minha angústia e me oferecer uma orientação. E hoje não posso arriscar fazer essa viagem a pé.

Além dessa nova devastação, além de todas as terríveis inevitabilidades que estão apenas se iniciando, há a questão de Teobaldo e sua vingança a ser considerada. Ele deixou claro não haver limites que ele não cruzará por uma maldita retaliação por todos os desrespeitos atribuídos por ele a mim; e não importa o que Mercúcio diga, eu tenho de aceitar essa ameaça como algo sério.

Não demora muito para que eu tenha selado o cavalo e siga meu caminho. Mas, mesmo enquanto galopo pelo portão de San Pietro e saio da cidade — uma passagem que sempre deu aos meus pulmões mais espaço para respirar —, meu peito parece apertado sob o gibão. Ainda estou tremendo apesar de o sol estar sobre mim, ainda me afastando da espada de Dâmocles que balança no alto, ameaçando separar meus sonhos do meu futuro.

Nunca fui tolo o suficiente para acreditar que poderia haver alguma versão do mundo onde eu pudesse escolher meu próprio destino, ou mesmo uma pessoa com quem eu pudesse compartilhar meu coração. Mesmo a minha mais desenfreada fantasia de um romance com Valentim incluía assumir as responsabilidades de meu pai contra meus desejos pessoais e criar algum espaço secreto para quem eu de fato quisesse ao meu lado.

Sem nada entre mim e o céu azul-claro, eu ainda não conseguia me imaginar além das fronteiras rígidas que meus pais construíram em torno da minha vida. Meu destino sempre esteve em algum lugar distante; porém, como estava fora de vista, eu podia fingir que não era uma ameaça imediata. Agora, porém, percebo que o próprio destino é uma emboscada.

Dirijo meu cavalo à frente, seus cascos batendo na estrada e, em tempo recorde, deixamos Verona bem para trás. Mas meus pensamentos sombrios se apegam a mim, como um enxame de vespas que não se dispersa com facilidade. Não importa o quão longe eu vá, e não importa o quão rápido eu chegue, ainda terei de voltar. Minha desgraça ainda estará me esperando.

Por um momento louco e vertiginoso, tomo emprestada a fantasia de Valentim de partir para sempre — de ir para as docas ao longo do Ádige e oferecer-me como marinheiro ao primeiro navio mercante que encontrar. Poderia ser tão simples assim: se faltasse um homem na tripulação, era só partir rápido rio abaixo, para o mar aberto, e desaparecer para sempre.

O único problema com tal cenário é que quase certamente não sou adequado para uma vida no mar. E, ao abandonar Verona e os planos de meu pai, estaria deixando também meus amigos, minha casa… e Valentim. Aquele encontro revelador na casa dos Capuletos aconteceu quando eu estava começando a pensar que nunca encontraria outro garoto que sentisse o mesmo que eu; não quero esperar mais dezessete anos para ver se consigo encontrar outro que me faça rir, que me aqueça por dentro e me beije tão docemente quanto ele.

Podemos não durar para sempre, mas como posso sacrificar nosso *agora*?

Quando o campanário do mosteiro surge pela primeira vez, desacelero meu cavalo para que trote um pouco e depois faço uma caminhada, meu estômago embrulhado enquanto penso no que terei a dizer. Na virada, fico surpreso ao encontrar uma carruagem conhecida estacionada na beira da estrada…

A ama de Julieta me olha preocupada quando passo e me dirijo à frente da igreja.

Amarro meu cavalo a uma coluna e sigo em direção às portas quando elas se abrem e a própria Julieta vem ao encontro da luz do dia. Antes que eu possa cumprimentá-la, vejo sua expressão, e as palavras me falham. Com o rosto pálido, seus olhos vermelhos com bordas arredondadas e inchadas, ela parece não ter dormido desde que a vi pela última vez.

— Julieta?

— Romeu. — Ela me encara por um momento, sem compreender, e então seu rosto se contrai e ela começa a chorar. Inicialmente, fico assustado por não conseguir pensar no que fazer, mas, quando ela começa a enxugar os olhos com a manga, enfim me lembro das minhas boas maneiras.

— Aqui — eu digo, colocando meu lenço na mão dela. Então, puxando-a pelo cotovelo, eu a guio até um banco próximo sob uma árvore e espero até que suas lágrimas diminuam.

— Obrigada. — Sua voz soa rouca e triste quando ela finalmente fala. — Estou com vergonha. Isto é muito impróprio da minha parte.

— Garanto a você que não há necessidade de se envergonhar. Não por minha causa.

— Ainda assim. — Ela enxuga o rosto e respira fundo. — Eu odeio chorar na frente das pessoas. É sempre usado contra mim.

— Eu odeio chorar — respondo, com aquele enxame de vespas ainda pairando perto, ainda lançando suas sombras sobre mim. — E, quando choro, tento manter em segredo pelo mesmo motivo. Mas, se servir de conforto, eu não consigo pensar em nenhum método conveniente para virar sua tristeza contra você, então você está a salvo por enquanto.

O comentário arranca uma risada fraca de Julieta.

— Mostrei vulnerabilidade diante do meu inimigo mortal, e ele me disse para não me preocupar. Que mundo.

Minhas sobrancelhas arqueiam-se.

— Somos inimigos agora?

— Certamente deveríamos ser. — Julieta recosta-se de volta no banco, soltando um suspiro derrotado. — Meu pai ouviu falar sobre o que aconteceu na *piazza* ontem à noite. Claro que ele ouviu sobre o que houve… Verona inteira ouviu falar, só se fofoca sobre isso. E ele ficou…

— Bravo? — Só consigo pensar em meu próprio pai e em sua cena à mesa do café da manhã, quando minha noite mais sublime se transformou em minha manhã mais miserável.

— Irado — ela corrige. — Apoplético. Eu nunca o vi assim furioso, e... bem, acredite, eu já o vi de todos os tamanhos e cores de fúria possíveis. Ele acredita no relato de Teobaldo, naturalmente, porque se recusa a ver qualquer falha em meu primo. — Ela torce o lenço com tanta determinação que temo que seja rasgado. — Bem, devo dizer que, de certa forma, ele acredita em nós dois: está convencido de que eu levei você clandestinamente para o baile de máscaras, mas também acredita que você tem intenções nefastas para com a minha virtude... Uma conversa humilhante que não consigo evitar. Não há um único homem daqui até a Boêmia que não pareça obcecado pela minha pureza moral.

Ela relata isso com um sarcasmo mordaz, que só faz meu estômago se revirar ainda mais, até parecer o lenço torcido nas mãos de Julieta. A última coisa de que preciso agora é outro poderoso Capuleto — o Capuleto mais poderoso de todos — colocando minha cabeça a prêmio.

— Mas isso é um absurdo! Éscalus aceitou publicamente o seu testemunho. Mesmo seu pai não pode contradizer o príncipe.

— Éscalus governa Verona, mas Alboíno Capuleto decide o que é verdadeiro e o que não é — ela declara com amargor. — Eu sou a culpada pela cena na festa, porque trouxe você para nossa casa e o exibi na frente de seus convidados. Eu sou a culpada por nossa desgraça na *piazza*, porque eu o defendi contra as falsas acusações de Teobaldo.

— Mas nada disso é justo. — Eu não sei por que me incomoda apontar isso; o princípio fundamental que rege a vida em nosso meio social é sempre igualmente injusto: a culpa sempre é da pessoa mais indefesa da equação.

— Claro que não. — Ela dá de ombros de forma letárgica, olhando para a neblina da tarde. — Eu disse a ele que, graças à minha intervenção, Teobaldo escapou de uma punição oficial pela coroa. Tudo o que ele fez foi ficar ainda mais irritado comigo. Não há como vencê-lo, porque ele se decide antes de ouvir qualquer argumento.

— Essa é uma história familiar para mim — murmuro, lembrando-me da tonalidade roxa da pele do meu pai no café da manhã, quando ele me chamou de "cordeirinho tolo".

— É fácil para ele acreditar que sou eu quem está causando problemas, porque tudo o que sou para ele é um objeto de barganha caro e insubordinado. — Seu tom é gelado o suficiente para murchar o jardim inteiro de Frei Lourenço. — Ele pretende me casar, me usar como garantia na tentativa de estabelecer laços com um homem poderoso, e espera que eu fique feliz com isso. Cometi o erro de expressar minhas objeções uma vez, e ele não me oferece uma única palavra gentil desde aquele dia.

Posso oferecer pouco mais do que empatia sincera.

— Sinto muito.

— Homens que não conheço, alguns deles com três vezes a minha idade ou mais, vêm até nossa casa e me examinam como um cão de caça: pedindo-me para falar, sorrir e fazer truques… para que eles possam decidir se estou apta para a casa deles! Isso é… é… — O rosto de Julieta fica escarlate, mas, então, com a mesma rapidez, ela murcha de novo. — Não adianta ficar indignada, porque é assim que as coisas são. Uma mulher não pode determinar seu próprio destino.

Isso é verdade, eu percebo — embora nunca tivesse de fato considerado o assunto do ponto de vista de uma garota. Aliás, acho que nunca encontrei uma garota que não parecesse entusiasmada com a ideia de se casar e ganhar *status*… Embora possa ser que, como um solteiro elegível com *status* de sobra, nunca tenha conhecido nenhuma disposta a me dizer que não gostaria de se comprometer.

As palavras de Julieta me lembram de novo da minha conversa com Valentim, sobre todas as coisas que faríamos se pudéssemos tornar o mundo um lugar mais justo.

— E se pudesse? Que destino você escolheria para si? — eu pergunto, hesitante.

— Eu deixaria Verona — ela responde de modo imediato e categórico. — Sem marido. Sem nada que possa me conectar a este lugar ou às pessoas nele. Se eu pudesse fazer o que quisesse, eu iria para outro lugar e... — Julieta para, balançando a cabeça e batendo no banco em uma súbita explosão de frustração. — E então eu não sei... não sei o que faria se pudesse decidir essas coisas por mim mesma, e isso me deixa... furiosa!

— Mas deve haver algo que você nunca fez e que sempre...

Ela me interrompe, com o ânimo tornando sua voz áspera.

— Eu nunca fui a qualquer lugar fora de San Zeno sem algum tipo de escolta, mas desejo muito fazê-lo. Nunca tive um futuro meu, sobre o qual eu pudesse pensar, com o qual eu pudesse sonhar, e gostaria de fazer isso também! — Por um momento, ela medita em silêncio. E então, mais calma, ela diz: — Se o mundo não fosse um obstáculo para mim, eu acho que poderia ser comerciante. Talvez não na mesma escala que meu pai, embora ele tenha levado em consideração muitas das minhas noções sobre os negócios de nossa família e mais tarde fingido que eram dele, mas acho que seria hábil na negociação e venda de mercadorias.

— Que tipo de mercadorias você escolheria?

— Eu também não sei — ela bufa, erguendo as mãos. — Por onde eu começaria? Como eu começaria? E qual é o propósito de fantasiar, quando a sorte já está lançada?

— O destino pode mudar em um piscar de olhos. — A noite feliz no pomar passeia em meus pensamentos. — Talvez um desses velhos ricos a tome como noiva e logo a torne uma jovem viúva feliz.

— Essa é a maneira mais otimista de expressar o que poderia ser a coisa mais pessimista que já ouvi. — Julieta ri contra a própria vontade. — Mas é esse o melhor que eu poderia esperar de forma realista... E não é terrível? Ainda assim, não tenho certeza do que eu faria caso tivesse a sorte de conquistar tal independência. Os únicos interesses que me foram permitidos cultivar são aqueles de uma esposa: música, na qual sou péssima; arte, na qual sou pior; bordado, que machuca meus olhos e dedos; e poesia, que considero uma chatice insuportável.

— Todo mundo acha a poesia insuportável — aponto.

— Bons poemas são insuportáveis — ela concorda. — Mas os muito ruins podem ser muito divertidos.

Depois de um momento, respiro.

— Estou feliz por termos encontrado um ao outro esta manhã, porque há algo que eu queria dizer-lhe. Fiquei muito grato pelo que você disse em meu nome diante do príncipe ontem. Estou agradecido. Você mostrou uma tremenda coragem, e certamente me salvou de uma terrível punição. Foi muito corajosa, e eu gostaria que houvesse algo que eu pudesse fazer para ajudá-la em retribuição. Queria que seu destino estivesse em meu poder para eu alterar, assim como você alterou o meu.

— Meu pai vai prometer minha mão ao Conde Páris — ela diz rapidamente, com os olhos marejados. — Ele me disse que, depois do que fiz na *piazza*, ficou claro que ele precisava me comprometer a um casamento antes que minha "teimostinação" pudesse "custar-lhe tudo". — Julieta pressiona meu lenço no rosto e soluça sem fazer barulho. Então, em tom estrangulado, acrescenta: — Então, você vê, eu só existo para uma coisa, e foi para isso que fui criada: servir de ponte entre meu pai e algum homem com algo que ele queira para oferecer. Páris é praticamente um estranho, e estou sendo entregue a ele, pelo resto da minha vida, ou pelo menos pelo resto da dele. E isso não é porque ele me deseja, mas porque ele deseja a influência de meu pai. — Meu lenço treme em suas mãos. — A razão pela qual vim aqui foi para buscar o conselho de Frei Lourenço… mas é claro que não há nada que ele possa oferecer além de conselhos. Não há solução para o meu problema. — Ela encontra meus olhos com uma expressão de total repulsa. — Romeu… não tenho certeza se desejo me casar com *alguém* um dia, mas estou com medo e perturbada por ter de me casar com um homem por quem não sinto nada. Minha mãe continua me dizendo que o amor se desenvolverá entre nós "com o tempo", mas… e se isso não acontecer?

A pergunta dela ressoa em meus ouvidos, com um toque tão sombriamente familiar que me tira o fôlego. E, de novo, julgo difícil responder sem expor meus segredos.

— Não sei. É algo que já me perguntei antes. Você já pensou em fazer um voto de celibato, como fez Rosalina Morosini? É improvável que ela vá embora da casa do pai, mas seu compromisso é respeitado e até admirado em Verona.

— Já cheguei ao ponto de pensar em entrar para um convento — Julieta responde com uma risada frágil —, mas não posso sem a permissão de meu pai. Eu disse a ele uma vez que desejava permanecer celibatária, e falou que minha opinião mudaria depois que ele encontrasse um marido para mim. Essa foi a nossa conversa final sobre o assunto. — Sua mandíbula contrai-se. — É irônico, não é? A castidade é a única virtude que eu gostaria de manter, e ainda assim estarei sujeita à especulação pública sobre isso até o momento em que me casar… quando então esperam que eu renuncie a ela, quer eu queira, quer não.

Com uma sensação sombria, recosto-me no banco.

— Suponho que nenhum de nós tenha a permissão para fazer suas próprias escolhas. E quem faz essas escolhas por nós nos vê como posses, não como pessoas.

Julieta toca meu braço, lançando-me um olhar cheio de compreensão.

— Acho que talvez você e eu tenhamos ainda mais em comum do que eu acreditava.

— Meu pai também está furioso comigo por causa da cena na *piazza*, e pelo mesmo motivo que o seu. Decidiu que é hora de eu me casar e não dará ouvidos a argumentos contra esse plano. — Dizer isso em voz alta faz meu estômago revirar. — Mas não estou mais pronto do que você, nem mais interessado. E, para complicar as coisas… — eu começo enquanto engulo reflexivamente, com a cabeça um pouco zonza. — Há pouco tempo… eu conheci alguém. Alguém de quem passei a gostar muito, muito rapidamente. Não sei se é amor, mas está começando a parecer muito com isso. E, quando meus pais arranjarem uma noiva de sua escolha para mim, posso perder completamente essa coisa preciosa da minha vida.

Sua mão encontra a minha e ela a segura com força.

— Como podemos nós ser duas das almas mais e menos afortunadas de Verona ao mesmo tempo?

— Não sei, mas estou cansado da honra. — Os sinos da torre da igreja começam a tocar e percebo quanto o tempo passou. — Venha, deixe-me acompanhá-la de volta à sua carruagem. Sua ama a estava esperando e eu a segurei aqui.

— De jeito nenhum. Eu sinto… — Ela para e depois ri um pouco. — Bem, não melhor, exatamente. Mas sinto como se estivesse gritando a plenos pulmões há semanas e que alguém finalmente me ouviu. — Passando o braço pelo meu, Julieta dirige-me um olhar gentil. — Obrigada, Romeu. Você foi um amigo para mim quando precisei de um, e não vou me esquecer disso.

Quando chegamos ao final da trilha, paramos em frente ao cocheiro dela para nos despedirmos. Outra carruagem aparece na estrada, indo em direção à cidade.

— Eu desejo… Eu gostaria que vivêssemos em um lugar menos cruel. Um lugar que nos permitisse ser amigos mesmo onde outros pudessem nos ver — Julieta diz —, mas vou me consolar em saber que, não importa quais ou quantos rancores nossas famílias desejem cultivar, você e eu não seremos inimigos.

— Nunca — asseguro a ela.

Inclinando-se, ela dá um beijo no meu rosto, e eu a abraço calorosamente, agradecido… E é exatamente este o quadro que apresentamos quando uma carruagem barulhenta passa.

Um rosto chocado e muito familiar nos encara lá de dentro.

É Galvano — um dos comparsas de Teobaldo.

19

MINHA VIAGEM DE VOLTA A SAN PIETRO É AINDA mais frenética do que a ida, já que a velocidade é de suma importância. Ultrapasso a carruagem de Galvano e, embora eu considere por um momento parar para enfrentá-lo, no fim estimulo meu cavalo a seguir em frente, galopando mais rápido.

"Galvano criará problemas", disse Julieta com o rosto pálido, separando-se de mim. "Você deveria tentar chegar à cidade antes dele. Devemos dizer a verdade — que nos encontramos por acaso — e espero que acreditem".

Com a boca seca, perguntei: "Galvano é estúpido o bastante para pensar que escolheríamos uma igreja para um encontro romântico?".

"Sim." Ela partiu para sua carruagem. "Ele é. Mas o que deveria preocupar você mais ainda é que Teobaldo acreditará nele." Pulando para dentro da cabine, Julieta ordenou que o cocheiro fosse embora. Quando as rodas começaram a girar, ela gritou: "Espero que meu medo seja injustificado, mas... se você possui uma adaga, sugiro que a carregue com você a partir de agora. E pode aconselhar seus amigos a fazerem o mesmo".

E então ela desapareceu em uma nuvem de poeira, disparando pela estrada e deixando-me para trás em um estado de pavor crescente.

Não há dúvidas de que Teobaldo usará meu abraço com Julieta como mais uma prova de minhas más intenções e, portanto, como justificativa para sua vingança. Ele já tomou a Via de Mezzo; já me abordou em meio a uma multidão no salão de baile; atacou a mim e a meus amigos no centro da *piazza*, caluniando-me perante o príncipe... e escapou impune. A esta altura, eu seria um tolo se duvidasse que ele pudesse cruzar o Ádige e desembarcar em San Pietro — com suas armas e seus comparsas — para vingar seu ego ferido.

Quando volto para a *villa*, meu cavalo está cansado, e nós dois respiramos com dificuldade. Quero me retirar para os meus aposentos, mas meu pai tem outros planos. Mal fico na segurança do meu quarto por três quartos de hora, quando ele bate na minha porta.

— Aí está você! — ele rosna, como se estivesse me procurando a tarde toda e eu o tivesse ignorado por pura birra. — É claro que eu encontraria você em seus aposentos, satisfazendo sua preguiça ingrata, como se não houvesse uma dúzia de questões urgentes a tratar. — Tudo que posso fazer é olhar para ele e piscar de surpresa enquanto ele me entrega um fólio de couro. Ele continua: — Eu preciso que você leve estes papéis à repartição pública e certifique-se de que sejam entregues nas mãos do meu sócio Piramo. Você se lembra dele, certo?

É apenas uma pergunta retórica; ele sabe que conheço o idoso e excêntrico Piramo. Só não estou acostumado ainda a receber ordens para executar tarefas simples que, em geral, são realizadas por criados. Ainda atordoado, ainda pensando em Teobaldo, arrisco:

— Um de seus pajens não poderia fazer isso?

— Não, Romeu! — Sua voz troveja, seus olhos cheios de fúria em um instante. — Se fosse uma tarefa apropriada para um pajem, eu já o teria enviado uma hora atrás. Estou enviando você porque logo será meu aprendiz. — Levantando-se, meu pai rosna de novo: — Você fará o que eu digo, e sem reclamar! Goste ou não, você tem responsabilidades a cumprir, e a primeira delas é levar estes papéis. Entendido?

Tudo o que consigo fazer é assentir de modo manso. Se eu disser a ele que estou relutante em deixar San Pietro por causa de Teobaldo, ele me chamará de covarde. Se eu explicar o que fiz para provocar uma nova ira dos Capuletos, ele ficará ainda mais furioso e inventará algum novo castigo terrível para mim como uma lição de obediência.

Nervoso, eu me visto para sair, prendendo minha bainha no quadril com o aviso de Julieta soando em meus ouvidos. Antes de ir, porém, eu escrevo dois bilhetes e entrego-os ao meu pajem.

— Entregue isto o mais rápido que puder. Um é para meu primo Benvólio e o outro para meu amigo Mercúcio e seu irmão. Diga que o conteúdo é urgente.

Com um aceno sério, ele sai correndo da *villa*, erguendo poeira enquanto corre em direção ao Ádige. Eu o sigo até certo ponto, depois desvio para seguir na direção oposta. O edifício público fica na *piazza*, com seus arcos distintos ocupando um lugar de destaque quase bem no centro da grande praça do mercado — meu pajem deve atravessá-la para levar o bilhete a Mercúcio. Mas eu não posso arriscar seguir um caminho tão direto.

Galvano já teve tempo mais do que suficiente para retornar a Verona, localizar Teobaldo e alimentar sua raiva. Já houve tempo suficiente para que o raivoso Capuleto começasse a planejar seus próximos movimentos, se é que já não os estava planejando.

Na verdade, ele não deve ser ousado o bastante para atacar em San Pietro, que é repleto de Montéquios e de pessoas leais à nossa família. Ele pode ser errático e governado por seu temperamento, mas é pelo menos inteligente o suficiente para avaliar as probabilidades. Ele também é inteligente o suficiente para saber que não posso ficar em território protegido para sempre — que terei de entrar na cidade velha, mais cedo ou mais tarde. Sua paciência acabará sendo recompensada. Afinal, não há tantos lugares por onde eu posso atravessar o rio.

Se eu estivesse no lugar dele, a primeira coisa que faria seria posicionar uma sentinela no extremo da Ponte Pietra. Como a única ponte conveniente para aqueles de nós que vivem ao norte do Ádige, essa é uma escolha óbvia para uma armadilha. Há muitas embarcações, é claro — barqueiros levando passageiros pela água por um ou dois centavos —, e eu poderia escolher uma delas. Mas uma promessa de recompensa generosa por parte de Teobaldo, e eles se tornariam uma rede de espiões ansiosos para informá-lo sobre meus movimentos.

Eu poderia caminhar para o sul, até Campo Marzio, e tentar atravessar a ponte de lá, mas isso só me levaria ao início da Via de Mezzo — onde Teobaldo já tem uma tropa de soldados fiéis procurando por alguém chamado Montéquio. De um jeito ou de outro, ele me esperará a norte ou leste, o que significa que a minha melhor estratégia é vir do outro lado: atravessar o rio a oeste, aproximando-me do edifício público pelos fundos.

A viagem leva mais tempo do que eu gostaria — tempo suficiente para que ele adivinhe minha tática —, e estou nervoso como um gato sendo caçado quando enfim atravesso o Ádige. Eu me esgueiro pelo labirinto sinuoso de becos no bairro de Mercúcio, apegando-me às poucas sombras que o sol do meio-dia permite, minha mão no punho de minha espada o tempo todo.

À medida que a multidão aumenta, o barulho do mercado se aproxima, tenho meu primeiro vislumbre do edifício — e de uma figura familiar, em posição de sentido onde o beco se abre para a *piazza*. Inundado de alívio, grito:

— Mercúcio!

Ele me cumprimenta em resposta, mas sua expressão está mais sombria do que nunca. Aproximando-me, vejo que há outros com ele: Ben e Valentim, claro, mas também alguns dos meus primos mais distantes e homens que trabalham para meu pai. Cada um deles carrega uma lâmina — e, embora eu esteja aliviado ao ver que meus avisos foram recebidos e levados a sério, a visão de todos aqueles rostos bélicos só me deixa ainda mais nervoso.

— Aí está você. — Mercúcio parece estar repetindo meu pai, mas sua atitude é muito mais acolhedora. — Venha. Nós conseguiremos passar, mas é melhor fazer isso rápido.

— Achei que você estivesse exagerando quando li pela primeira vez o seu bilhete — Ben diz enquanto segura meu cotovelo direito, guiando-me através da colunata em direção ao edifício. — Mas então notei um dos caras de Teobaldo na porta em frente à minha casa. Já estava a meio caminho daqui quando consegui me livrar dele.

— Havia um em nosso beco também. — Mercúcio endireita os ombros ao se colocar à minha esquerda. — Suspeito de que estivesse esperando você.

Respiro mais aliviado dentro do edifício público, onde a ameaça de violência é minimizada devido ao decoro geral. Um ataque frontal aqui, dentro da câmara da cidade frequentada pelos comerciantes mais ricos, seria difícil de o príncipe descartar como mais uma loucura juvenil. Mesmo para alguém com tantas segundas chances quanto Teobaldo.

— Há informantes dos Capuletos estacionados na *piazza* — Valentim relata em tom sério, em algum lugar logo atrás de mim. — Reconheci o homem que nos seguiu ao longo do muro do jardim quando fugimos do baile de máscaras. Ele estava vigiando o extremo norte do mercado, e Mercúcio identificou dois outros.

— Três outros — altera Mercúcio —, não que faça muita diferença.

— Parece que nosso amigo Teobaldo decidiu teimar em localizar você — Ben afeta um tom jovial para melhorar o clima. — E duvido que haja alguma chance de todos nós termos entrado no edifício público sem que seus espiões saibam que você está conosco.

Minhas entranhas roncam, meus dedos suam onde seguram o fólio que meu pai me mandou entregar. Eu olho ao redor.

— Devo sair antes que eles possam reunir reforços?

— Você dificilmente conseguiria — diz Ben com firmeza.

— Você está imaginando que os reforços estejam todos lá em San Zeno. — Mercúcio fecha o punho, os nós dos dedos estalando. — Mas é mais provável que eles estejam espalhados nesta região da cidade, esperando por um sinal. Eu ficaria surpreso se algum deles estivesse a mais de cinco ou dez minutos de distância.

— Teobaldo também deve estar perto — continua Ben — e os fantoches dele estão vigiando a *piazza* para interceptá-lo se você tentar voltar para San Pietro.

— Então… o que devo fazer? — Minha voz ecoa no saguão do edifício, jogando meu próprio nervosismo de volta contra mim. — Devo enviar uma mensagem para notificar o príncipe?

— Dizendo o quê? — Mercúcio retruca. — Capuletos no mercado? Ele não cavalgará para o seu resgate. Só ficará ainda mais irritado se perceber que o antagonismo entre vocês não foi reprimido e que vamos incomodá-lo com o mesmo velho assunto.

— Ele tem razão. — Ben encontra meus olhos, balançando a cabeça bruscamente. — Se quer meu conselho, o que você deve fazer é pedir reforços seus. Sua melhor chance de sair da *piazza* e retornar para casa ileso é fazer Teobaldo pensar duas vezes antes de entrar em um confronto. Intimide-o; faça-o perceber que você está preparado para resistir, e que as coisas não acontecerão do jeito que ele quer.

— Intimidação é a palavra-chave. Precisamos levantar o maior número que pudermos. — Mercúcio fala como se o plano já estivesse decidido, e talvez esteja. — Temos sorte de você já ter muitos aliados deste lado de Verona, e San Pietro fica muito mais perto da *piazza* do que San Zeno. Eu já tenho uma dúzia de homens ou mais em mente.

Rapidamente, ele e Ben reúnem todos os pergaminhos que encontram e começam a distribuir ordens. Mercúcio marca os bilhetes com seu selo para autenticar o chamado às armas. Minha cabeça gira enquanto assisto a tudo isso — meus amigos convocando um exército em meu nome. É difícil acreditar que ainda é o mesmo dia em que acordei com um sorriso no meu rosto e a marca dos dentes de Valentim na pele do meu ombro.

— Você está nervoso. — A voz de Valentim é baixa, mas seu som em meu ouvido me sobressalta.

Forçando um sorriso fraco, pergunto:

— É tão óbvio?

— Para mim, é — ele responde com sua boca repuxando um pouco de um lado. — Mas eu me acostumei a estudar você quando você pensa que ninguém está olhando, e estou familiarizado com suas expressões.

— Esse não será... — Eu me esforço para expressar a ideia. — Esse não será um confronto simples. Será diferente de qualquer um dos encontros perigosos que tive com Teobaldo no passado... Mesmo aqueles que terminaram com lábios partidos e egos machucados. — Dentro do meu peito, logo abaixo do meu coração, há uma vibração inquietante que deixa meus membros inquietos. — E se eu não estiver à altura do desafio?

— Você está — Valentim quase sussurra; e, ainda que estejamos cercados por outras pessoas, sem desfrutar da privacidade do pomar da minha família e de suas árvores, ele coloca a mão na minha e a segura com força, em um gesto mal escondido pela dobra de sua capa. — Você está mais que à altura, Romeu. Há pouco em que eu acredite mais do que nisso.

Mesmo que apenas por esse momento, a palpitação em meu peito se acalma, e sinto o sol em meu rosto.

Demora menos de uma hora para os homens começarem a responder à convocação, primeiro aos poucos e depois em grandes grupos; corpos robustos lotando o saguão até que Mercúcio começa a ordenar que alguns se posicionem lá fora. Todos os recém-chegados relatam que a presença de Capuletos na *piazza* também está se expandindo e que nossos números são mais ou menos iguais. Quando o último dos meus soldados enfim chega, Ben me puxa de lado:

— Acredito que deva ser agora ou nunca, primo. — Os olhos dele estão escurecidos, e um músculo salta na curva de sua mandíbula. — Pode ser que não os superemos em número, mas podemos lhes mostrar que, para chegar até você, ele terá de travar uma guerra.

Minha língua gruda no céu da boca.

— Você acha que isso vai dissuadi-lo?

Ben fica quieto por um momento e então suspira.

— O que eu penso é que não faz sentido adiar o inevitável. Será ou um impasse ou um banho de sangue, e isso não mudará com a nossa espera. — Sorrindo com severidade, ele se apruma. — Bem, há uma terceira possibilidade. Também estamos a uma curta distância do *palazzo* e, se esse impasse continuar por tempo suficiente, o príncipe provavelmente intervirá. Mercúcio está certo: se Éscalus tiver de intervir de novo, não será bom para ninguém, sobretudo para você.

— Se eu for até lá e confrontar Teobaldo com um batalhão de Montéquios furiosos, e sangue for derramado na *piazza*, o príncipe terá algo a dizer sobre isso, não importa o que aconteça — ressalto tristemente.

Ben nem se preocupa em discutir.

— Você terá de garantir que não haja derramamento de sangue, para que ele possa elogiar sua sensatez e seu pacifismo... ou você terá de provocar Teobaldo a atacar primeiro, sem dar na cara, para que a culpa seja dele. Apenas ria de suas ameaças. — É uma brincadeira, mas foi também precisamente assim que começou a nossa última altercação. — Agora, entremos no campo de batalha.

20

SAÍMOS EM DIREÇÃO À *PIAZZA* EM UMA PROCISsão tensa. Meus soldados voluntários estão ansiosos para o confronto com o inimigo. Valentim mantém-se por perto, disfarçando a expressão de preocupação ao pisarmos sob o sol. Ben e Mercúcio agem com desenvoltura como meus guarda-costas, um de cada lado, dando ordens seguras aos outros.

A compostura deles me impressiona. Não quero nenhum arqui--inimigo planejando todos os meus movimentos, que suas hostilidades crescentes sejam motivo de constante preocupação; não quero nenhum perigo iminente de violência ou morte. À medida que nos espalhamos pela praça, enfim confrontando as forças dos Capuletos, pela primeira vez me ocorre que alguns de nós podem de fato perder suas vidas aqui.

— *Romeu Montéquio!* — Teobaldo rompe a linha de frente de sua milícia, com o rosto brilhando de raiva, e aponta um dedo para mim. — Seu fanfarrão mentiroso, escória mais vil de Verona, finalmente responderá por ter violado minha prima!

Suspiros e murmúrios se espalham por entre os espectadores reunidos — outro público para mais um feio encontro entre Montéquios e Capuletos —, mas tento ignorá-los. Com uma calma que não sinto, digo:

— Bom dia para você também, Teobaldo.

— Você tem se encontrado em segredo com Julieta, não tente negar isso. Vocês foram vistos esta manhã, abraçando um ao outro, em um encontro secreto no campo! — Ele espera que suas palavras ressoem e que eu as refute. Como permaneço calado, ele se aproxima.

— Você admite isso, então? Que atraiu minha doce prima para ligações imorais, incitando-a para fora da cidade a fim de que não fossem descobertos?

— Se Galvano descreveu o que testemunhou como uma "ligação imoral", está mentindo para você — respondo com tom controlado, mesmo que meu couro cabeludo se arrepie de nervosismo. — E você poderia perguntar a ele exatamente onde ele nos viu.

— Foi em um local isolado, cerca de seis quilômetros ao longo da estrada ao sul da cidade. — Galvano abre caminho, tão petulante quanto Teobaldo. — Vocês estavam se beijando, eu os vi!

— Sim — eu confirmo. — De dentro de sua carruagem, sim? — eu emendo na mesma hora.

— Sim. — Mas só depois que esta palavra é dita que seus olhos se nublam com a percepção de que posso tê-lo atraído para uma armadilha. — Eu estava acompanhando minha mãe ao Santuário de Santa Ágata, onde ela faz suas peregrinações.

— Então você nos viu parados ao lado da estrada, à vista de qualquer pessoa que por acaso passasse. — Eu espero, mas ele não tem resposta para isso. — Soa mesmo como duas pessoas tentando manter um segredo?

— Você está distorcendo minhas palavras! — Galvano acusa.

Ao mesmo tempo, Teobaldo declara:

— Ele está fazendo joguinhos de retórica, mas confirmou o encontro com Julieta!

— Eu nunca disse que não nos encontramos esta manhã, apenas que Galvano entendeu mal o que viu. — O suor faz um caminho frio no meio das minhas costas, enquanto meus olhos continuam se voltando para a espada no quadril de Teobaldo. — Estou supondo que você não tenha perguntado à ama de Julieta sobre esse encontro, pois, se tivesse, não nos estaria constrangendo e caluniando meu nome *de novo*.

— Aquela mulher não é confiável. Ela mente sem um pingo de vergonha. — Teobaldo dispensa minha testemunha com um gesto.

— Assim como você! Que invade a casa de meu tio, coloca minha prima contra seus pais e a atrai para longe de Verona para...

Interrompendo-o, volto-me de novo para Galvano:

— O lugar onde nos viu, a seis quilômetros ao sul, é onde fica o mosteiro franciscano, não é?

Desta vez, ele pisca, lançando um olhar incomodado para Teobaldo.

— Eu frequento a igreja beneditina de San Zeno. Não sei onde moram os franciscanos.

— Em um mosteiro a seis quilômetros ao sul daqui, ao longo da estrada — eu esclareço com paciência. — A verdade é que Julieta e eu estávamos a apenas trinta metros ou menos da porta da igreja. Parece um lugar curioso para realizar o tipo de atividade que vocês estão insinuando, Teobaldo.

Há mais murmúrios da multidão e mais um silêncio confuso de Galvano. Mas, nos olhos de Teobaldo, posso ver que ele está buscando pontos fracos em minha declaração. E, quando sua expressão muda, percebo que encontrou um.

— Você levou Julieta para uma igreja?

Há uma mudança no ar, e os murmúrios se silenciam por um momento para depois ganharem força, ondulando mais rápido pela multidão. É como se a *piazza* se tornasse uma panela de caldo fervente, com a tampa batendo sobre ela de forma barulhenta, esperando apenas por uma desculpa para explodir. E Teobaldo quer que isso aconteça. O calor invade meu rosto.

— Eu não levei Julieta a lugar nenhum. Acontece que nós nos encontramos...

— "Acontece" que vocês "se encontraram"? — ele repete com um ácido menosprezo. — Mas que coincidência maravilhosa! E no mesmo dia em que seu pai decidiu sobre seu futuro marido. — Ele avança, e imediatamente Ben e Mercúcio me flanqueiam. — Minha bela prima pode ser ingênua demais, confiante demais, para reconhecer o libertino que você é, para enxergar como você pretende corrompê-la.

Mas ela também é penitente demais para se deixar possuir por um homem fora do leito nupcial, e você sabe muito bem disso!

— Isso é um absurdo. — Olho ao redor em busca de apoio, mas de repente há homens que param de me olhar nos olhos. — Foi um encontro casual, e nada mais… A ama e os frades poderão atestar!

Teobaldo me ignora, e um brilho em seus olhos demonstra seu prazer quando confirmam a mudança na maré.

— Você *consumou* sua união fraudulenta com minha pobre prima? Ou ainda há tempo para preservar a honra do nobre Conde Páris?

— Você nunca se importou com a honra de ninguém — Mercúcio interrompe sarcasticamente —, muito menos de Julieta. Nem com a sua, ou não estaria fazendo acusações tão baixas em um local onde você sabe que elas serão lembradas. A verdade inevitavelmente será revelada, Teobaldo, e essa será sua queda.

— Então suponho que você não tenha objeções a que cheguemos à verdade dos assuntos aqui e agora. — O seboso Capuleto sente-se enfim à vontade. — Este covarde degenerado seduziu minha prima e agora se encontra com ela em segredo em uma igreja fora da cidade, onde ele sabe que a família dela não pensaria em procurá-la. — Ele dá mais um passo à frente, e a multidão se move, pronta para transbordar a qualquer momento. — Pergunto de novo, meu senhor: você contaminou Julieta, ou ela ainda é pura?

Os murmúrios saltam para exclamações em voz alta, rumores mortais se formando e alçando voo em velocidades vertiginosas. Esta implicação — de que posso ter me casado com Julieta em uma cerimônia clandestina com o único objetivo de destruir seu futuro e sua reputação — é grandiosa e sórdida o suficiente para ser acreditada.

Meu sangue gela quando enfim começo a aceitar que não haverá uma conclusão pacífica, nenhum cessar-fogo; Teobaldo não permitirá que a racionalidade prevaleça. Por bem ou por mal, ele se vingará de mim, e não há nenhum caminho para fora da *piazza* que não esteja pintado de sangue.

O que me resta é garantir que, quando a poeira baixar, eu esteja vivo — e que, pela primeira vez, a culpa seja apenas dele. *Apenas ria de suas ameaças.*

— Nem todo homem em Verona está tão interessado em se deitar com sua prima quanto você, Teobaldo — retruco, provocando uma risada abrupta e nervosa da multidão.

O rosto dele se contrai e os nós de seus dedos empalidecem sobre o cabo da lâmina.

— Morda a língua, canalha.

— Você fala como se ela fosse uma colher ou uma bandeja de servir… um objeto a ser esfregado e colocado em uso pelos homens. Mas ela certamente mostrou nesta praça sua dignidade ontem! — Eu rio dele e, embora seja fingida, minha imitação da leviandade é suficiente para quebrar a espessa crosta de tensão no ar, com o humor se espalhando pela multidão. — Ela pode ser justa, além de confiante e penitente, mas não é ingênua. E, antes que sugira que ela é facilmente enganada, você deve considerar o quão facilmente ela o fez de bobo diante do Príncipe Éscalus!

A risada aumenta e os lábios de Teobaldo contraem-se, a saliva borbulhando entre seus dentes.

— A virtude e a reputação de minha prima estão em jogo, e você faz piadas. Você se deleita com sua tentativa de sabotagem à integridade de Julieta, com seu ataque implacável à integridade de minha família, porque você não passa e nunca passará de uma escória desonrosa!

Finalmente, ele desembainha sua lâmina — e eu respondo na mesma moeda, e o gesto é repetido ao longo das fileiras agrupadas. Reverbera-se pela *piazza* o som do metal sedento.

— Você confessará seus pecados de boa vontade — anuncia Teobaldo, brandindo sua lâmina —, ou arrancarei de você a confissão!

E, então, ele ataca.

Eu não gosto de lutar. Apesar de ser sido treinado com as armas de preferência da classe aristocrática de Verona, prefiro a paz; nunca houve antes um momento em que eu tenha temido assim pela minha vida, sabendo que, se não vencesse, talvez nunca fosse embora dali. Teobaldo, no entanto, fez questão de acumular esse tipo de experiência e aprender com ela.

Infelizmente para ele, porém, embora eu não goste de lutar, sou muito bom nisso.

O manuseio adequado de uma lâmina requer destreza, precisão e controle — todas as habilidades essenciais, na verdade, para a criação de arte com excelência. E, embora eu nunca tenha desembainhado meu florete com o intuito de matar, também não perdi um único treino desde que fiz quinze anos. Teobaldo tem mais massa do que eu — ombros mais largos, braços mais grossos, pernas mais longas —, mas seus movimentos são todos previsíveis, e sua confiança na força bruta é uma falha que consigo usar contra ele.

Sua espada me ataca, e eu contra-ataco instintivamente, desviando o golpe com um movimento do meu pulso que estimula seu impulso e o desequilibra. Quase instantaneamente, Mercúcio está sobre ele, empurrando-o para trás com uma série de estocadas e defesas que me dão tempo suficiente para respirar antes que Galvano salte para assumir a posição de seu líder de fato.

Galvano é mais hábil que Teobaldo, mas ele me subestima... ou talvez ele se superestime. Eu lhe permito um momento de controle da luta, para que eu possa ver o que ele fará com isso... e observo como ele sempre deixa seu torso exposto quando se lança para a frente. Na próxima vez que ele faz isso, eu enfio a ponta da minha espada entre suas costelas. A ferida que abro não deve ser fatal, mas é profunda o suficiente para fazê-lo recuar em pânico.

Depois de Galvano, há outros desafiantes, e rapidamente aprendo que nem todos aqueles que são leais aos Capuletos podem ser rechaçados com arranhões — alguns só recuarão se eu os ferir gravemente o suficiente para que não tenham outra escolha. Começo a atacar as articulações dos ombros e antebraços, deixando de lado minha misericórdia enquanto eu rasgo a carne de que precisam para empunhar suas armas. Ao meu redor, o caos só aumenta, e o sangue vai tingindo as pedras aos nossos pés.

No meio da confusão, vejo meus amigos: Mercúcio brandindo duas espadas ao mesmo tempo; Ben com o rosto ensanguentado e um sorriso triunfal; Valentim ficando perto de seu irmão, defenden-do-se bem. A baderna aumenta, e eu olho na direção do *palazzo*. O príncipe estará aqui em pouco tempo, e talvez a batalha termine antes de qualquer perda inimaginável.

Mal pensei nessas palavras quando Teobaldo me encontra de novo. Com o rosto machucado e suado, os dentes manchados de sangue, ele rosna:

— Chega de se esconder atrás de seus companheiros, Montéquio. Este assunto é entre mim e você. Vamos resolvê-lo como homens!

— Se você finalmente se tornou um, estou orgulhoso de você. — Eu esculpo algumas voltas no ar para que ele possa ver quanta força me resta. Minha respiração fica difícil, mas os movimentos são fáceis.

— Espero que você ainda esteja falando quando minha lâmina perfurar seu coração — Teobaldo não mede suas palavras. — Ficarei feliz em calar sua boca para sempre!

Ele não está me provocando nem tentando abalar minha con-fiança; ele de fato quer me matar. Esse desejo faísca em seus olhos, e só haverá uma forma de acabar com este confronto.

Teobaldo pega impulso e investe contra mim em um frenesi selvagem, agora em desespero, mas não apresenta nenhuma nova habilidade com relação ao nosso encontro anterior. Com os dentes cerrados, ele me dá um golpe após o outro, e meu braço começa a doer com a força necessária para conter suas manobras.

Dou um passo forçado para trás e, em um segundo, a boca de Teobaldo abre-se em um sorriso malicioso ao perceber que está ga-nhando vantagem. À minha direita, em meio ao caos, avisto Mercúcio e Valentim. Pensando rápido, recuo um pouco mais, curvando-me, temendo que em breve precise da ajuda deles.

É engraçado pensar como um dia imaginei meu destino — como, em todas as direções que eu olhava, parecia que havia apenas um futuro possível. Pois quando chegou o momento em que meu destino de repente mudou, quando tudo que eu julgava inevitável fica fora de alcance, isso acontece tão rápido que mal consigo assimilar.

Teobaldo avança cambaleando, mas deixa seu ombro exposto por tempo suficiente para eu atingi-lo com a ponta da espada. Rugindo de dor, ele tenta manter o controle do cabo de seu florete, mas sua mão treme ao virar de novo na minha direção. Desarmá-lo é apenas uma formalidade, uma questão de alguns movimentos simples.

A vitória surge em meu peito, certo como estou de que este é o momento em que consigo me impor. Estou vendo seu florete tombar no chão, o sangue já escorrendo da manga do casaco, e é só quando ouço alguém gritar meu nome que lembro: Teobaldo também carrega uma adaga.

Tarde demais, eu entendo que ele me atraiu com aquele último gesto de sua lâmina, que ele me fez me aproximar para desarmá-lo — para que eu ficasse ao alcance de sua faca. O tempo esvai-se à medida que sua lança chega ao meu flanco direito, inclinada para cima para encontrar seu caminho entre as minhas costelas.

E, então, uma espada brilha entre nós. Colidindo contra mim, Valentim usa a ponta de sua lâmina para golpear a adaga para cima no último instante possível. A ponta da faca rasga o tecido grosso do meu casaco, quase raspando a pele do meu torso, mas continua seu curso… direto para o próprio Valentim.

Teobaldo deixa a adaga reivindicar esse novo caminho, sua vingança quente no ar, e esfaqueia o garoto que amo logo abaixo da clavícula.

Algo se abre dentro de mim, minhas veias esquentam, o rugido de sangue abafando minha razão.

Valentim cambaleia para trás — sua pele rasgada, seus olhos arregalados. Em pânico — enquanto Teobaldo gira em minha direção…

E encontra a ponta da minha lâmina.

O aço mergulha em sua garganta, fundo o suficiente para raspar o osso, e quando eu o arranco, ele pinga um vermelho quente e escorregadio.

Estou respirando com tanta dificuldade que minha visão turva enquanto Teobaldo tropeça para trás, segurando o pescoço destruído com uma das mãos. Fitas de sangue escorrem por entre seus dedos e pelo braço. A multidão se move, mas estou enraizado no lugar, ouvindo o gorgolejo que ele faz quando cai de joelhos e em seguida despenca nas pedras marcadas com listras vermelhas.

Suas pernas estão se contraindo e um ruído horrível emerge do fundo de seu peito quando Mercúcio uiva o nome do irmão e eu finalmente volto a mim.

Valentim está deitado no chão, seu rosto ceroso e pálido, seus lábios ficando azuis enquanto seu casaco fica vermelho. Meus joelhos cederam, e eu cairia ao lado dele se Ben não me pegasse pelos braços.

Mercúcio, com o rosto devastado pelo horror, embala a cabeça do irmão em seu colo.

Sufocando com a dor, ele olha para nós.

— E-eu acho que ele não está respirando!

ATO III

UMA DERROTA NA VITÓRIA

21

Estou lutando para me libertar das garras de Benvólio quando o toque das trombetas ressoa no ar, anunciando a chegada do Príncipe Éscalus. Já é tarde demais, porém. Por um minuto — sessenta impiedosos segundos —, ele está atrasado para evitar que meu coração se parta.

— Romeu, devemos fugir! — Ben urra ferozmente, tentando me afastar de Valentim.

Ele ainda está deitado de costas na *piazza*, com Mercúcio segurando sua cabeça e chorando em profusão. De maneira absurda, só consigo pensar: *devia ser eu*. E nem sei a qual dos dois me refiro.

— Não! — Com as forças que me restam, luto contra meu primo, contorcendo-me. Ben é maior do que eu, mas meu desespero poderia esmagar um exército, derrubar uma montanha. Ele não tem ideia daquilo com que está lidando. — Me solte, me solte, *dane-se*!

— Você não tem como ajudá-lo, Romeu! — Ben tem de gritar para ser ouvido quando as trombetas soam de novo, desta vez mais perto. — Está me entendendo? *Você não tem como ajudá-lo!* Ele precisa de um cirurgião, e você precisa correr o mais longe e o mais rápido que puder. *Agora!*

Ele me empurra para trás, meus calcanhares raspando na pedra, e a multidão se espalha pelo espaço que deixamos. As pessoas bloqueiam minha visão, e eu começo a entrar em pânico, debatendo-me descontroladamente.

— Eu não... vou... deixá-lo!

— Ele não está sozinho, ele tem seu irmão e… Romeu, olhe para mim. — Ben sacode meus ombros com força até eu obedecer, atordoado. Seu rosto está pálido e ensanguentado, os olhos arregalados de urgência. — Você matou Teobaldo! Sabe o que acontecerá se você cair nas mãos do príncipe? Sabe?! — Ele me sacode de novo e, para minha surpresa, lágrimas caem pelo seu rosto. — Você será exilado, Romeu, *se tiver sorte*. É mais provável que você seja enforcado por tirar uma vida dentro das muralhas de Verona, quando já tinha recebido a ordem de abandonar suas inimizades em nome da paz. E eu não deixarei que isso aconteça!

— Mas Valentim… — Minha voz falha enquanto a multidão cresce e fica mais agitada.

— Não podemos ajudá-lo — ele insiste, em desespero — e, se você não fugir, será expulso ou morrerá! Que bem isso fará a Valentim? Ou a Mercúcio, ou a mim? — Ele me sacode de novo, e o peso do que ele está dizendo quase me empurra para o chão. — Se quiser nos ver de novo, você deve ir a algum lugar onde o príncipe não possa encontrá-lo. Venha comigo, primo, deixe-me levá-lo daqui enquanto ainda há tempo!

Ele quase me levanta desta vez, arrastando-me para longe dos guardas que se aproximam e, enfim, eu cedo. A *piazza* não ecoa mais o choque das espadas e, ao nosso redor, os homens vão parando conforme percebem que a batalha terminou. Em uma questão de instantes, não teremos mais o caos para encobrir nossa fuga. Como um sonâmbulo, deixo Benvólio me arrastar para fora da *piazza*, para o labirinto de becos que se bifurcam a partir do coração de Verona… arrastando-me para cada vez mais longe de Valentim.

Os próximos dois dias são perdidos para mim em uma névoa de choque e tristeza.

É claro que há apenas um lugar seguro no qual consigo pensar fora de Verona — o qual acredito que me receberá bem — e, de alguma forma, Ben consegue me levar até lá. Pelo menos deve ter conseguido, pois é onde eu me encontro, duas manhãs depois, acordando em uma cela vazia com nada além das roupas do meu corpo.

— Você está acordado — observa Frei Lourenço ao abrir a porta, com uma expressão de alívio e surpresa.

Ele carrega uma bandeja com pão fresco e água, colocando-a sobre uma mesinha ao meu lado.

— Estou? — Meu corpo está pesado e meu coração dói, enquanto o quarto parece balançar como um daqueles lampiões do pátio dos Capuletos; aqueles que fizeram o peito de Valentim brilhar tanto na noite do baile de máscaras. Só de pensar no nome dele, algo se contorce dolorosamente em meu peito.

— Você dormiu a maior parte das últimas trinta e seis horas. — O monge se senta à minha frente na única cadeira do cômodo, a luz derramando-se sobre ele pela janela. — Não tenho certeza se foi um sono saudável, mas tive a sensação de que você precisava dele.

À medida que minha cabeça começa a clarear, sinto o cheiro de grama cortada e o ar entrando na cela, então olho em volta.

— Estou no mosteiro. Vocês me acolheram… embora eu…

Não consigo terminar a declaração, e Frei Lourenço dá um sorrisinho preocupado.

— Nós o acolhemos. Na verdade, nem todos os irmãos estavam de acordo sobre o assunto, pois derramar sangue por raiva ou vingança vai bastante contra a nossa crença, como você sabe… mas meu testemunho quanto à natureza do seu caráter os influenciou a seu favor. — Ele olha com tristeza para as dobras de seu manto. — Afinal, eu conheço você, Romeu, e ouvi o relato de seu primo sobre o que aconteceu na *piazza*. Você agiu em defesa de alguém importante para você. As Escrituras estão repletas de histórias de homens honrados praticando atos semelhantes.

É uma forma solidária de reconhecer que tirei uma vida; apesar de saber quanto perigo Teobaldo representava naquele momento, ainda estou lutando para fazer as pazes com isso.

— Valentim me salvou da lâmina de Teobaldo. — Ainda me lembro do brilho do metal, a adaga desviada no momento certo. — E eu agi por vingança. Não pensei antes de atravessar Teobaldo com a lâmina; tudo aconteceu tão rápido, e eu só sabia que, se ele não fosse contido, nós dois estaríamos mortos. — Lágrimas caem sobre o lençol puxado até minha cintura. — O senhor... O senhor ouviu alguma notícia de Verona? Sabe se...

Frei Lourenço me poupa de terminar a pergunta.

— Eu não ouvi muita coisa, apenas que o príncipe está em estado de fúria por causa do confronto na *piazza*, como você sem dúvida poderia imaginar. Ele enviou cavaleiros pelas estradas nos arredores da cidade para encontrar você, mas até agora só sabemos dessa busca. — Ele hesita, coçando a barba. — Por outro lado, os boatos giram em torno da morte de Teobaldo. Mandei saber se há outras fatalidades da noite passada, mas, até este momento, seu Valentim não foi mencionado.

— N-não foi? — Eu me endireito, confuso e alerta. Gravada em meus pensamentos está aquela última imagem dele que vi: pálido, sangrando, imóvel... Seria possível que tivesse se recuperado? — Isso significa...

— Só significa que sua condição não é ainda conhecida — Frei Lourenço mede suas palavras, atendo-se aos fatos. — Não vamos especular muito até termos mais informações. O que saberemos entre hoje e amanhã será mais confiável do que aquilo que soubemos até agora.

— Eu entendo — digo a ele. E eu entendo, de fato... ou acho que sim. Mas meu coração quer se proteger, envolvendo-se com a esperança que sinto de Valentim estar vivo. — Há notícias de minha mãe e meu pai?

Frei Lourenço remexe-se um pouco.

— Rumores variados. Como eu disse, seria melhor se esperássemos mais um ou dois dias antes de começar a considerar qualquer um deles como confiável.

Desta vez eu o entendo perfeitamente: as notícias são ruins, ele não as quer dizer. Soltando um suspiro, viro-me para a janela e olho para o pedaço de céu azul lá fora… E percebo, pela primeira vez, que talvez nunca mais volte a Verona. Meus pais estão de luto? Estão com raiva? Eu os deixei em perigo de uma vingança por parte dos Capuletos?

Ouço uma batida na porta da cela, a que Frei Lourenço responde. Imagino que seja outro frade e por isso fico perplexo quando descubro que é Benvólio.

— Primo? — Eu saio da cama, jogando-me nele em um abraço, e ele me aperta com tanta força que eu tenho de lutar para respirar. — O que você está fazendo aqui? Quais são as novidades de casa? E Valentim, ele…

— Há muito para contar — diz Benvólio com a voz cansada, e pela primeira vez percebo o quão abatido ele está —, mas eu acabei de fazer um caminho terrivelmente longo. Estou sendo observado não apenas pelos Capuletos, os quais pensam que eu os levarei até você, mas por espiões a serviço do príncipe, o qual também quer encontrá-lo. Eu tive de ir até San Bonifacio antes de vir em segurança para o mosteiro. — Ele cai pesadamente na beira da minha cama. — Tive de sair de casa antes do amanhecer, troquei de cavalo três vezes e não como nem bebo por horas!

— Tome meu pão e minha água — digo a ele, indicando a refeição que Frei Lourenço trouxe para mim. — Eu não estou com muito apetite.

Benvólio olha para a bandeja com suas humildes oferendas e então me lança um olhar maltratado.

— Pão e água? Eu vim *visitar* os monges, não ingressar na ordem deles!

— Eles são bem conhecidos por seu bom pão, Ben.

— Também são bastante conhecidos por sua fabricação de cerveja — aponta ele, em tom travesso. — Será que vim até aqui, suando por dentro da roupa e pegando mosquitos nos dentes, para nem mesmo ganhar um mísero gole de cerveja?

Seu beicinho é tão ridículo, tão perfeitamente *dele*, que não consigo não rir.

— Aqui não é uma taverna, Ben... Não podemos exigir hospitalidade dos frades!

— No entanto, somos mesmo bastante conhecidos por nossa produção de cerveja. — Frei Lourenço sorri abertamente. — Mas, por favor, estamos tão famintos de novidades quanto você de comida e bebida. Coma o que está aqui que depois buscarei uma rodada de cerveja para você.

Resmungando um pouco, Ben concorda. Come metade do pão e vira a jarra de água. Limpando a boca na manga da camisa, ele anuncia:

— Valentim está vivo.

Meu alívio é tão intenso que meu corpo amolece.

— Mas está... mal — Ben acrescenta com palavras sombrias e um olhar que envia minha esperança de volta ao seu esconderijo. — A ferida que ele recebeu de Teobaldo foi superficial, ainda bem, e, embora tenha sangrado muito, um cirurgião conseguiu fechá-la. Mas ele ainda não acordou, e o médico que o atende diz que seu estado está piorando a cada dia.

Incapaz de confiar na minha voz, permaneço em silêncio, e Frei Lourenço suspira.

— Ele desenvolveu uma infecção, então?

É a explicação óbvia e um diagnóstico sombrio; dezenas de homens morrem todos os anos devido a feridas que infeccionam. Mas Ben nos surpreende.

— Não... ou, pelo menos, o médico jura que o local da lesão mostra todos os sinais de cura, e ainda assim sua febre sobe e depois despenca, ele transpira e tem convulsões, e parece sentir uma dor terrível.

— Ele não pode morrer — sussurro, falando para a janela, para o céu azul e tudo que está além dele. — Será minha culpa se ele morrer.

— Não, Romeu. — Ben aperta meu ombro. — Teobaldo foi quem o esfaqueou. Não se culpe por Valentim ter recebido a adaga destinada ao seu coração.

— O que está sendo dito sobre as ações de Romeu? — Frei Lourenço inclina-se para a frente. — Sabemos que o príncipe o procura, mas *para o que* é que ele o procura?

Ben puxa um pedaço solto de sua meia.

— Não houve uma determinação ainda... Teobaldo está morto e os Capuletos estão sedentos por sangue. Mas ele não era uma vítima inocente, e muitos homens honestos testemunharam que foi ele quem iniciou a batalha. — Com um sorriso triste aparecendo em seus lábios, ele acrescenta: — E você ficará feliz de saber que a ama de Julieta corrobora seu relato de tudo o que aconteceu aqui naquele dia.

— Então eles... Procuram-no para formalizar sua expulsão para o exílio? — Frei Lourenço contrai as sobrancelhas.

— Eles o procuram para punição — diz Ben, desconfortável. — Só que o príncipe ainda está decidindo que forma de punição será essa. Romeu foi avisado para não continuar com a rivalidade, e então matou Teobaldo no dia seguinte, e no mesmo local... As circunstâncias, pelo menos no que diz respeito a Éscalus, são irrelevantes. — A amargura impregna seu tom. — Ele apenas quer transformá-lo em um exemplo contra incidentes futuros.

— Eu só o matei porque ele tentou matar Valentim! — eu exclamo, enfim encontrando minha voz. — Ele tentou matar a *nós dois*!

— O príncipe não se importa com quais foram seus motivos... Ele se importa apenas com o fato de seu grande discurso perante o público ter sido ignorado. — Ben esfrega a parte de trás do pescoço. — Porém, por mais que os Capuletos tenham condenado você, os Montéquios foram ainda mais barulhentos em sua defesa. Colocaram pressão sobre o príncipe para considerar o longo histórico de problemas criados por Teobaldo e reconhecer que ele morreu no ato de tentar tirar uma vida.

— Eles precisam pressioná-lo para isso? — Não é porque sou um fugitivo, com um futuro arruinado *ainda* na balança, que não fique mesmo assim incrédulo diante da indiferença perpétua de Verona à justiça.

— É um argumento razoável. — Frei Lourenço franze a testa. — Teobaldo não foi assassinado; ele apontou sua lâmina para outro homem, e por isso acabou atingido. E, se a condição de Valentim não melhorar… — Ele dispara um olhar preocupado em minha direção. — Bem, ele pode acabar sendo culpado de tirar uma vida dentro das muralhas de Verona também.

— Sim — Ben concorda. — E é aí que reside a razão pela qual o príncipe não determinou a sentença de Romeu. — Lá fora, o vento sacode as árvores, e um bando de pássaros voa de seus galhos. — Se Valentim morrer, então Teobaldo será culpado de assassinato, e sua sentença seria a morte, de qualquer maneira. Romeu terá simplesmente antecipado esse desfecho.

Ele para aí, e o silêncio é insuportável.

— Mas o que isso significa? — eu insisto. — Ele levará as circunstâncias em consideração ou não?

De modo sombrio, Ben encontra meus olhos.

— Isso significa que, se Valentim morrer, o príncipe vai apenas bani-lo pelo papel que você desempenhou naquela horrível fatalidade. Mas, se Valentim sobreviver… Romeu, você será então considerado culpado de assassinato, e uma sentença de morte oficial será emitida contra você.

22

PARECE QUE JÁ NÃO HÁ MAIS AR NA CELA PARA respirar e, por um momento, tudo que posso fazer é me agarrar à beira da cama e engolir a bile. *Se Valentim morrer, eu viverei... Mas, se Valentim viver, eu morrerei...* Como o príncipe pode ser tão cruel? Como pode o destino ser tão cruel?

Acabamos de nos redescobrir; acabamos de encontrar o tipo de felicidade que somos capazes de compartilhar. Acabamos de conhecer essa forma de amor, e agora nossos destinos estão unidos — mas de forma que só um de nós tenha chance de ver a luz.

Frei Lourenço sai de novo em minha defesa.

— Como pode Éscalus justificar uma decisão tão absurda? Teobaldo lançou uma armadilha para enredar Romeu em sua busca por vingança. Ele foi pego em flagrante tentando tirar uma vida. Ou a retaliação do nosso jovem amigo foi justa ou não foi, o resultado não deveria importar se o objetivo de Teobaldo era esse mesmo.

— A situação em Verona está extremamente precária neste momento. — Ben esfrega o rosto com tristeza. — Os Capuletos estão exigindo sangue dos Montéquios, enquanto o pai de Romeu decidiu que não descansará até que Alboíno tenha aprendido de uma vez por todas a lição. Todos estão enfurecidos, com as famílias e seus apoiadores clamando na porta do *palazzo* do nascer ao pôr do sol, e mais combates ameaçam explodir a qualquer hora. — Ele balança a cabeça. — A decisão do príncipe foi sua tentativa de apaziguar ambos os lados e forçar uma distensão.

— Como o Rei Salomão — comenta Frei Lourenço. — Só que desta vez não haverá ninguém poupado graças ao amor de uma mãe.

— Eu ouvi de uma… uma senhora que às vezes visito — Ben diz enquanto lança um olhar culpado para o monge —, cujo marido é conselheiro de Éscalus, que o príncipe está na verdade feliz por Romeu ter fugido de Verona e não quer, de fato, localizá-lo. Sua fuga, primo, soluciona um assunto espinhoso que ele prefere não resolver. — Com um gesto amplo, ele acrescenta: — Além disso, prender você e trazê-lo de volta para enfrentar os juízes só ia agravar as tensões.

— Mas você não acabou de nos dizer que eles perseguiram você aqui e ali? Ainda esta manhã, esperando que você os guiasse em seu caminho? — Frei Lourenço franze o cenho.

— O príncipe pode não querer que Romeu seja encontrado, mas ele ainda é obrigado a procurá-lo. — Ben suspira. — Os Capuletos estão pressionando Éscalus, mas não foram necessariamente os espiões *dele* que me perseguiram até San Bonifacio. Alboíno dispõe de muitos fiéis seguidores para cumprir suas ordens e dinheiro para contratar mercenários para fazer sua própria caçada humana.

A cela gira enquanto o sangue desaparece do meu rosto. De alguma forma, mesmo quando acredito que cheguei ao fundo absoluto do meu desespero, o chão cai e eu afundo ainda mais. Há uma semana, o que eu mais temia era um futuro encharcado de falsidades, frustração e sonhos adiados. Hoje sou um fugitivo, preocupado não só com o destino de Valentim e com uma punição de morte ou exílio… mas com assassinos contratados que em nada compartilham com Éscalus a ambivalência em relação à minha fuga.

A expressão de Frei Lourenço fica séria.

— Teremos de tirá-lo daqui. Sua associação com nosso humilde mosteiro é bem conhecida. No fim, alguém vai supor que lhe oferecemos abrigo… se é que já não chegaram a essa conclusão.

— Ele tem razão. — Ben me observa. — E não demorará muito para que patrulhas estejam estacionadas ao longo desta estrada, sejam dos Capuletos, sejam do príncipe, para tentar pegá-lo retornando à cidade. Você pode acabar preso aqui.

Eu olho para as paredes, o perigo lentamente se torcendo em um laço em volta do meu pescoço.

Frei Lourenço limpa a garganta.

— Por um tempo antes de vir para cá, eu estive em Mântua. Ainda tenho amigos entre os frades mendicantes de lá e posso perguntar se eles aceitariam um refugiado. — Ele tenta sorrir. — Não há garantia, mas posso escrever para eles e providenciar para que a mensagem seja enviada ainda hoje.

— Não há tempo a perder. — Assim que Ben diz essas palavras, ouvimos outra batida frenética na porta da cela.

Nervoso, meu corpo quase que se separa da minha pele. Nós três trocamos olhares preocupados.

Frei Lourenço responde à convocação com cautela, revelando um novato de olhos arregalados do outro lado.

— Homens! — exclama o menino, gesticulando ao longo do pórtico protegido dos claustros. — Homens armados... da cidade. Eles estão aqui procurando... — Ele não termina esta afirmação, mas seus olhos se dirigem a mim por cima do ombro de Frei Lourenço, e minha nuca fica gelada. — Eles estão vasculhando o terreno e até a própria igreja! Eu acho... que eles podem ficar violentos. Guillaume os emboscou, mas não demorará muito para que eles venham para cá!

— Obrigado por me avisar, Tommaso. — De alguma forma, Frei Lourenço consegue parecer calmo, e ganha uma expressão que reconheço ao observá-lo avaliar as plantas de seu jardim, considerando suas possíveis aplicações. — Eu preciso que você vá buscar algumas coisas para mim no armazém e traga-as de volta o mais rápido possível. Antes que Guillaume fique sem meios de distrair nossos visitantes indesejados.

Depois de Lourenço explicar do que precisa, o noviço foge, seus passos como o tamborilar de uma chuva forte.

— O que devemos fazer? — eu sussurro com um nó na garganta.

— Não saia desta cela. Fique quieto e ore para que sua má sorte tenha acabado.

Seu conselho está longe de ser animador; minha má sorte tem mais resistência do que Fidípides, o mensageiro grego que correu de Maratona a Atenas. Mas concordo de qualquer maneira, pois mesmo um plano ruim é melhor do que plano nenhum.

— E se forçarem a porta? — Ben leva a mão ao cinto por reflexo, os dedos fechando-se em torno do punho do florete. — Não há onde se esconder aqui.

— Se meu plano der certo, não chegaremos a esse ponto. — Frei Lourenço hesita e depois acrescenta em tom solene: — Se falhar, se eles ousarem revistar nossas residências sem nossa permissão, você não deve sacar a arma.

— Mas eles vão levar Romeu!

— Eles o levarão de qualquer maneira — Frei Lourenço fala em voz baixa, e meu estômago vazio se revira. — Você teria de matá-los para impedir que isso aconteça, e isso só pioraria as coisas para vocês dois.

— Ele está certo, Ben. — Balanço a cabeça, assustado, mas decidido. — Você já fez muito por mim. Não vou permitir que você corra mais riscos tolos em meu nome.

— Mas…

— Por favor. — Eu tento parecer corajoso. — Você tem sido mais como um irmão para mim do que como um primo. Não quero que você arrisque sua vida por mim, pois não suportaria ver as consequências de minhas ações o ferindo também.

Ben abre a boca… e depois a fecha. Seu queixo oscila, e seus olhos marejam por um momento antes de ele piscar, tirando a umidade. Enfim, ele concorda com a cabeça de forma relutante.

Um momento depois, há outra rodada de batidas frenéticas na porta, anunciando o retorno de Tommaso.

— Sou eu. Fiz o que o senhor pediu, mas Guillaume não conseguiu impedi-los, e os homens estão vindo para cá!

— Lembrem-se do que eu disse — adverte Frei Lourenço, pegando a bandeja de comida agora vazia e caminhando em direção à porta. — Não façam barulho!

Ele sai e, alguns segundos depois, nós ouvimos uma voz grave vinda do pórtico lá embaixo:

— O senhor, aí! Que cômodos são estes?

No fundo, sei que o homem está procurando por mim — possivelmente enviado pelos Capuletos, mais feliz em me levar morto do que vivo —, e sua proximidade faz minha pele arrepiar.

Mas Frei Lourenço continua calmo como sempre.

— Estes? — ele responde suavemente. — São celas, senhores, alojamento para os frades que aqui residem. Mas quem permitiu que entrassem no terreno?

— Não pedimos permissão. — Este é um segundo homem, que fala com um tom de menosprezo. — Estamos procurando um covarde, um canalha assassino de Verona. E nos disseram haver razões para acreditar que ele tenha buscado refúgio nesta igreja. Se ele estiver aqui, não seremos detidos por um bando de homens descalços, vestidos com sacos sujos!

— Há uma recompensa pela cabeça dele que pretendemos cobrar — diz o primeiro homem — e, se o senhor souber o que é bom, começará a destrancar essas portas para nós, para que possamos ver quem se esconde lá dentro. Estamos preparados para insistir.

— Não há ninguém escondido aqui, *messieurs*, nem há fechaduras para destrancar, então não precisam se preocupar em fazer ameaças.

— Sem fechaduras?

Após esta resposta incrédula, uma porta se abre — tão perto que a minha poderia ser a próxima —, e Ben me dirige um olhar urgente, em pânico.

— Quer nos dizer que simplesmente dormem à noite esperando não serem assassinados em suas camas por ladrões?

— Os franciscanos não guardam bens pessoais, portanto não há nada aqui para roubarem — diz Frei Lourenço, seu tom ficando frio. — Se pretendem invadir nossos aposentos privados, não vou impedi-los, por mais indesejável que seja, mas recomendo fortemente que não façam isso.

— Ah, é? E por que, hein, padre? Está com medo do que vamos encontrar?

— Somente do que podem levar para Verona quando partirem.

— Primeiro ele diz que não tem bens para roubar, e agora nos acusa de roubo! — O segundo homem ri. — Qual é a sua, seu hipócrita?

— Não falo de roubo, meu senhor — diz Frei Lourenço com paciência —, mas da pestilência.

O silêncio que se segue é profundo, como uma explosão surda e ecoante, e minhas costas começam a suar. Eu sei que se trata de um estratagema, mas a mera menção à doença catastrófica que dizimou a região alguns anos antes do meu nascimento ainda me dá arrepios.

Em sussurro áspero, o homem repete:

— *Pestilência?*

— Sim. — A areia arranha os pés descalços de Frei Lourenço. — Não viram o aviso afixado na porta da igreja?

— Que aviso? — o segundo homem pergunta, sua voz de repente estridente. — Não vi aviso nenhum!

— Publicamos um aviso. Um de nossos noviços adoeceu anteontem, e pela manhã havia mais dois casos entre os frades. À noite já eram três, então isolamos os homens desta ala do claustro e afixamos um aviso na porta da igreja.

— Não vi aviso nenhum! — A histeria do segundo homem é ainda mais pronunciada, e por um bom motivo. — Por que não fomos avisados assim que chegamos? Por que nos foi permitido entrar na igreja e em seus terrenos, quando há peste aqui?

— Pelo que entendi, vocês não se importaram em pedir permissão, meu senhor — Frei Lourenço o lembra.

— Como podemos saber se isso é verdade? — O primeiro homem é mais cauteloso do que seu parceiro. — Se há pestilência nesta ala, o que o senhor está fazendo aqui? O senhor saiu de um daqueles cômodos quando estávamos vindo por este corredor.

— Os doentes e moribundos ainda precisam de sustento, meu senhor, e um de nós deve levar isso até eles. — O barulho da minha própria bandeja de comida segue pelo corredor externo, e percebo que Frei Lourenço a levou consigo como prova. — Ministrar aos aflitos faz parte do nosso propósito, e não tenho medo do que me espera além desta vida terrena. O senhor tem?

O segundo homem emite um som estranho de sua garganta.

— Vou verificar se ele está dizendo a verdade sobre o aviso na porta.

— Como quiser. De qualquer forma, não posso impedi-los de revistar as celas ao longo desta ala, caso insistam — Frei Lourenço fala com um ar quase entediado enquanto a retirada apressada do segundo homem ecoa abaixo do pórtico. — Mas, se levarem a peste de volta para Verona com vocês, que Deus e o Príncipe Éscalus tenham misericórdia de suas almas.

— Por que não enviaram uma mensagem para Verona quando descobriram a peste em sua casa? — A voz do primeiro homem fica de repente abafada, como se coberta por um pedaço de tecido. — Vocês são os únicos aqui, a seis quilômetros de distância. A cidade deveria ter sido avisada. Se soubéssemos, não teríamos vindo até aqui!

— Enviamos um mensageiro ontem, à primeira luz do dia, mas parece que toda a população está em estado de desordem devido a um distúrbio na *piazza*. Talvez o aviso tenha sido ignorado ou esquecido em meio à turbulência?

O homem não parece interessado em sustentar uma discussão. Sem uma palavra de despedida, suas botas raspam com urgência ao longo do corredor aberto, até desaparecerem do alcance da voz. Segue-se outro longo silêncio, quase tão pesado quanto o primeiro... E, então, ouve-se uma batida na porta da cela.

— Você pode sair agora — anuncia Frei Lourenço com triunfo e alívio. — Nossos visitantes partiram.

23

— JOGADA DE MESTRE! — BENVÓLIO ESTÁ QUASE em êxtase, com seu rosto branco de nervosismo já tornado uma memória distante. — Sem dúvida eles espalharão a notícia assim que retornarem a Verona. Romeu e eu estaremos seguros aqui pelo menos por uma semana!

Mas, enquanto Ben conta vantagem, Frei Lourenço medita.

— Eu não contaria com isso. Tivemos sorte, pois havia apenas dois deles, e nenhum dos dois estava olhando quando Tommaso pregou o aviso. Podemos não ter tanta sorte uma segunda vez. — Olhando para mim, ele acrescenta: — Talvez tenhamos ganhado mais dois dias, três no máximo. Mas aqueles que suspeitam de Romeu estar escondido aqui podem julgar esse surto conveniente demais para ser confiável, e encontrarão maneiras de nos espionar. Podem até enviar um médico da cidade.

— O que fazer, então? — eu pergunto. *Será meu destino trazer problemas para todos que conheço?*

— Os doentes terão uma recuperação milagrosa. — O monge inclina sua cabeça com um sorriso atrevido. — De vez em quando, pode acontecer. Mas, se as coisas chegarem a esse ponto, devemos garantir que você não esteja mais aqui para ser encontrado.

Minha família tem extensas conexões em toda a região — relações de sangue, amigos e sócios, nobres que poderiam estender sua generosidade para o descendente de uma rica dinastia mercantil. Mas não posso tirar vantagem de nada disso, pois estão onde Éscalus e os Capuletos me procurarão primeiro. No fim das contas, não tenho outra escolha senão o mosteiro de Mântua... E saber disso me causa um vazio.

Com tristeza, eu me pergunto se foi assim que Valentim se sentiu quando foi enviado a Vicenza — privado de sua casa, sem voz sobre o seu destino, separado de tudo e todos. E me pergunto se não teria sido melhor que ele nunca tivesse retornado... se nunca tivesse me conhecido.

Mesmo assim, meu coração dói ao me lembrar dele. A memória de seu corpo caído, sangrando no colo do irmão, é um redemoinho do qual minha mente não consegue escapar, e isso me tortura. Ele está em algum lugar de Verona, piorando ou melhorando, e não posso nem mesmo manter vigília ao seu lado. Parte de mim deseja voltar furtivamente à cidade para encontrar seu leito de doente e pelo menos colocar meus olhos nele uma última vez, que se danem as consequências.

Mas eu certamente seria pego, e as consequências seriam nos separarmos para sempre, de uma forma ou de outra. É um preço que não posso pagar. Ainda não.

Depois de atender ao pedido de cerveja de Ben, Frei Lourenço insiste que preciso tomar um pouco de ar e nos leva para fora. Lá, quando o sol começa a afundar para a borda oeste do céu, somos ordenados a absorver a luz do dia minguante — e talvez também a aproveitar para verificar os canteiros do jardim, em busca de insetos famintos. Tento resistir, mas, por fim, a carícia do ar fresco contra meu rosto e o cheiro dos brotos verdes sob os pés funcionam para melhorar meu humor.

Na verdade, fico tão envolvido nesse trabalho simples que não ouço o som de novas companhias chegando. Estou ao lado da igreja, agachado junto a uma moita florescente de tomilho, quando ouço passos atrás de mim e uma voz urgente dizendo:

— Com licença, estou procurando Frei Lourenço.

Quando me viro, encontro-me cara a cara com Julieta Capuleto.

Por um momento, só podemos nos olhar. Ocorre-me que não pensei nela nenhuma vez desde que voltei a mim mesmo na cela esta manhã, que não dei atenção ao seu tumulto particular. Diante do público, Teobaldo deu a entender que ela era uma mentirosa e uma tola, envolvida comigo pelas costas de seu pai. Ele me atacou com a premissa de vingar a honra dela... e então eu o matei, sua própria carne e sangue, e ela foi deixada para suportar as consequências da dor e das falsas alegações sozinha.

— Romeu! — ela exclama, claramente espantada por me encontrar aqui.

— Julieta. — Meu rosto fica quente e luto contra a vontade de recuar. — Eu sinto... sinto muito por Teobaldo. Sinto muito por sua perda e pelo papel que desempenhei nela. Você pode duvidar disso, eu não culpo você, mas é a verdade. E, se estiver com raiva de mim, entenderei.

Agora que Julieta me viu com os próprios olhos, não há por que me esconder por mais tempo; embora seu relacionamento com o primo fosse decerto ruim, a morte costuma reformular a memória. Se estiver se sentindo vingativa com relação a Teobaldo e arrependida das palavras duras que ela dirigiu a ele, ou saudosa dos momentos mais felizes que possam ter compartilhado, ela pode facilmente me denunciar para o príncipe... Ou para os pais dela.

— Nunca serei capaz de desfazer o que fiz — continuo, forçando-me a olhá-la nos olhos —, não importa o quanto eu deseje pelo seu bem... e pelo meu, e pelo de Teobaldo.

E pelo de Valentim, eu penso, mas não digo em voz alta, receoso de falar o nome dele agora sem trair a profundidade do meu sentimento por ele.

— Eu também sinto muito. — Ela suspira pesadamente, fechando os olhos. — Por tudo. Pela morte de Teobaldo, por você ter dado o golpe que o matou, por sua beligerância juvenil... e pelo infeliz infortúnio de sua impetuosidade, que nos levou a isto. Não consigo nem encontrar as palavras para expressar o quanto sinto. — Os ombros de Julieta caem enquanto ela se vira para enfrentar o sol que se retira, e vejo como ela parece cansada. — Não há nada que eu não daria para desfiar o tempo, para que aquele dia se passasse de outra forma.

— Julieta! — exclama Frei Lourenço, vindo da igreja e correndo em nossa direção com os pés descalços escorregando na grama. — O que está fazendo aqui?

Sua voz está aguda e alarmada, e levo um momento para perceber que, se Éscalus ou Capuleto estiverem colocando homens para seguir qualquer um que possa levá-los até mim, Julieta seria uma forte candidata a ser seguida, graças a Teobaldo. Instintivamente, espio sobre o ombro dela, e Frei Lourenço repete meu movimento ao mesmo tempo.

— Não há ninguém comigo além de minha ama — ela declara, aparentemente lendo nossos pensamentos. — E não fomos seguidas, ao menos não até aqui. Meus pais acreditam que estou em reclusão no Convento das Clarissas, de luto pela morte do meu primo. No início da tarde, fomos escoltadas até lá por homens extremamente briguentos contratados por meu pai, mas as irmãs não permitiriam que eles passassem pelo portão da frente. No momento em que se afastaram, minha ama e eu fugimos pelos fundos e contratamos um novo cocheiro para nos trazer até aqui.

— Mas... por quê? — Uma brisa agita as dobras do manto de Frei Lourenço.

— Eu precisava vê-lo — Julieta responde de imediato — e sabia que não teria permissão para sair de casa se dissesse que este era meu destino. — Suas feições ficam tempestuosas. — Após a morte de Teobaldo e a fuga de Romeu, a fúria de meus pais tornou-se incomparável... Eles se enraiveceram pelas coisas terríveis que meu primo disse que eu tinha feito, trancaram-me em meus aposentos, e meu pai prometeu me ver casada com o Conde Páris até o fim da semana. — Ela também lança um olhar sobre seu ombro. — Receio ter manipulado um pouco Éscalus para persuadir meus pais a permitirem que eu orasse por meu primo sem distração, por mais do que apenas um triste punhado de horas.

Frei Lourenço ergue as sobrancelhas.

— Então você está… escondida no convento?

— Por assim dizer, acho que sim — reconhece Julieta. — E sou grata por isso. Caso contrário, eu seria uma prisioneira em San Zeno pelos poucos dias que restam antes de meu pai me atirar ao altar como um cordeiro sacrificial.

Quando ela conclui esta declaração amarga, Benvólio enfim aparece, atravessando correndo pelo gramado. Antes mesmo de meu primo chegar até nós, ele grita:

— Não importa o que esteja pensando, minha senhora! Está errada! Este não é Romeu Montéquio!

— Não é? — Ela inclina a cabeça e depois olha para mim. — Você não é Romeu?

Eu dou de ombros.

— Esta é a primeira vez que ouço falar disso.

— Este é um impostor que contratei para tirar os homens do príncipe do rastreio do verdadeiro herdeiro dos Montéquios — declara Ben, ofegante, fazendo o seu melhor para parecer magistral. — Então não adiantará nada informar sobre o paradeiro dele!

Ela semicerra os olhos para ele.

— Ora… Mas não é esse o objetivo de um impostor? Alimentar boatos falsos sobre o paradeiro do indivíduo que foi duplicado?

Seus olhos ficam vazios.

— Hmm…

— Acredito que a jovem esteja brincando com você. — Frei Lourenço sorri com um alívio palpável. — A menos que eu esteja muito enganado, Julieta não está interessada em ver qualquer desgraça acontecer ao nosso Romeu.

— Mas essa foi uma jogada muito inteligente — digo a Ben. — Embora um tanto atrasada.

— Meu primo e eu tínhamos um relacionamento difícil — diz Julieta, dirigindo-se a Frei Lourenço. — Ele sempre foi beligerante, sempre pronto a acreditar que foi insultado. Mas, quando criança, ele também tinha um lado gentil. Ele me salvou, uma vez, quando caí em uma pedreira... Puxou-me de volta e depois me carregou para casa enquanto eu chorava. — Ela olha para as mãos, estudando uma cicatriz na parte de trás do polegar. — Em algum momento, porém, seu afeto tornou-se inveja... E sua inveja o tornou tão cruel e manipulador quanto sua ambição exigia. Estou de luto por meu primo — declara Julieta, com um fio de culpa em seu coração —, mas o Teobaldo pelo qual lamento já se foi há muito mais tempo do que o rapaz que morreu na *piazza*. Não importa o quão tola ele tenha me feito parecer naquele dia, não tinha ilusões quanto ao seu caráter. Há muito tempo ele cortejava a morte na ponta de uma lâmina, e foi sua própria arrogância que levou à sua queda.

Frei Lourenço aponta de volta para a igreja, com seu rosto rosado iluminado pelo sol poente.

— Se o conselho sobre esse assunto for o motivo de sua visita, minha cara menina...

— Não é. Sou sempre grata pelo seu conselho, é claro, mas... o assunto sobre o qual desejo falar com o senhor não é a morte do meu primo, mas o garoto cuja vida ainda pode ser salva. Aquele que foi atacado por Teobaldo.

— Valentim? — Minha atenção é atraída tão rapidamente que dou um passo involuntário à frente e, pelo canto do olho, percebo Benvólio me observando. — Há algo de novo para relatar sobre sua doença?

— Não exatamente. — Julieta hesita. — O médico que o atende parece pensar que a razão pela qual ele não se recupera é devida a alguma infecção oculta ou a um desequilíbrio de seus humores. Mas acredito que haja uma causa mais provável e mais nefasta. — Ela se vira para Frei Lourenço. — E o senhor é a única pessoa em quem consigo pensar que pode ajudar.

— Admito que estou intrigado — diz o monge, erguendo a cabeça. — Mas eu não sou médico... As doenças que trato para os frades aqui são todas simples, como dores e erupções cutâneas. Meus remédios não estão à altura da tarefa de tratar uma facada.

— Mas o senhor salvou a vida de Frei Aiolfo no verão passado, não salvou? — ela insiste. — Ele estava gravemente doente, à beira da morte, e o senhor o trouxe de volta à vida!

— Aquela foi uma situação bem diferente — argumenta Frei Lourenço. — Pobre Aiolfo ingeriu raízes venenosas por engano, e consegui salvá-lo com uma mistura conhecida por neutralizar seus efeitos. — Encolhendo os ombros, ele continua: — Meu conhecimento sobre ervas mortais e seus antídotos não ajudarão em nada um jovem perfurado por uma adaga.

É quando ele diz isso que entendo o pedido de Julieta e por que o corpo de Valentim continua a padecer mesmo quando seu ferimento parece ser curado.

— Mas, e se o problema não for a ferida, mas sim a própria lâmina?

— Exato — Julieta mantém os olhos fixos em Frei Lourenço. — Meu primo odiava perder, mas faltava-lhe disciplina para dominar espadas. Ele era melhor com facas, mas estas são armas de curto alcance... E, quando confrontadas por um florete, não permitem espaço para erros ou golpes superficiais. A menos que...

— A menos que ele tenha revestido o metal com um veneno tão mortal que mesmo uma simples laceração poderia ser letal. — Eu mal consigo ouvir minha própria voz acima do zunido em meus ouvidos, uma cacofonia de rumores, a lembrança da minha própria apreensão quando Teobaldo me confrontou no meio do salão de baile dos Capuletos.

Frei Lourenço fica imóvel.

— Você acredita que seja esse o caso?

— Eu *sei* que é esse o caso, porque o vi fazer isso! — Julieta exclama. — O pobre Valentim está morrendo, e seu médico só sabe sangrá-lo e torcer pelo melhor. Ele precisa de alguém que entenda de venenos e antídotos... Precisa do senhor!

— Eu... — Frei Lourenço parece surpreso com o pedido. — É claro que estou disposto a ajudar da maneira que puder, minha menina... Mas, sem conhecer a natureza exata do veneno, só serei capaz de adivinhar soluções potenciais. — Olhando com inquietude na direção de Verona, ele então acrescenta: — Além disso, todos os meus textos e fontes de consulta estão aqui no mosteiro e são muito inconvenientes para o transporte; Valentim precisaria ser trazido até mim.

Julieta assente.

— Quanto a isso, Mercúcio ficaria feliz em tomar as providências necessárias se pudéssemos convencê-lo de que o senhor pode ser capaz de...

— Deixe isso comigo — interrompe Ben. — Ele não precisará de muita persuasão.

— Quanto ao veneno... — Julieta torce as mãos. — Eu não sei a origem do veneno usado por Teobaldo, mas sei que ele o guardou em um frasco de vidro, que ele escondeu em algum lugar dos aposentos onde se instalava durante suas estadas frequentes na nossa *villa.* — Acima de nós, o sino da igreja começa a tocar. — Se eu puder consegui-lo para o senhor, isso o ajudaria em seu trabalho?

— Possivelmente — Frei Lourenço dá de ombros, frustrado. — Existem testes que podem ser feitos para explorar sua composição, o que pode me dar uma ideia de onde começar... Mas receio que não possa fazer promessas.

— Uma pequena chance é melhor do que nenhuma — Julieta responde com um sorriso pálido. — Assim que o sol se puser e estiver totalmente escuro, voltarei para casa e tentarei recuperar o veneno.

— E se você for vista? — eu pergunto, preocupado. — O que vai acontecer se seu pai ou um de seus homens pegá-la e descobrir que não está, afinal, com as Clarissas?

— Eu... — Julieta engole em seco. — Suponho que, nesse caso, não fosse conseguir voltar aqui.

— Então eu irei com você.

— *O quê?* — Frei Lourenço olha para mim como se eu tivesse perdido a cabeça.

— Romeu — Ben diz, colocando as mãos nos meus ombros —, pense bem no que está dizendo. Você é um homem procurado em Verona... E em nenhum lugar você é menos benquisto do que dentro da casa de Alboíno Capuleto! Se Julieta for pega, seu pai ficará descontente; mas, se você for pego, será morto!

— Se Valentim tiver de enfrentar a morte por ter salvado a minha vida, então posso enfrentá-la para retribuir o favor. — Espero parecer muito mais corajoso do que me sinto. — Para ter sucesso, Julieta precisará de alguém para ficar de guarda ou criar as distrações necessárias. Além disso, quem melhor para ajudá-la a se infiltrar na *villa* do que alguém que já se safou uma vez?

— Você terá de convencer o jovem Paolo a destrancar a porta por dentro de novo — Ben me lembra, com a mandíbula tensa. — Como você planeja avisá-lo quando ele não sabe ler? A mensagem terá de ser falada. Você acha que um monge sem fôlego querendo uma audiência privada com um pajem de Alboíno não levantará suspeitas?

Levo um momento para pensar no que fazer quanto a isso.

— Que tal uma visita à mãe dele? Certamente ela lhe permitiria uma palavra em particular com seu filho.

Ele fica olhando.

— Você está sugerindo que convençamos uma pobre lavadeira a...

— A participar de um plano para salvar um jovem de uma das famílias mais respeitadas de Verona? — eu termino por ele. — Diga-lhe que ela será generosamente recompensada.

— Muito bem, então, parece que a questão está resolvida — Julieta interrompe antes que Ben possa discutir. — Romeu e eu esperaremos até o pôr do sol e então seguiremos para Verona sob o manto da escuridão. Revistaremos os aposentos de Teobaldo e, se tudo der certo, estaremos de volta em pouco tempo, carregando o frasco de veneno.

— E se tudo não der certo? — Ben sugere, sua voz grossa demonstrando relutância.

Julieta engole em seco mais uma vez.

— Bem, se esse for o caso, pelo menos Frei Lourenço está no local adequado para rezar por nós.

24

POUCAS HORAS DEPOIS, JULIETA E EU COMEÇAMOS nossa jornada de fuga. A tensão pesa no ar dentro da carruagem barulhenta até ficar quase irrespirável, nós dois contemplando em particular os destinos que enfrentaremos se nosso plano falhar. Existem muitas maneiras de sermos pegos, numerosos desafios que talvez não superemos, e consigo visualizá-los em detalhes explícitos antes mesmo de a paisagem da cidade se formar no horizonte, erguendo-se contra o céu noturno.

Para piorar as coisas, em cada cenário mortal, devo me imaginar vestido de luto como uma mulher de meia-idade.

— Você está sentado de novo como um menino — Julieta aponta, chutando meu pé direito, que se separou do esquerdo de uma forma nada feminina. — E pare de brincar com seu véu… Toda vez que o levanta, seu rosto fica visível!

— Quando não o levanto, tudo fica *in*visível! — Estou um tanto irritado… E com calor. Eu não tinha ideia de que roupas femininas fossem tão pesadas. — E quem se importa com a forma pela qual eu me sento? Ninguém pode me ver aqui dentro além de você.

— Você ficaria chocado ao saber quantos homens olham para a carruagem que passa, se houver moças lá dentro. — Julieta funga. — Além disso, se quiser se passar por minha ama, precisa começar a praticar. Se não conseguir fazer isso agora, quando não há perigo, como posso confiar que vai conseguir quando estivermos na cidade?

Ela tem razão, é claro, mas eu ainda assim resmungo ao juntar de novo os tornozelos. Esse disfarce, deve ser dito, não foi ideia minha; mas era simples e conveniente, e difícil de contra-argumentar. A ama de Julieta ficou mais do que feliz de trocar suas vestimentas pesadas pelos hábitos mais amplos de um dos frades e ir descansar em uma cela vazia enquanto aguarda nosso retorno. Suas roupas disformes disfarçam minha figura angular, e o véu de luto esconde meu rosto... Poderíamos ir a San Zeno que ninguém me reconheceria.

— Se formos parados por qualquer motivo, deixe que eu falo — Julieta repete por aquela que deve ser a centésima vez. A carruagem ganha ritmo, e nós dois deslizamos de lado em nossos assentos. — Não tenho ideia de quantos homens do meu pai sabem que eu deveria estar em reclusão, mas direi a eles que voltamos para fazer algo trivial e que retornaremos às Clarissas ao amanhecer.

— E se formos pegos dentro da *villa*?

— Então espero que você saiba correr e lutar de saia.

Felizmente, não passamos por patrulhas na estrada e, quando chegamos às muralhas da cidade, os vigias de plantão me ignoram, oferecendo a Julieta algumas condolências superficiais pela morte de Teobaldo. E, então, acenam para que passemos pelo portão. De repente, estamos de volta a Verona.

Mais uma vez, encontro-me do mesmo lado das muralhas em que está Valentim, e saber disso faz minha garganta apertar. O desejo de vê-lo de novo, de deixar de lado toda a cautela por uma chance de segurar sua mão na minha agita o meu peito. Posso imaginar isso tão facilmente, o véu da ama mantendo meu nome em segredo enquanto o visito em seu leito, enquanto digo as coisas que estou com medo de que ele nunca tenha a chance de me ouvir dizer.

Mas o sonho evapora em um instante quando as rodas giram e param com tudo, e a paisagem familiar lá fora me lembra de por que estamos aqui. Nossa missão é urgente; não há tempo a perder — nem mesmo em uma visita tão preciosa como a que eu anseio fazer —, e, se formos pegos, a vida de Valentim pode estar perdida. Não vou arriscar.

A carruagem nos deixa em uma encruzilhada vazia em San Zeno, perto do muro do jardim que circunda o pomar dos Capuletos, e seguimos até lá a pé. Escalar é quase impossível na bata volumosa da ama, que fica presa debaixo dos meus pés. Mas Julieta me mostra como arregaçar as saias entre as minhas pernas e amarrá-las na cintura para formar calças — e então escala as pedras ásperas à minha frente.

Ela me permite remover o véu apenas até que tenhamos passado pelas árvores frutíferas e avistado a parte de trás da *villa*, envoltos no ar aromatizado pelo zimbro e pelo alecrim, e então devo baixar o véu de novo. Meu disfarce não enganará ninguém por muito tempo, mas qualquer proteção é melhor que nenhuma.

— Estes são os meus aposentos — sussurra Julieta, indicando uma varanda com vista para as ervas floridas. — Não consigo contar as horas que passei ali dormindo, lendo, evitando meus pais. E, agora… — Ela se cala por um momento. — Se meu pai fizer o que quer, eu me tornarei a noiva de Páris no minuto em que voltar da minha reclusão. Esta foi minha casa durante toda a minha vida, mas agora vou trocar uma gaiola de ouro por outra… E estou descobrindo que não desejo nenhuma das duas.

— Perder o senso de pertencimento é uma coisa estranha.

Pela primeira vez em minha própria vida, eu me dou conta de que não mais preciso atender às expectativas de meu pai, o que tira um peso inestimável de meus ombros. Pode ser que eu não tenha mais acesso a todos os privilégios da minha posição social, mas agora poderei planejar meu futuro. Desde que eu ainda tenha um.

Nós dois ficamos preocupados enquanto corremos pela área mais aberta dos jardins, em direção às sombras dos fundos da casa. Quando chegamos à porta da lavanderia, o zeloso Paolo está esperando por nós, muito nervoso.

Ao reconhecer minha companheira, ele fica boquiaberto.

— M-minha senhora?

— Obrigada por nos deixar entrar, meu jovem amigo — diz ela graciosamente. — E obrigada por sua discrição.

Ele faz um aceno rápido e brusco. E, quando ela passa, ele puxa meu braço, com os olhos arregalados e a voz em um sussurro voraz.

— Isso significa... É verdade o que as pessoas estão dizendo? Que vocês dois têm...

— Silêncio! — Coloco minha mão sobre sua boca, tentando conter a empolgação dele. — Você não pode acreditar em tudo que ouve, meu rapaz.

— Isso também não significa que ele tenha que duvidar — Julieta provoca em um tom melodioso, e Paolo quase desmaia.

Sr. e sra. Capuleto estão dormindo, mas nem todos na casa estão em seus quartos, e nosso progresso através dos cômodos dá-se aos trancos e barrancos; temos de nos esquivar dos criados que já estão preparando o terreno para o café da manhã. Quando enfim chegamos ao nosso destino, meu coração passou tanto tempo na garganta que quase me estrangulou.

Uma vez dentro dos aposentos de Teobaldo, uso o vestido da ama para manter a porta entreaberta. Temo o escândalo que pode haver se uma criada vir velas tremeluzindo no quarto de um homem morto. Arriscamos carregar uma única lamparina e nos movemos o mais silenciosamente possível, verificando cada cantinho, cada rachadura na parede e cada pedra solta no chão, revirando os armários, de modo a explorar tudo.

O cômodo tem o cheiro de Teobaldo, o ar nos faz lembrar dele, e meu estômago afunda. Na minha mente, eu o vejo de novo quando caiu, com as pernas se contorcendo e seu sangue aos meus pés. A culpa me faz estremecer. Sobre uma mesa ao lado de sua cama está uma estranha coleção de objetos — um conjunto de dados, um pássaro de pedra aparentemente esculpido pelas mãos de uma criança, uma fita puída, uma concha — e percebo que são lembranças. Itens que guardam memórias preciosas.

A pressão aumenta atrás dos meus olhos, e eu os aperto, mas uma lágrima escapa de qualquer maneira. Pode parecer tolice, porém nunca me ocorreu que Teobaldo pudesse ser capaz de algum sentimentalismo. Ele parecia sempre tão cruel, tão vingativo, que era fácil vê-lo como um monstro calculista — o Minotauro no meu labirinto pessoal. Encontrar evidências de que ele se preocupa com outras coisas além do poder, além do orgulho, causa-me uma dor inesperada.

— Achei — Julieta sussurra com animação, e eu me viro para encontrá-la segurando uma caixinha esmaltada, com a tampa aberta. Seus olhos brilham sob a luz da lamparina, e ela vira o objeto para me mostrar um frasco aninhado lá dentro.

— Romeu, nós conseguimos. Ainda podemos salvar Valentim!

— Tem certeza? — pergunto, esperançoso demais para confiar na nossa sorte. — Não poderia haver um segundo frasco em outro lugar, talvez?

— Não, é este. Eu reconheço. — Ela aponta para a caixa. — E eu reconheço isso também: ele a carregava consigo sempre que vinha da casa dele para a nossa, nunca querendo ficar longe dela. Tive que forçar a fechadura para abri-la.

Os pelos do meu pescoço começam a se arrepiar.

— Tem uma etiqueta?

— *Lágrimas de Dragão*. — Ela lê em voz alta e depois faz uma careta. — Espero que isso signifique algo para o Frei Lourenço.

Ela passa o frasco para mim, e eu o seguro contra a luz bruxuleante, o líquido dentro se movendo devagar quando eu o viro nas minhas mãos. A afeição temporária que senti pelas lembranças infantis de Teobaldo dissolve-se quando me lembro de que é *isto* que o jovem Capuleto almejava: a morte, e ser aquele que a perpetraria.

— Lágrimas de Dragão… Quem diria que envenenadores seriam tão poéticos?

— Venha, não temos tempo a perder. Quanto mais tempo ficarmos aqui… — Julieta apaga a lamparina e, na escuridão, conclui: — Bem, há ainda mais coisas em jogo agora.

Minha mão livre recai sobre meu quadril, onde uma faca que peguei emprestada de Ben está enfiada nas dobras da roupa da ama.

— Se for isso que está matando Valentim e ajudará Frei Lourenço a salvá-lo, matarei qualquer homem que tentar nos impedir.

É uma declaração grandiosa, e feita com bastante sinceridade, mas ainda fico mais do que grato quando nossa saída da *villa* dos Capuletos passa ilesa. Paolo nos guia de volta pelo labirinto dos aposentos dos criados, até sairmos pela lavanderia, onde ele claramente está aliviado de nos ver partir antes de colocar seu emprego em risco.

A carruagem está esperando onde a deixamos e, quando passamos de novo através dos portões, o vigia — desta vez um novo — inclina seu chapéu, mas não faz nenhum movimento para nos parar ou nos questionar. E, então, estamos mais uma vez no campo aberto, sem mais nada entre nós e o mosteiro, a não ser uma paisagem estrelada e seis quilômetros de expectativa ansiosa.

Julieta olha fixamente pela janela, verificando a estrada atrás de nós e ouvindo possíveis cavaleiros em nosso rastro. Ela mal pronunciou uma palavra desde que saímos dos aposentos de Teobaldo, e a presença dele na carruagem conosco é palpável — como se fosse um fantasma. De modo desconfortável, eu me pergunto se estar perto de tantas de suas coisas particulares, tocar em suas roupas e respirar seu ar, mudou os sentimentos dela sobre sua morte.

Quando ela enfim se pronuncia, mas sem olhar para mim, diz:

— Não posso ficar em reclusão por muito tempo. Minha esperança era ganhar pelo menos uma semana, mas meu pai disse que não permitiria mais do que cinco dias. Cinco dias para ficar sozinha, os primeiros cinco dias em toda a minha vida, e, no instante em que retornar, devo ser banhada, maquiada e apresentada ao meu futuro marido, para aquisição imediata.

Meus pensamentos estão concentrados em Valentim e com o que Frei Lourenço poderá fazer com o frasco que conseguimos encontrar, então minha resposta demora.

— O que você acha que vai fazer?

— Acho que serei forçada a me casar com ele — ela responde, com uma risada contundente e sem alegria. — Ele não gosta de mim, você sabe, muito menos me deseja. As constantes calúnias de Teobaldo sobre minha virtude e meu caráter, combinadas com a minha própria "teimostinação", deve-se reconhecer, o convenceram de que não sou uma boa mulher.

— E ainda assim ele não tem nenhuma objeção ao casamento que seu pai deseja organizar?

— Objeção? — Ela enfim olha diretamente para mim, com uma expressão incrédula. — Ele está quase pressionando! A essa altura, minha reputação está em frangalhos, e agora que o aparente herdeiro de meu pai está morto, o Conde Páris sente-se encorajado a colocar um sem-número de condições para me aceitar. — Distraidamente, ela puxa uma mecha de cabelo que se soltou enquanto subíamos o muro de jardim. — Fico apavorada de imaginar a forma como ele pode me tratar quando eu não for mais um trunfo que ele deve ganhar de outro homem, quando eu pertencer a ele por lei e estivermos a portas fechadas… Quando ele não mais tiver de fingir sua cortesia.

Mais uma vez, fico perplexo diante da realidade de Julieta: uma falta de controle que supera o meu e que é difícil de compreender. Mesmo com meu pai me comandando como uma marionete, mesmo que meu casamento e minha futura ocupação estejam em suas mãos, eu ainda tenho mais liberdade do que ela.

— Existe alguma coisa que possa dissuadi-lo do casamento a esta altura? — Eu odeio que ela tenha de sofrer tal destino, sobretudo quando ela tem sido tão altruísta em meu favor, tão ansiosa para ajudar Valentim. — Talvez você possa alimentar os rumores… deixar que achem que você é ainda mais desonrosa do que Teobaldo fez você parecer.

— Nesse caso, meu pai ficaria preso a mim e eu a ele; e, dada a natureza de sua fúria crescente, minha situação seria a mesma. — Ela inspira profundamente. — Não, eu temo que existam apenas duas circunstâncias sob as quais eu poderia escapar do casamento com o

Conde. A primeira seria se meu pai se recusasse a pagar meu dote. Esta seria a única razão pela qual Páris deixaria de me querer, e o único aspecto da minha vantagem como noiva que não foi comprometido pelos rumores obscenos.

— Com que base ele poderia recusar? Talvez haja algum caminho...

— Não há. Acredite em mim. A menos que eu pudesse encontrar alguma evidência de que Páris é um traidor, um assassino ou um bígamo, meu pai quer a todo custo ver nossas dinastias conectadas. — Ela se recosta, apática e cansada, olhando para a lua. — É engraçado, não é? Esse dote é tudo que valho... O único dinheiro que irá comigo aonde quer que eu vá... E, ainda assim, não é meu. Pertence ao meu futuro marido, e sou apenas o baú inútil que ele deve carregar junto.

Não recebo bem essas palavras, e meus membros ficam inquietos. Nós nos conhecemos há pouco tempo, mas já sei que ela é corajosa e inteligente e decerto vale mais do que um simples acesso ao dote.

— Você disse que há duas circunstâncias sob as quais conseguiria driblar um casamento com Conde Páris. Qual é a segunda?

— Certo. A segunda. — Julieta endireita-se e dirige-me um olhar que quase pode ser considerado tímido. — É muito simples. Meu pai não poderia me entregar ao Conde Páris, sob nenhuma circunstância, caso eu já esteja casada... com um homem de bom nascimento, o que tornaria difícil forjar uma anulação, mas também alguém que não tem nada a perder... Nenhum negócio que o meu pai possa sabotar, nenhuma reputação que ele possa destruir. Alguém por quem Verona já imagina que estou secretamente apaixonada, talvez.

Quando ela termina, mal confio em mim para dizer algo.

— Julieta...

— Romeu. — Ela me dirige um olhar suplicante. — Você se casaria comigo? Por favor?

25

— E U... — ESTOU DESESPERADO À PROCURA DE palavras, mas o choque da proposta parece ter arrancado todas de mim. — Você... não está falando sério.

— Não? — A impressão digital de um sorriso pressiona o canto da boca dela. — Por que não?

Eu pisco para ela.

— Para começar, ainda somos quase estranhos!

— Isso não é tão incomum. Afinal, mal conheço o Conde Páris, e meus pais só se viram uma vez antes de seu casamento. — Gesticulando, ela afirma: — Pelo menos gosto de estar em sua companhia, o que é mais do que posso dizer de qualquer um dos homens que meu pai tem considerado adequado para mim. E ouso dizer que você gosta da minha.

— Sim, claro que sim — gaguejo —, mas... sou um fugitivo, caso você tenha esquecido! Além do fato de que seus pais ficarão furiosos, de que *nossos* pais ficariam furiosos, que tipo de futuro você poderia esperar ter comigo?

— O mais longe possível de Verona. — A resposta é muito firme para não ser aquela que ela esperava dar. — Meu dote é substancial, Romeu. Além de ouro e outros bens, inclui terrenos em Brescia, como um vinhedo com uma antiga *villa* romana que ainda está em boa forma. Eu não estive lá pessoalmente, mas ouvi dizer que é... tranquilo.

— Julieta. — Respiro fundo, enfim conseguindo organizar meus pensamentos agora que o choque inicial está superado. — Seu pai nunca me pagaria esse dote. Podemos até ter sucesso em libertar você de uma vida com o Conde Páris, mas seu pai pode exercer sua influência considerável na igreja de San Zeno para exigir que nosso casamento seja anulado. E, de toda forma, ele ainda recusaria dar um só florim para mim. — Apelando à razão, eu ainda ressalto: — Ficaríamos desamparados, sem onde morar e com nada em nossos nomes.

— Se estivermos devidamente casados, em uma igreja diante de testemunhas, e por um homem de Deus... como um frade, por exemplo, que nos conheça bem e possa testemunhar contra os motivos de anulação... até mesmo Alboíno Capuleto pode ter dificuldades para comprar o que quiser de San Zeno. — Ela se recosta, cruzando as mãos no colo. — Você está certo quando diz que meu pai a princípio se recusaria a pagar o dote. Mas eu acredito que ele poderia ser obrigado a entregá-lo, no fim.

— Nunca. — Eu deixo escapar por reflexo. — *Como?*

— Há um homem em Verona que tem mais influência do que qualquer uma de nossas famílias juntas, e tenho a sensação de que ele vai defender de bom grado nossa causa e pressionar meu pai.

— Decerto você não está se referindo ao príncipe, está? — Eu espero que ela negue, mas ela apenas dá de ombros, enquanto eu dou uma risada instável. — Você se lembra que todo o motivo pelo qual estou me escondendo agora é porque Éscalus deseja fazer de mim um exemplo ao pagar pela morte de Teobaldo, não? Uma vida empobrecida no exílio para nós seria uma previsão *otimista*.

— O príncipe nunca teve paciência para a guerra entre as nossas famílias, e o conflito só se piorou desde a tragédia na *piazza*. — Há um brilho em seus olhos enquanto ela fala, como se este debate a revigorasse. — Ele está usando você como parte de um compromisso fraco destinado a pacificar dois campos hostis, que ele já sabe que se recusarão a ser pacificados por qualquer acordo que seja. Não importa que punição ele aplique no final, Capuletos e Montéquios continuarão em sua luta até rasgar Verona ao meio.

Eu arqueio uma sobrancelha cética.

— E é aí que nosso casamento se torna útil para ele?

— Claro! — Ela atira as mãos no ar. — Você sem dúvida se lembrará de que o que acalmou a disposição furiosa do príncipe outro dia foi meu lindo discurso sobre estar frustrada pela antipatia que nos manteve separados durante toda a vida. Ele disse que nossa família deveria aprender pelo nosso exemplo. Se lhe dermos outro exemplo, ainda maior diante de toda essa crescente hostilidade, como ele poderia resistir a nos apoiar? — Inclinando-se para a frente, ela exclama: — Nosso casamento simbolizaria a unidade entre nossas linhagens, prova de que esses conflitos antigos são superáveis. Isso é algo que Éscalus deseja abertamente.

— Tudo isso pode ser verdade — admito, ainda cheio de apreensão. — Mas, mesmo assim, continuo sendo um fugitivo. Você fala de um futuro que só pode existir se Valentim sucumbir ao veneno de Teobaldo, quando serei, então, oficialmente banido. De outra forma... — Minha garganta se fecha e levo um momento para continuar. — Se este frasco de "Lágrimas de Dragão" ajudar Frei Lourenço a fabricar um antídoto, que é o que eu espero, há uma boa chance de eu ser enforcado, Julieta. Muito antes de a questão do seu dote chegar às mãos do príncipe.

Ouvir isso em voz alta não é melhor do que pensar sobre isso em silêncio. No melhor de todos os mundos possíveis, Valentim se recuperará... E eu nunca mais o verei de qualquer maneira, sendo forçado a fugir para o mais longe possível para escapar do alcance mortal de Verona e do sr. Capuleto.

— Talvez — Julieta assente, destemida. — E, se você for, não perderá nada além do que já perderia caso não tivesse se casado comigo. — O tom dela é tão franco, tão direto, que eu quase tenho vontade de rir. — Se nos casarmos e meu pai se recusar a pagar o dote, e o príncipe não conseguir interferir, ainda assim você não será prejudicado por esse arranjo.

— Você faz parecer tão simples. — Esfrego as minhas têmporas, com o cansaço e a autopiedade tomando enfim conta de mim. — Mas isso mudará as nossas vidas para sempre.

— A sua vida já mudou — ela rebate. — Só estou oferecendo a nós dois uma chance de decidir o próximo passo. Você só pode fugir ou se esconder, e tudo que eu posso fazer é dividir os minutos em segundos, esperando que isso arraste as horas até que eu tenha de me casar com um homem que me despreza. — Julieta estende os braços e pega as minhas mãos, implorando. — Eu sei que isto é repentino. Sei que parece apressado, mas tenho pouco tempo, e esta é a nossa maior chance de recomeçarmos, uma vez que esta terrível poeira de nossas vidas tenha baixado.

Eu abro a boca, mas não emito nenhuma resposta. Apenas alguns dias atrás, eu entrava em desespero ao pensar que meu pai escolheria uma noiva para mim — porque o destino que eu sempre temi, mas que sabia que chegaria um dia, enfim estava batendo à minha porta. E, agora, pela primeira vez, não tenho ideia do que esteja por vir.

Não mais seda a ser comercializada, nem banquetes importantes para frequentar, nem expectativa alguma de que eu me case e assuma as responsabilidades de meu pai… Mas também não há nenhum senso de *futuro*. Para onde irei depois de Mântua? Os monges não têm como me esconder para sempre, a menos que eu me junte à sua ordem, e esta é uma possibilidade que já considerei e descartei.

Por outro lado, casar-me com Julieta é muito mais complicado para mim do que seria para outro jovem em minha posição. Ela explica seu plano em termos práticos, seguindo o exemplo do que nossos pais nos ensinaram sobre o casamento. Uma ligação tática, na qual o afeto perde para o pragmatismo e precisa ser cultivado ao longo do tempo. Mas… Eu já sei que não poderá ser construído entre nós dois, não importa o que aconteça com Valentim.

Meu estômago dói de nervoso, e preciso de mais coragem para dar essa resposta a Julieta do que para lutar contra Teobaldo.

— Não sou quem você pensa que sou, Julieta. Alguns dias atrás, quando nos encontramos no mosteiro, eu lhe falei que havia encontrado alguém por quem acreditava estar me apaixonando.

— Sim, eu lembro — ela diz de modo tranquilo. — Eu lhe asseguro, Romeu, que estou pedindo apenas a sua mão, não seu coração. Com ele, você pode fazer o que bem quiser.

— Sinto que você possa não estar entendendo… — Sem aviso-prévio, começo a tremer, e lágrimas rolam por meu rosto. Só contei isso ao Frei Lourenço e a mais ninguém, e agora minha voz está falhando tanto que mal consigo fazer as palavras saírem. — A pessoa que conquistou meu coração foi… É… Valentim.

Mais lágrimas escorrem de meus olhos, e preciso recorrer ao lenço da ama para limpá-los.

Julieta observa-me com uma expressão pensativa, então diz:

— Acho que entendo, *sim*.

— Entende? — Meu corpo está chacoalhando, esperando pela reação dela. — Eu estou apaixonado, estou me apaixonando, por alguém por quem eu não deveria. E, seja lá o que isso signifique para um homem como Ben, que se apaixona uma ou duas vezes por semana por garotas que seu pai não aprovaria, ou para todos os homens de Verona que exibem suas amantes pelas costas de suas esposas, para mim significa algo completamente diferente.

Julieta pergunta, tocando o queixo de forma pensativa.

— Ele também se sente assim?

— Acho… Acho que sim. — A noite sob as árvores do pomar volta a mim junto com um turbilhão de emoções. — Sim.

— Sabe, Romeu — ela começa com um olhar filosófico —, metade dos homens que vieram a Verona pedir a minha mão já tem amantes em suas cidades. Mulheres que eles desejam, mas com quem não podem se casar. Mulheres das quais não pretendem abrir mão, não importa qual arranjo fosse feito que incluísse meu corpo e meu dote. — Lentamente, ela acrescenta: — Para pessoas como nós, amor e casamento devem ser mantidos separados, mesmo na melhor das circunstâncias.

— Mas eu falo de algo bem diferente… — Meu pescoço está pegando fogo.

— Sim, é verdade — ela concorda. — Mas eu falei sério sobre não querer conquistar seu coração, Romeu. Eu peço que se case comigo sem nenhum objetivo de interferir no amor que você possa compartilhar com Valentim, ou com qualquer outro.

— Não a perturba saber como me sinto? — Não consigo controlar a incredulidade na minha voz. — Não está chocada, nem horrorizada?

— De que me importaria o que você sente por outra pessoa? — ela responde. — Não quero diminuir a importância do que você me contou, mas, desde que nenhum mal seja feito contra mim e que você leve felicidade ao seu querido amigo, não há nada sobre isso que me diga respeito.

Recostando-me, perplexo, eu arrisco:

— Sejam quais forem as concessões que você esteja disposta a fazer neste momento de desespero… Estou tentando fazê-la entender que eu nunca poderei ser um marido de verdade para você, Julieta. Nunca. Mesmo que o pior aconteça e eu perca Valentim.

— Então seja um marido de mentira! — ela replica, atirando as mãos no ar em sinal de frustração. — Se quer que eu seja sincera, não tenho interesse em fazê-lo se apaixonar por mim. Aliás, nem saberia dizer quão aliviada estou de saber que nunca precisarei lidar com isso!

Eu estou pasmo, meu corpo ainda trêmulo do nervoso da minha confissão, e tentando assimilar suas palavras.

— Você realmente quis dizer isso?

— O amor, ao menos da forma como é descrito pelos bardos, aquela repentina tempestade de paixão, fogosa e desesperada, não é algo que eu tenha experimentado — ela fala de forma direta, sem amargor. — Quando minhas amigas de infância começaram com suas paixõezinhas, achei que estivessem brincando de alguma coisa. Você escolhe um garoto, fala dele de forma exagerada e inventa alguma fantasia em que ele beije sua mão, presenteie-lhe com uma joia ou mate um dragão. — Julieta ri. — Como passatempo, será até divertido por uma tarde, mas eis que duravam *semanas*. Quando fiquei entediada o bastante a ponto de reclamar, pedir para que brincássemos de outra coisa… foi aí que percebi que não era só um jogo. Não para elas.

— Ah. — É a minha vez de assimilar uma revelação, porque consigo me identificar com ela. A descoberta gradual que Ben fez das garotas, os causos românticos bastante sensacionalistas de Mercúcio, o fato de mal conseguirem falar de outra coisa… Era uma língua que estavam aprendendo bem na minha frente, mas que eu não conseguia absorver nem compreender.

— Eu tentei muito entender do que minhas amigas estavam falando. Tentei trazer esses sentimentos à tona em mim, olhar para um garoto, ou para qualquer pessoa, na verdade, e sentir inclinações românticas… Mas nada aconteceu. — Ela encolhe os ombros de novo, com a boca repuxando de lado. — E não sei se um dia acontecerá. Seja qual for o combustível que parece queimar esse fogo nos outros, não parece queimar dentro de mim.

— Nunca? — Não quero duvidar dela, pois parece a descrição que Frei Lourenço fez de suas experiências. Mas me surpreende saber quantos de nós não sentem da maneira que nos dizem ser inata e convencional, saber que talvez o inato é muito mais complexo do que jamais imaginei.

— Não a esse ponto. — Ela continua tranquila quanto ao assunto. — Isso me assustava quando era mais nova. Tinha pavor de pensar que havia algo de errado comigo, porque todos os outros pareciam experimentar essa… essa *intensidade* que eu não conseguia entender bem… Todos! E eu não sabia por quê. — Ela passa os dedos pela cortina da janela, e o luar ilumina seu rosto. — Nunca me senti tão sozinha, e isso é dizer muito.

Eu só consigo assentir com a cabeça. A solidão é algo que conheço bem, assim como a sensação de ser diferente de todos, de ser aquele que não entende o ritmo dançado pelo resto do mundo.

— Foi só quando conheci Frei Lourenço, quando tive coragem de expressar meus medos, que eu finalmente percebi que não estou sozinha. Ele me fez ver que sou *inteira* da forma que sou e que não preciso de nenhuma intensidade em particular para desfrutar da vida. — Ela sorri, com os olhos brilhantes, e eu me lembro de como os conselhos do Frei Lourenço também me modificaram por dentro. *Você nunca pensou que talvez a felicidade seja seu destino?* — Em suma, o que interessa é que não quero me casar com o Conde Páris, nem com nenhum outro homem escolhido por meu pai. Acho que nem quero me casar um dia, mas essa não é uma decisão que eu possa tomar, assim como você não pode se casar com Valentim. — Julieta dirige um olhar inquisidor para mim. — Se tenho de me tornar a esposa de alguém, não consigo imaginar alguém melhor do que um homem que me entenda e que não coloque expectativas sobre mim.

— Entendo.

O peso da proposta está fazendo sentido agora que todas as peças foram colocadas na mesa, e eu estou começando a examiná-las.

— Você precisa dar a Éscalus uma razão para ele parar de persegui-lo — ela resume. — E precisará de um lugar e de meios para viver. Enquanto isso, eu preciso me livrar do compromisso com Conde Páris sem perder os meus meios de viver.

A carruagem começa a desacelerar, e os plátanos que marcam a aproximação do mosteiro erguem-se contra o céu estrelado.

— Meu dote nos ofereceria uma chance de escapar da desgraça certeira e de tomar controle de nossas vidas. Agora, mais do que nunca, acho que somos exatamente aquilo de que o outro precisa. Ficaríamos livres das pressões que nos têm perseguido a ambos e, bem como eu incentivo a sua felicidade, confio que você respeitaria a minha.

— Claro — digo de modo reflexivo, surpreso ao me ver considerando a ideia. É precipitada e impulsiva, uma decisão de última hora tomada na esperança de uma salvação em meio a numerosos desastres que se desenrolaram… mas nada do que ela disse está incorreto. E pode ser mesmo nossa última e melhor oportunidade de encontrar uma solução para os nossos problemas. — Vou… vou ter de pensar sobre isso.

— Eu imaginava que sim. É muito o que peço, e sei que você vai precisar de algum tempo para avaliar meus argumentos. — Enquanto contornamos a rua, porém, já com a torre do sino aparecendo à vista, ela acrescenta: — Mas, Romeu? Não demore *muito*, senão tudo estará perdido. Para nós dois.

26

ACONTECE QUE O NOME *LÁGRIMAS DE DRAGÃO* significa algo para Frei Lourenço. Depois que Julieta e sua ama partem para o convento, e ele e eu ficamos sozinhos de novo à luz do braseiro aceso na sacristia, ele examina o frasco em sua mão.

— Claro. Eu esperava algo grosseiro e simplista, mas devia ter adivinhado que alguém com o conhecimento, o caráter e a imaginação insensível de Teobaldo usaria um veneno assim.

— O que é? — Meus nervos estão desgastados, e não quero nada mais além de rastejar de volta para minha cama desconfortável e tentar adormecer, mas não conseguirei sem antes obter algumas garantias. — É algo que o senhor possa curar?

— Não se "cura" exatamente um veneno — ele murmura, escolhendo esta noite entre todas para ser pedante. — As Lágrimas de Dragão são uma mistura de vários ingredientes, todos conhecidos por serem bastante mortais, e tem sido bastante popular entre os assassinos... Um pouco desse veneno adicionado à comida ou bebida pode matar um homem em questão de horas. Seu uso é proibido, é claro, e gostaria de saber onde Teobaldo o conseguiu.

— Mas o que isso significa para Valentim? — pergunto, agarrando seu braço e forçando-o a se concentrar em mim. — Ele ainda pode ser salvo?

Frei Lourenço coloca a mão livre sobre a minha, sua expressão se tornando gentil.

— Há uma chance, eu acho.

O alívio que toma conta de mim é tão forte que meus joelhos dobram, e ele precisa me guiar até um banco para que eu não caia no chão.

— Q-que chance? O que deve ser feito e como?

— Bem, a velocidade é sempre essencial. Quanto ao tratamento, vou começar a preparar o antídoto amanhã, assim que puder reunir os ingredientes. Algumas pesquisas também serão necessárias. Estou acostumado a cuidar de meus irmãos monges nos acessos de doença causada pela colheita das frutas erradas, mas este — ele vira o frasco de novo — é um problema mais sofisticado, que exigirá um remédio mais sofisticado. No que diz respeito a quão bem-sucedido espero ser... Tenho medo de não poder responder a isso até que ele seja transferido para cá e eu possa avaliar seu estado por minha própria conta.

— Eu quero ajudar. — Apertando minha mandíbula, eu o desafio a me recusar isso. — Qualquer assistência de que o senhor precisar, eu providenciarei: lavarei e carregarei o equipamento, buscarei todos os livros necessários... qualquer coisa.

— Você pode deixar a pesquisa comigo — ele responde com um leve sorriso. — Duvido que eu consiga adormecer antes de ler sobre o assunto, de qualquer maneira, e os textos estão todos em francês. Mas vou compilar uma lista de plantas a serem colhidas e equipamentos a serem limpos e transportados. E, para a realização dessas tarefas, terei prazer em acolhê-lo como aprendiz a partir de amanhã.

E, assim, à primeira luz do dia seguinte, vejo-me cambaleando atrás de Frei Lourenço pelo jardim do mosteiro, nós dois carregando cestos, facas e listas parciais de itens a serem coletados. Há tantas plantas a serem colhidas que minhas costas e meus ombros começam a doer em pouco tempo, mas eu faço tudo sem me queixar. Para ajudar a salvar Valentim, suportarei qualquer desconforto.

Trabalhamos com dedicação por horas, lado a lado, colhendo uma variedade de frutos, raízes, folhas e sementes — reservando alguns itens para serem guardados secos e outros para serem processados para obter os seus sucos. Uma vez que isso é feito, separamos a colheita no cômodo perto da cozinha do mosteiro que Frei Lourenço pretende usar como seu espaço de trabalho. Aí, ele produz uma segunda lista.

— Tudo isso, infelizmente, foi um trabalho fácil — ele diz isso como que se desculpando, mas eu não o via tão energizado há séculos.

— Existem mais alguns ingredientes necessários, possivelmente os mais importantes, e para buscá-los teremos de fazer uma expedição de coleta nas colinas.

A expedição toma a maior parte da tarde: raspamos cascas de árvores e arrancamos punhados de líquenes da cor de sangue. A noite está começando a cair quando enfim terminamos, e as sombras vão se alongando à medida que voltamos ao convento. Ao chegarmos lá, com suor em meus olhos e esperança em meu coração, deparamos com uma comoção na entrada dos claustros.

Tommaso, o jovem noviço que espalhou a notícia sobre a peste, corre imediatamente para o lado de Frei Lourenço.

— Seu paciente chegou enquanto o senhor estava fora. Nós o colocamos na cela mais próxima da sua, como o senhor pediu, mas o irmão dele...

Eu não ouço o resto, porque na mesma hora deixo cair minha cesta de mudas e abro caminho entre os monges reunidos, começando a correr quando chego ao pórtico. A porta adjacente à cela de Frei Lourenço está entreaberta, e eu a abro por completo, parando de modo abrupto na soleira quando entro. Minha respiração fica rápida e minhas mãos tremem.

Valentim está deitado na cama estreita encostado na parede, seu corpo frouxo, sua pele tão pálida que está quase translúcida. Ele está com olheiras roxas o suficiente para parecerem hematomas, e uma camada de umidade em seu rosto reluz com a iluminação que atravessa a janela. É como se algo estivesse sendo arrancado do meu peito, e eu tivesse que morder minha boca com força para não chorar de desespero.

Só consigo pensar naquela noite sob as árvores, em seu calor, no quão vivo ele estava. Seu sorriso, seu desejo, seus beijos... Eu estive no mar apenas uma vez, quando era pequeno, mas isso me traz de volta a mesma sensação de ser pego na crista de uma grande onda; uma força da natureza, tão potente e imprevisível que você só pode esperar não ser puxado para longe. Dando um passo à frente, eu me aproximo dele, preparado para lavar as mãos em minhas lágrimas desesperadas.

— Romeu?

Ao som do meu nome, recuo e me viro, piscando de surpresa. Minha atenção estava tão fixa em Valentim que não percebi o fato de não estarmos sozinhos. Mas ali, encostado na parede em frente ao leito de seu irmão, parecendo abatido e com a barba por fazer, está Mercúcio. Seus olhos estão vermelhos e suas bochechas encovadas, mas ele abre um sorriso torto quando me vê, e estende a mão, arrastando-me para um forte abraço.

Ele começa a falar, mas as palavras se dissolvem em soluços. Agarrado a mim, pendurado em mim, Mercúcio começa a chorar — e tudo que posso fazer é mantê-lo em pé. Só consigo pensar em como confortá-lo no precipício do colapso. Em todos os anos desde que nos conhecemos, não consigo me lembrar de um único caso em que ele tenha precisado do meu consolo.

— O que vou fazer? — ele pergunta melancolicamente, com sua voz rouca e crua. — Se ele morrer, Romeu, a culpa será minha. Porque eu não pude deixá-lo em Vicenza, onde vivia em paz com nosso tio… Tive de trazê-lo de volta para cá, porque *eu* precisava dele. Porque *eu* não podia deixá-lo longe. — Suas lágrimas começam a encharcar minha camisa, escorrendo quentes contra minha pele. — Tudo que eu queria era consertar as coisas. O que eu queria era que ele tivesse a vida que sempre mereceu.

— Você é um bom irmão, Mercúcio. — Minha garganta está tão apertada que as palavras resistem a mim. — E eu não vou deixá-lo morrer. Frei Lourenço acha que poderá inventar um antídoto para o veneno que Teobaldo usou, e prometi ajudá-lo. E eu acredito que ele possa fazer isso.… Você não tem ideia do quão inteligente ele é.

— *Teobaldo* — Mercúcio murmura o nome como se fosse uma maldição. — Espero que aquele canalha esteja com o diabo! — Os músculos de suas costas tremem sob minhas mãos. — A única coisa da qual me arrependerei até o fim dos meus dias é de não ter sido eu quem deu o golpe final. Mas vou dar o seu nome ao meu primeiro filho, em sua homenagem, para demonstrar minha gratidão por enfiar sua lâmina naquele pescoço que não valia nada.

— Mercúcio... — A culpa é como uma tempestade acima de mim, escurecendo o ar, e eu engulo em seco. — Sinto muito. Sinto muito por Valentim e sinto muito por não ter conseguido evitar que Teobaldo o machucasse... E sinto, acima de tudo, que essa rivalidade implacável que existe entre minha família e os Capuletos tenha causado tudo isso. Que *eu* tenha causado tudo isso.

Seu rosto se contrai com uma expressão confusa.

— Do que você está falando? Fui eu que insisti que Teobaldo tinha de ser enfrentado... Você queria evitá-lo, e eu acusei você de covardia. Se eu tivesse te ouvido, se tivesse me importado mais com a segurança do que com o orgulho, nada disso teria acontecido!

— Os Capuletos armaram uma armadilha e eu não tive escolha a não ser cair nela — eu o faço lembrar. — Não haveria como evitar Teobaldo naquele dia... E, mesmo que eu tivesse conseguido de alguma forma, ele teria feito outra armadilha, em outro lugar, e me capturado de qualquer maneira. Mas fui eu quem mandou chamá-lo, pois tive medo de enfrentá-lo sozinho. Porque eu sabia que ele queria sangue nas mãos e temia que fosse o meu. — Lágrimas embaçam a minha vista. — Foram minhas as ações que despertaram a raiva dele, e meu chamado para o combate que trouxe Valentim ao alcance de sua adaga.

— Se você não tivesse nos chamado, sabe muito bem que eu estaria furioso com seu cadáver — ele responde com um tom irônico, o que me lembra do velho Mercúcio impetuoso e alegre que sempre conheci. — Você é nosso amigo, Romeu. Nós escolhemos responder à sua convocação porque sua luta é nossa, e nós nunca deixaríamos você enfrentar Teobaldo sozinho.

— Eu sinto apenas… — Mas minha respiração falha e enfim começo a chorar também.

Nós estamos juntos, em uma confusão lamentável de lágrimas e culpa, quando Frei Lourenço nos encontra alguns minutos depois. Suavemente, ele diz:

— Boa noite, Mercúcio. Eu confio que sua viagem até aqui tenha sido segura?

— Sim, obrigado. — Meu amigo limpa a garganta, retomando a compostura. — Verona sabe do alerta de pestilência por essas bandas, e foi um pouco difícil encontrar um cocheiro disposto a vir até aqui, mas consegui. Não posso expressar como estou grato por sua ajuda. Se o senhor puder salvar a vida do meu irmão, eu lhe pagarei qualquer quantia, não importa quão alta seja.

— Não há necessidade disso, eu garanto. — Frei Lourenço estende as mãos em um gesto tranquilizador. — Estou procurando o antídoto porque fui abençoado com o conhecimento para fazê-lo e porque acredito em ajudar as pessoas, não por qualquer recompensa. Farei tudo o que puder por Valentim e rezo para que tenha sucesso, mas… não posso prometer resultados. Ao menos, ainda não.

— Eu entendo — diz Mercúcio, limpando a garganta de novo. — Romeu me disse que pretende ajudá-lo. Se há alguma coisa que eu possa fazer, o senhor deve me colocar para trabalhar também.

— Aceitarei com prazer sua oferta. — Frei Lourenço sorri, e então coloca a mão em meu ombro, empurrando-me em direção à porta. — Mas agora, porém, devo pedir um pouco de paz e sossego para poder examinar meu paciente. E, Mercúcio, sugiro que você descanse um pouco…

— Eu ficarei com Valentim — declara meu amigo, erguendo o queixo. — Traga um saco de dormir para cá, se quiser, mas, se eu descansar um pouco, será ao seu lado.

— Isso vai dificultar o que precisa ser feito por ele. — Frei Lourenço é firme, mas não hostil. — Você não ajudará Valentim ficando doente também, como sabe, e seu sofrimento não faz nada para aliviar o dele.

— Talvez eu mereça ficar sem dormir — rebate Mercúcio, desafiando o monge a contradizê-lo. — Talvez eu mereça pior.

— E talvez você já tenha se punido o suficiente — sugere Frei Lourenço.

— Se ele morrer por causa disso, nunca poderei expiar minha culpa.

— E, se ele viver, precisará de você saudável e forte. — Conduzindo-nos de volta à porta, Frei Lourenço acrescenta: — Vocês podem fazer uso do meu quarto enquanto estou com seu irmão. Já tomei a liberdade de pedir a um dos noviços que lhe trouxesse alguma coisa para comer, bem como um chá de ervas que vai clarear sua mente. Eu acredito que você precise disso.

— Não estou com fome — insiste Mercúcio com um tom amargo, embora seu estômago ronque quando ele diz isso.

Ele para de resistir, porém, e me permite guiá-lo até a cela adjacente. Tommaso aparece momentos depois com pão fresco, água e uma caneca fumegante com um líquido escuro que cheira a cachorro molhado.

— Frei Lourenço disse que vai trazer cerveja para vocês dois, desde que você — ele dirige um olhar penetrante para Mercúcio — termine tudo que estiver no seu prato.

— Você acredita na coragem dele? — meu amigo reclama, indignado, no instante em que Tommaso desaparece. — Termine sua refeição, ou você não receberá nenhuma recompensa depois! É como ser uma criança de novo. — Ele enfia um pouco de pão na boca e engole quase sem se preocupar em mastigar. — Ele tem a sorte de eu por acaso estar precisando de uma cerveja agora, ou eu teria jogado tudo isso na cara dele.

Ele coloca mais pão na boca, e eu observo comer com uma espécie de fascínio horrorizado. É como ver um animal selvagem abatendo uma nova presa. Quando o último pão desaparece em sua boca, empurro o líquido fumegante um pouco para mais perto dele.

— Não se esqueça do seu, hã...

— Eca. — Mercúcio faz uma careta, depois tapa o nariz e engole o mais rápido que pode. Quando a caneca está vazia, ele estremece todo e solta um arroto. — Abominável. Mas minha cabeça está um pouco melhor. Eu acho. — Virando-se, ele olha com preocupação a parede que nos separa de Valentim. — Você... Você de fato acredita que Frei Lourenço possa reverter seja lá o que aquele veneno esteja fazendo com ele?

— Se alguém puder, será Frei Lourenço. — A tarde passada nos jardins e nas colinas volta à minha mente, assim como a maneira sensata com que ele falou sobre cada planta diferente que coletamos. Penso sobre Valentim tocando meu rosto e sorrindo com os olhos. — Na verdade, tenho medo de que seja tarde demais, mas... estou escolhendo ter fé na capacidade dele.

— Eu também — sussurra Mercúcio. Ele se vira para mim e então balança a cabeça, os olhos caídos e desfocados. — Ou, talvez não... Aquela bebida nojenta deveria me reanimar, mas não funcionou! Eu me sinto tonto... E por que o quarto está girando?

— Talvez você deva se deitar? — Eu o empurro em direção à cama e, embora ele ofereça uma resistência simbólica, não é nada difícil manobrá-lo. — Você não descansou bem nestes dias. Pode ser a exaustão enfim chegando.

— Não vou me deitar, mas suponho que esteja disposto a me sentar — ele declara, jogando-se na cama de Frei Lourenço e esparramando-se de costas. Seus olhos estão vidrados quando ele olha para o teto. — Mas só até a cerveja chegar e a sala parar com essa rotação infernal.

— Quanto tempo *faz* desde a última vez que você dormiu, Mercúcio? — eu pergunto com preocupação, olhando para a caneca vazia e seu resíduo de ervas encharcadas coaguladas no fundo.

— Não me lembro. — Ele faz um gesto letárgico e depois segue meu olhar. — Seu monge me enganou, não foi? Aquela poção horrível foi feita para me fazer dormir.

— Eu suspeito que sim.

— Aquele patife astuto. — Ele quase parece impressionado. Esfregando o rosto, ele respira fundo. E, então, olha para mim, e algo sério surge em sua expressão. — Antes de eu apagar... Romeu, há algo que preciso entender. Eu posso não ter a coragem de perguntar sobre isso mais tarde, depois de ter dormido e recuperado minha inteligência, então terei de perguntar agora.

— Sim? — A maneira como ele fala, a maneira como ele me observa, faz com que meus ombros endureçam. — O que... O que foi?

— Por que Valentim chama seu nome sempre que desperta de seu estupor?

Meu coração para.

— Eu...

— Eu preferiria que você não mentisse para mim. — Ele diz isso com severidade, embora as palavras sejam suaves nas bordas. — A única coisa que não posso tolerar é que mintam sobre meu irmão. Romeu... Quando é que vocês dois se tornaram tão próximos, a tal ponto que é seu o nome pairando mais perto dos lábios dele quando acorda?

— Nós... Eu... — É como cair na escuridão, pois não tenho certeza do quão longe estou do chão, mas ciente de que, quanto mais tempo levar para pousar, pior será o impacto. — Conversamos no pomar dos Capuletos, depois de fugir do baile de máscaras. Ele me contou sobre Vicenza, e... e suponho que tenhamos ficado mais próximos desde então.

É uma resposta inadequada, e meu tom estridente só faz com que soe pior. Mercúcio franze a testa com impaciência.

— Meu irmão me disse mais ou menos a mesma coisa, mas ele é péssimo na mentira. Eu sei que há algo mais que nenhum dos dois quer dizer. — Ele estreita os olhos e acrescenta algo que faz meu estômago embrulhar. — Valentim esteve ausente de sua cama algumas noites atrás, e não voltou para casa até pouco antes do alvorecer. Ele tentou me convencer de que eu sonhei, como se eu não soubesse dizer a diferença entre estar dormindo e estar sozinho. Era com você que ele estava naquela noite? E não minta para mim, Romeu. Você não é melhor com mentiras do que ele.

Mesmo neste estado, deitado de costas e meio embriagado com o chá de ervas de Frei Lourenço, ele me intimida. E eu também estou trêmulo, sobrecarregado demais para tentar um blefe. Minha boca está seca quando digo:

— Ele… Ele veio para San Pietro naquela noite, sim. Ele disse que não conseguia dormir e queria… continuar a conversa que tivemos na *villa* dos Capuletos. — Tudo isso é verdade, mesmo que tenha um gosto falso. — Passamos a maior parte da noite no pomar atrás da minha casa. Mas, seja o que for que você esteja sugerindo…

— Valentim não é como eu — Mercúcio me interrompe decisivamente, olhando para a parede, pressionando a ponta dos dedos nela como se pudesse alcançá-lo. — Isso costumava me irritar… A quietude dele, a sensibilidade… A relutância em seguir meu exemplo. Eu sempre soube que havia algo de diferente nele. — Ele engole em seco e, para minha surpresa, seus olhos ficam cheios de lágrimas. — Por um tempo, pensei que talvez ele fosse superar isso. Depois, considerei que poderia mudar essa parte dele, incentivando-o a ter os interesses certos, mostrando-lhe como deveria agir.

As lágrimas brotam de seus olhos, e Mercúcio faz uma expressão desajeitada ao limpá-los.

— Eu tinha tão pouca paciência. Estava tão pronto para pôr para fora minha raiva, era tão rápido em atacar quando ele me desagradava. E, então, nosso pai morreu, e Valentim foi enviado para Vicenza, e… foi preciso que toda a minha família se desintegrasse para eu perceber como fui tolo. — Seu rosto fica rosado, e ele fecha as pálpebras. — Tanto tempo desperdiçado punindo meu irmão por algo que ele nunca fez de errado… E, então, sem saber se algum dia ele seria capaz de retornar, nem mesmo se ele *gostaria* de retornar. Eu fui um irmão terrível, Romeu. Seria compreensível se ele nunca mais quisesse nada comigo.

— Você não é um irmão terrível. — É tudo o que consigo pensar em dizer. — Eu já o vi com ele. Vejo você com ele agora.

— Sou apenas um pobre pecador, apostando meu perdão quando o Dia do Juízo Final começa a raiar. — Ele olha para mim, e toda a força parece ter sido drenada dele. — Mas eu prometi. Fiz uma promessa a Deus, Romeu: se Ele permitir que meu irmão volte a Verona, serei o irmão que ele merece ter. Vou fazer o certo, vou valorizá-lo em vez de cobrar que seja alguém que ele não é. — Os lábios de Mercúcio tremem, e sua voz está arrastada. — Tudo que eu quero é que ele fique bem. Tudo que eu quero é colocar as coisas de volta no lugar certo e valorizar mais o que temos.

— Ele não vai morrer. — É a minha vez de fazer promessas ousadas, que eu não sei se poderei cumprir, mas que sei que moverei céus e terra para tornar realidade. — Não deixarei isso acontecer. Você terá mais tempo com ele, Mercúcio.

— Apenas me diga… — Seus olhos não abrem e posso ver que ele está lutando para permanecer acordado. — Ele… Ele fica feliz quando está com você, Romeu? Vocês são felizes juntos?

— Eu… — A cela fica embaçada, e eu levo um momento para falar. — Sim. E nunca me considerei tão sortudo.

— Ótimo. — Ele suspira, os ombros relaxando, as linhas preocupadas em seu rosto se suavizando. — Fico feliz. Isso é tudo que eu queria.

E, com isso, ele adormece.

27

ASSARAM-SE APENAS ALGUNS SEGUNDOS, E AINDA
estou ali, em estado de perplexidade — dominado por emoções que não consigo nomear, nem enumerar —, quando Frei
Lourenço abre a porta. O peito de Mercúcio sobe e desce no ritmo
do sono, com um som leve de chocalho escapando em sua garganta.
O monge astuto sorri.

— Vejo que meu chazinho funcionou. Estou feliz, ele precisa
de descanso.

— O que deu a ele? — Aponto para a caneca, disfarçadamente
enxugando as lágrimas dos meus olhos. — Ele ficará bem?

— Apenas uma mistura de algumas ervas calmantes e soporí-
feros. — Ele encolhe os ombros de maneira amigável. — Nada muito
poderoso. O cansaço e a angústia o estavam levando à beira de um
colapso, e ele precisava apenas de um leve empurrão para dormir.
Com sorte, ele não despertará de novo até de manhã, quando espero
que ele esteja mais lúcido.

— O senhor é bastante astuto — comento, incapaz de conter
um sorriso malicioso de admiração. — Disse a ele que a bebida ia
clarear sua cabeça, mas o enganou sobre como ela faria isso.

— Ele não perguntou. — Frei Lourenço é a própria imagem
da inocência. Então, ele diz: — Terminei meu exame. Valentim tem
sorte de não ter ingerido o veneno, e foi igualmente afortunado por
seu ferimento ter sangrado tão profusamente, pois decerto expurgou

um pouco das Lágrimas de Dragão de suas veias antes que elas pudessem alcançar seu coração.

— O que isso significa? — eu pergunto. — O senhor poderá ajudá-lo?

— Embora seu estado esteja piorando — Frei Lourenço começa —, acredito que ele ainda não tenha chegado a um ponto em que seja tarde demais para reverter os efeitos do veneno.

Era tão precisamente o que eu precisava ouvir neste momento que *duvido*. Ele reitera, porém:

— Acho que podemos salvá-lo, Romeu, mas apenas se agirmos rapidamente.

Faltam-me palavras. Meu peito incha e o calor pressiona meus olhos quando me jogo aos pés de Frei Lourenço.

— O-obrigado — eu sussurro no tecido áspero de seu manto, abraçando-o com o máximo de força que me é possível. — *Obrigado*.

— Não me agradeça ainda. — Ele esfrega minhas costas com afeição. — Não haverá remédio algum sem muito esforço… E, Romeu, ainda há a chance de que não seja suficiente.

— Mas há uma chance de que seja. — Eu enxugo as lágrimas com a manga da camisa, chocado que meu corpo ainda tenha água para verter. — E farei tudo o que me for pedido, qualquer coisa. Fale do que precisa, que começo agora mesmo.

— No momento certo. — Ele pega a bandeja e vai em direção à porta. — Por enquanto, Mercúcio precisa dormir, e pensei que talvez você gostasse de ficar alguns minutos a sós com Valentim.

— Sim. — A ideia faz meu coração pular. — Sim, muito.

— Apenas tome cuidado para não o acordar — adverte.

E então ele sai, deslizando ao longo do pórtico, a luz fraca lançando longas sombras sobre o jardim central.

Valentim parece exatamente como antes: inerte, pálido e doente, e o ar do cômodo já tem o gosto amargo da doença. Minha garganta soluça, seca agora que enfim tenho tempo e privacidade para assimilar o que aconteceu com um garoto que já fez com que me sentisse invencível.

Sua pele está fria ao toque quando entrelaço meus dedos nos dele, desejando sentir a pressão de sua resposta, e seu cabelo macio está emaranhado e opaco. Mas eu inspiro seu cheiro, e o odor familiar desbloqueia as emoções que venho tentando suprimir — as memórias muito felizes. O gosto dele sob as árvores do pomar, nossas mãos se tocando pela primeira vez, quando eu ainda não sabia se poderia significar para ele o que ele significava para mim, os sorrisos privados que trocávamos quando não havia mais ninguém olhando naquela tarde perfeita.

Lembro-me da maneira como a voz dele soou — vacilante e sem fôlego — quando ele se deitou ao meu lado no pomar da minha família. "*Eu não tinha nada a dizer. Só queria que você me beijasse mais um pouco, e eu não aguentava esperar e torcer para que houvesse tempo para isso amanhã.*"

Meu coração aperta-se quando me sento ao lado dele, apenas nós dois ali — enfim sozinhos, pela primeira vez desde aquela noite, e eu devo enfrentar o que aconteceu com ele como resultado de minha briga com Teobaldo. Esse sentimento não é *como* o amor, eu percebo; é amor. Meu coração não estaria se estilhaçando desta forma se não fosse.

Eu o amo. E mesmo que ele não possa me amar de volta, mesmo que ele me culpe pelo que aconteceu consigo e amaldiçoe meu nome, farei o que for preciso para ver Valentim inteiro e saudável de novo.

Quando Frei Lourenço volta para me buscar, ele não se intromete em meus pensamentos, nem me pressiona para falar. Em vez disso, ele me conduz até a cozinha e me mostra uma lista de tarefas que teremos de realizar antes que o antídoto possa ser preparado. Depois de explicar quais delas devo executar, ele me deixa.

Pelas próximas horas — sob fragmentos da luz das estrelas e o brilho de lamparinas e braseiros —, nós nos dedicamos à ciência da alquimia. Sob a orientação de Frei Lourenço, penduro ervas para secar, fervo raízes e cascas para que possamos destilar sua essência e separar as frutas das peles e das sementes. Rotulamos os frascos e derramamos conhaque transparente em uma garrafa cheia de punhados de líquen vermelho-sangue, e o líquido ganha um tom raivoso. Estamos na metade da lista quando ele diz que já fizemos o suficiente.

Na manhã seguinte, depois de um sono sem sonhos, estou de volta à cozinha. Mercúcio está ao meu lado desta vez, trabalhando diligentemente e parecendo ainda melhor depois de uma boa noite de sono. O que acontece diante de mim ao longo do dia é fascinante: frutos conhecidos reduzidos a sais, líquidos e vapores, suas partes combinadas outra vez de novas maneiras e em quantidades específicas. Gota a gota, o antídoto para as Lágrimas de Dragão lentamente se aglutina, compondo um fluido turvo com cheiro forte de terra.

— É isso. — Frei Lourenço parece um tanto cansado e animado ao mesmo tempo, segurando a mistura contra a luz. — Isso é o que vai neutralizar o veneno de Teobaldo.

— Então podemos dar a ele agora? — Mercúcio o encara. — Quanto tempo leva para funcionar? Como saberemos se vai funcionar?

A pergunta que ele não faz, mas que está claramente gravada em sua expressão preocupada, é: *o que faremos se não funcionar?*

— Está pronto para ser usado — esclarece Frei Lourenço com cautela —, mas não podemos apressar o tratamento. Não estamos jogando água no fogo, mas enviando um animal para lutar contra outro. — Para Mercúcio, ele elabora melhor: — Se muito deste elixir for consumido ao mesmo tempo, de uma só vez, pode ter efeitos terríveis por si só; então deve ser dado com moderação, não mais do que cinco gotas, em intervalos de três em três horas. Eu mostrarei como, mas depois dependerá de você.

— Claro. Sim.

— Se funcionar, não demorará muito para sabermos. — Frei Lourenço levanta-se.

— E se... se não funcionar? — Mercúcio mal consegue formular a questão.

— Bem. — Um olhar sombrio cruza o rosto do monge. — Também não demorará para sabermos.

É desconfortável manter a boca aberta de Valentim para pingar o estranho remédio entre seus lábios. Sua garganta se move quando ele engole, enquanto sua boca se contrai e sua sobrancelha parece tensa. Depois, seu rosto relaxa de novo e ele... fica como está.

— Não funcionou? — Mercúcio passa as mãos pelos cabelos, fazendo com que fiquem em pé. — Ele está como antes; nada mudou!

— Dê um tempo — acalma Frei Lourenço. — O veneno teve vários dias para fazer seu trabalho, e a nossa solução teve apenas alguns segundos. Vocês podem observá-lo entre as doses, para monitorar seu estado, mas apenas um de cada vez. A aglomeração não lhe fará bem.

— Eu farei a primeira vigília — declara Mercúcio de forma definitiva.

Considero minha posição e depois assinto, relutante, perguntando-me o que será de mim até a hora de dar outra dose a Valentim.

— Se houver alguma mudança acentuada nele, mandem me chamar — diz Frei Lourenço. — Caso contrário, avaliarei de tempos em tempos seu estado. Lembrem-se: não mais que cinco gotas.

— Entendi — Mercúcio e eu dizemos em uníssono.

E, quando a porta se fecha de novo comigo do lado de fora e a noite caindo para lá da colunata e preenchendo o pórtico, não sei dizer se o ar que respiro tem gosto de esperança... ou medo.

A segunda dose é administrada exatamente como a primeira, e embora Valentim pareça talvez um pouco mais corado, ele não demonstra nenhuma reação mensurável. Sua garganta se move, sua boca se franze e, então, ele relaxa de novo. Mercúcio se recusa a ceder a vigília, e então eu volto a contragosto para minha cela.

Já faz tempo que os monges fizeram sua última oração, e todos dormem. Os claustros estão banhados de luar prateado. É lindo e, pela primeira vez em dias, minhas mãos coçam por meu caderno de desenho. É o tipo de cena que eu gostaria de poder compartilhar com

Valentim e, apesar de toda a fé que deposito em Frei Lourenço, de repente fico aterrorizado diante da possibilidade de o antídoto falhar.

Quando volto para a terceira dose, enfim fica aparente que o medicamento está fazendo efeito. O cabelo de Valentim está úmido nas têmporas e seu rosto tenso de desconforto; sua respiração está mais dificultosa que antes. Mercúcio, mais uma vez cansado pela falta de sono, limpa o rosto do irmão com um pano úmido.

— Isso significa que está funcionando? Devemos chamar Frei Lourenço?

— Não sei o que isso significa — digo a ele honestamente, embora pareça-me que só existem duas possibilidades: ou Valentim está melhorando... ou está piorando depressa.

Desta vez, ele está com febre e resiste enquanto eu tento abrir sua boca. Mercúcio conta as gotas e depois recuamos, observando-o se contorcer de modo intermitente antes de se acalmar. Sua testa está franzida, e mais gotículas de suor formam-se na linha do cabelo.

— Você pode ficar ou ir, mas eu não vou deixá-lo — Mercúcio anuncia, colocando-se no chão ao lado da cama.

Embora Frei Lourenço nos tenha advertido para nos revezarmos, não consigo suportar a ideia de voltar para minha cela e não conseguir dormir de tanta ansiedade. Então eu me sento também, encostado na parede, esperando por boas ou más notícias.

Seja lá o que esteja acontecendo com Valentim, ele não vai passar por isso sem mim.

Antes que a hora acabe, as coisas mudam drasticamente. Estou meio adormecido quando um gemido suave vem de Valentim, o primeiro som que ele emite desde que cheguei, e Mercúcio e eu acordamos instantaneamente. Suas mãos agarram os lençóis emaranhados, ele arqueia as costas, os músculos de seu pescoço destacando-se em alto-relevo. Ele geme de novo, estremecendo de dor.

— Valentim? *Valentim!* — Mercúcio agarra o rosto suado de seu irmão, rapidamente tomado pelo pânico. — O que está acontecendo? O que há de errado?

— Não acho que ele esteja acordado — digo, sentindo o calor que sai de sua pele. — Mercúcio, a febre dele piorou…

Valentim despenca na cama e então se arqueia mais uma vez, e outro som lamentável escapa de sua garganta — um grunhido que vira um gemido alto. Seu rosto está vermelho, e ele bate as pernas contra o lençol, puxando-o para baixo o suficiente para revelar a ferida enrugada em seu peito. Com um movimento brusco, ele então vira para o lado, arrancando seu braço de mim.

— *Valentim!* — Mercúcio grita, enquanto ele cai na cama de novo. — Romeu, vá agora chamar o monge! *Agora.*

Correndo para o quarto adjacente, todas as noções de sono são arrancadas da minha mente, e meu sangue se enche de faíscas frias. Se Valentim não se recuperar, se aquela mistura que derramamos em sua garganta só o deixou pior… Não posso me permitir completar o pensamento, pois minha cabeça gira de medo.

Frei Lourenço acorda facilmente e, quando corremos de volta para a cela de Valentim, ele ainda se contorce nas mãos do irmão, agarrando-se aos lençóis e chorando de agonia. Mercúcio vira-se para nós com lágrimas nos olhos, sua voz embargada.

— Ajude-o, por favor!

Frei Lourenço se move depressa até a cama, examinando Valentim com uma metodologia calma e organizada — medindo a febre, tomando seu pulso, abrindo suas pálpebras —, e, então, faz um rápido aceno de cabeça.

— Eu disse que estávamos enviando um animal para lutar contra outro. É agora que saberemos quem sairá vitorioso.

— O que isso *significa*? — Mercúcio pergunta entredentes. — Ele está em agonia, pode estar morrendo! O senhor não pode fazer nada?

— Vou trazer mais água fria e panos limpos, mas ele deve dar conta do resto — Frei Lourenço fala com paciência e simpatia. — Lágrimas de Dragão são um veneno formidável, e o antídoto tem de ser igualmente potente para combatê-las. A dor do seu irmão é angustiante de testemunhar, mas este é o tratamento tomando seu curso. Segure-o com firmeza para que ele não se machuque e, no fim, este momento terrível vai passar.

Ele não faz promessas sobre o que acontecerá depois, e estamos com medo demais para perguntar. Então, em vez disso, eu esfrego a testa de Valentim enquanto Mercúcio o segura, seus braços tremendo e o rosto de cada um de nós molhado de lágrimas silenciosas.

Aos poucos, a convulsão de Valentim torna-se menos frenética, e seus gemidos diminuem. Algum tempo depois das primeiras orações matinais, ele relaxa de novo. A roupa de cama está encharcada de suor, e sangue escorre de sua ferida reaberta... Mas sua respiração parece mais lenta e profunda, os músculos de seu rosto relaxados, e o rubor começa a desaparecer de seu rosto.

Mercúcio e eu estamos exaustos, esgotados por horas de vigília em pânico, mas, por fim, percebemos que a febre de Valentim enfim cedeu.

28

NÃO SEI QUÃO TARDE É QUANDO FINALMENTE caio no sono, mas, ao acordar, parece que meros segundos se passaram — e estou com uma dor terrível. Encolhido contra a parede, estou mais retorcido do que uma videira antiga, e a luz do sol entra em meus olhos através da janela aberta da cela. Os ossos do meu pescoço fazem um som crepitante enquanto eu luto para ficar em pé.

E, então, eu congelo, meu coração na garganta quando vejo o quadro diante de mim: Valentim, acordado na cama, observando-me com aquele mesmo sorriso travesso de quando atirou pedrinhas na janela do meu quarto. Ele está pálido e magro, as olheiras sob seus olhos ainda mais pronunciadas do que antes... *Mas está vivo.*

— Valentim? — Quase que pronuncio cada sílaba de seu nome. — Você está... Estou sonhando?

— Espero que não — ele responde com a voz fraca. E sorri, o que não o vejo fazer há dias. — Eu ficarei magoado se for assim que você me vê em seus sonhos.

— Mas você está lindo! — Meus olhos se enchem de lágrimas, manchando o quarto em cores vivas. Meu corpo dói enquanto manco para o lado dele. — Você está... está bem de novo.

— Parece que estou. — Ele olha para seu corpo, seus braços delgados e pálidos, sua ferida já cicatrizando do tormento que suas convulsões o fizeram passar. — Eu preferiria dizer que eu nunca me senti melhor, mas… ao menos posso dizer que estou me sentindo melhor do que ontem.

— Ontem você estava inconsciente — retruco, sentindo o gosto de sal quando eu rio.

— Isso é verdade… Então estou me sentindo muito pior do que ontem. — Ele ri também e depois tosse um pouco. — É como se eu tivesse sido pisoteado por cavalos. Com cavaleiros muito grandes sobre eles.

— Eu… não consigo acreditar que você esteja bem. — Sentando--me na beira da cama, coloco minha mão perto da dele, com medo de tocá-lo; com medo do quão frágil ele ainda parece estar. — Você não tem ideia de quantas vezes eu chorei por você, quantas vezes pensei que seu destino estivesse selado pela adaga de Teobaldo.

— Eu consigo imaginar. Antes de você acordar agora, meu irmão disse que você está em um estado bastante grave por minha causa. — Ele quase parece orgulhoso, e meu rosto esquenta.

— Onde *está* o seu irmão? — eu pergunto, confuso.

— Dormindo em uma das celas, espero. — Valentim passa uma mão por seu cabelo emaranhado. — Tivemos uma longa conversa enquanto você estava encolhido ali naquele canto. Ele estava em péssima forma e, embora tenha demorado, eu o fiz prometer que ele ia descansar um pouco. — Ele hesita e então estende a mão sobre a minha. — Eu também disse a ele que eu desejava algum tempo a sós com você. E ele concordou.

— Você disse? — Não consigo pensar em nada mais eloquente para dizer, com meu sangue zunindo ao seu toque, seus dedos frios e secos e implausivelmente vivos. — E ele… concordou?

— Não sei como explicar isso. — Seus olhos se arregalam. — Não só sobrevivi a um encontro com a morte, mas meu irmão sabe o que eu mais temia que ele soubesse… E ele me ama mesmo assim.

— Ele ama, sou testemunha disso.

— Além disso, Romeu, acho que ele também ama você. — Valentim olha para onde nossas mãos estão conectadas. — Embora talvez não da mesma forma que eu.

— Você... — Não consigo terminar, minha garganta está apertada demais para falar. Pressionando sua mão em meus lábios, eu o beijo até poder respirar de novo. — Você me ama?

Um rubor rosado se espalha pelo rosto de Valentim, aquecendo as sardas que pontilham seu nariz perfeito.

— Acho que sempre fui um pouco apaixonado por você, Romeu. Mas eu estava com muito medo de dizer isso antes. Quando perdemos tantas coisas boas na vida, começamos a esperar que tudo seja tirado de nós, mais cedo ou mais tarde.

— E ainda assim foi você quem quase foi tirado de mim.

Eu não consigo soltar sua mão, não consigo parar de deleitar-me com a maneira como ele aperta a minha mão em retribuição.

— Quase perdi a chance de lhe dizer quando pude. — Alcançando-me com a outra mão, ele toca meu rosto, e a luz do sol vai mostrando pequenas manchas douradas em seus olhos. — Eu poderia ter morrido e nunca ter dito que o amava. Como pude ser tão tolo?

— Valentim... Você quase morreu por minha causa. Aquela adaga foi feita para o meu peito, e você se colocou entre ela e mim porque fui descuidado demais para prever o que aconteceria.

— E eu faria isso de novo.

— Eu não deixaria você fazer. — Balanço a cabeça com veemência. — Nunca deixaria você se colocar em perigo por minha causa de novo, nunca.

— Mas eu já fiz isso — ele responde, sua expressão aberta e vulnerável. — Eu disse que amo você. Coloquei meu coração em suas mãos, e agora...

Ele para, esperando para ouvir o que vou dizer, suas sobrancelhas arqueando-se sutilmente para cima com preocupação. Minha visão fica turva, meu coração parece expandir em meu peito.

— Eu também amo você, Valentim. Claro que sim. Você me enfeitiçou desde o momento em que o encontrei na *villa* dos Capuletos, mas, na noite que passamos no pomar da minha família, eu soube que meu sentimento por você era algo mais profundo que isso... Algo extraordinário. — Respirando fundo, eu me inclino ao seu toque, com um sentimento de gratidão inexprimível por senti-lo novamente. — Mas foi só quando pensei que o perderia para sempre que entendi a verdadeira natureza desse sentimento.

— Romeu...

— Eu amo você, Valentim — repito, porque as palavras têm um sabor tão doce na minha boca. — Eu amo você e não sei bem o que fazer com isso.

— Você poderia começar me beijando — ele sugere com um sussurro, e eu me apresso para atender seu pedido.

Seus lábios estão secos devido à provação de dias, mas, quando eles estão sob os meus, a sensação não é menos mágica. Eles me acolhem, abrindo-se suavemente — e o calor se espalha pelo meu corpo. A sensação percorre meu corpo até a boca do estômago, até a sola dos meus pés, a pele formigando na parte inferior das minhas costas. Seus dedos puxam a minha nuca, e um som faminto escapa de mim, um grunhido espontâneo que o excita.

Puxo seu lábio inferior, pressionando minha mão contra seu peito, sentindo seu coração disparar sob sua pele macia e quente. Quanto mais o beijo, mais preciso dele — mais tenho *necessidade* dele — e menos eu quero parar. Pode durar dias, meses, e eu nunca me cansaria disso.

Mas não temos meses.

Depois de algum tempo, nós nos separamos, sem fôlego e tontos. Valentim fecha os olhos, passando a mão pelos cabelos, o rosto corado de uma maneira que faz com que me preocupe se tirei energia demais dele. Com um suspiro, porém, ele diz:

— Isso foi... maravilhoso. Mas temo que terei de descansar um pouco antes de tentarmos de novo.

Eu sorrio, mas agora a questão do tempo paira no ar, uma nuvem escura que não posso ignorar e que diminui a luz ardendo em meu sangue. Antes que eu possa resolver o assunto, alguém bate na porta. Frei Lourenço entra com uma bandeja contendo coisas muito mais apetitosas do que aquelas servidas a mim desde minha chegada.

— Ah, que bom, vocês dois estão acordados! Eu queria ver como meu paciente estava, agora que ele voltou para nós. E, Romeu, fico feliz de poder vê-lo sem andar de um lado para o outro com seu corpinho triste.

— Ah, haha. — Reviro os olhos, mas Valentim sorri de verdade. — Eu quero que vocês dois saibam que meu pescoço pode ficar permanentemente torto depois desta terrível noite de sono.

— Vamos colocá-lo para trabalhar copiando manuscritos, então. — Frei Lourenço não perde a alegria. — Isso vai torcer seu pescoço para o outro lado em pouco tempo.

— Espero que o senhor não tenha trazido tudo isso para mim. — Valentim ergue as sobrancelhas enquanto observa o que está na bandeja de Frei Lourenço… Um caldo fumegante, pão fresco, frutas, queijo, figos secos e até ovos cozidos com algumas ervas aromáticas. — Temo não ter tanto apetite.

— Pois eu tenho — digo, pegando um dos figos.

Frei Lourenço dá um tapa na minha mão.

— Você precisa comer para recuperar suas forças — o monge diz a Valentim com gentileza. — Comece com algo simples, como o pão ou o caldo, e veja como se sente.

Meu estômago ronca.

— Enquanto ele desfruta de algo simples, talvez eu deva remover as iguarias mais refinadas, para não despertar tentação.

— Você pode comer tudo o que Valentim não comer, mas ele deve escolher primeiro e tentar o máximo que puder. — Frei Lourenço coloca a bandeja ao lado da cama e coloca as mãos na cintura. — Ele passou dias com o estômago vazio, e não vou vê-lo sucumbir a uma simples febre depois de libertá-lo da mortal garra das Lágrimas de Dragão.

Ele observa atentamente enquanto Valentim toma um café da manhã modesto, comendo até insistir que não consegue mais. Enquanto isso, aquela nuvem escura se expande, forçando o ar do quarto. No momento em que Frei Lourenço me oferece as generosas sobras da refeição, já não me resta muito apetite.

— Quanto tempo levará até que Valentim fique bem o suficiente para... para voltar para casa? — eu pergunto, minha voz tão vazia quanto meu estômago, e eu observo a expressão desanimada no rosto de ambos.

— Bem. — Frei Lourenço faz uma pausa, olhando para a bandeja. — Não há como saber exatamente. Teremos que avaliar seu progresso dia após dia...

— Mas não levará semanas — eu o interrompo, dizendo o que ele não quer dizer. E ele decerto entende meu objetivo com a pergunta. — E, como sua condição é de particular interesse para Verona, eles passarão a querer relatórios todo o tempo.

Frei Lourenço hesita, lançando um olhar preocupado para Valentim, que engole em seco e sussurra:

— Mercúcio explicou a natureza do acordo injusto do príncipe. É... Eu não posso acreditar em tamanha injustiça.

— É desnecessariamente cruel — concorda o monge com um suspiro pesado. — E, sim, imagino que eles exigirão um relatório em breve.

— O que dirá a eles? — Não consigo o encarar enquanto pergunto.

— Eu... não sei. — Ele se abaixa até a beira da cama, esfregando a testa. — Estamos ficando sem tempo para enganá-los. Se eu disser que ele se recuperou do veneno, podem emitir uma sentença de morte para você no mesmo instante. Mas só posso afirmar que sua condição não está melhorando por certo tempo antes de eles esperarem que eu lhes envie um corpo.

— Mas as pessoas podem ficar doentes por muito tempo, sem nenhuma mudança aparente — protesta Valentim. — Em Vicenza, havia uma mulher que ficou de cama por meses. Cada vez que pensavam que ela estava melhorando, ela piorava; e, quando eles pensavam que ela estava à beira da morte, seus sintomas de repente diminuiriam.

— A doença prolongada certamente não é desconhecida, mas isso não satisfará o príncipe, e nem satisfará os Capuletos e os Montéquios. — Frei Lourenço abana a cabeça. — Tal como as coisas estão, nossa falsa alegação de pestilência só nos dá mais alguns dias de proteção contra o escrutínio de visitantes indesejados. Duvido conseguir segurá-los com respostas conflitantes por mais tempo do que isso; em sua primeira oportunidade, certamente enviarão alguém aqui para ver com os próprios olhos a verdadeira natureza de seu estado.

— E meu destino estará selado. — O pão que tentei comer gruda na minha garganta. — O que significa que devo partir para Mântua assim que possível, e espero que não haja nenhuma patrulha na estrada entre aqui e lá para me capturar.

— Não! — Valentim olha para mim, chocado. — Você não pode simplesmente *partir*! Não é necessário, ainda não. Frei Lourenço disse que temos dias inteiros antes que alguém seja enviado aqui para me examinar... E, ainda assim, eu poderia facilmente fingir que ainda estou morrendo por causa do veneno.

— Os Capuletos só ficarão mais impacientes e mais organizados — digo a ele, mal-humorado. — Já pagaram homens para me procurar. Em breve eles oferecerão recompensas para qualquer um que possa lhes fornecer informações sobre meu paradeiro. Quanto mais eu ficar ao alcance do ouro deles, maior será o perigo.

— Ele tem razão. — Frei Lourenço não parece mais feliz com isso do que eu. — A verdade é que até Mântua pode se provar próxima demais. Os Capuletos têm influência em toda a região, e Romeu não pode se esconder em um mosteiro para sempre.

No fundo da minha mente está a proposta desesperada de Julieta, um plano que também exige uma ação oportuna, por menores que sejam suas chances de sucesso. Se suas previsões forem precisas, podem significar o fim da busca por vingança, mas me afastarão do garoto que amo.

— Mas... — Uma lágrima escorre pelo rosto de Valentim, e meu coração dói como se tivesse sido chutado. — Nosso tempo juntos nem começou. Como pode ser arrancado tão cedo novamente? Como outra coisa preciosa pode ser tirada de mim quando já tenho tão pouco?

Minha voz falha.

— Valentim...

— Por que o senhor não pode simplesmente dizer a eles que eu morri? — ele questiona Frei Lourenço, com o rosto vermelho. — Se isso for o que eles precisam ouvir para poupar a vida de Romeu, então esse é o relatório que o senhor deve enviar! Isso resolverá as coisas de uma vez por todas.

Estou quase surpreso demais para pensar em uma resposta razoável.

— Isso não resolveria nada. Não podemos simplesmente afirmar que você morreu e esperar que isso seja o fim.

— Infelizmente, ele está certo. — Frei Lourenço suspira. — Considerando a natureza da decisão do príncipe, ele pode muito bem esperar que seu corpo seja devolvido a Verona como prova... E os Montéquios por certo vão querer tornar seu enterro um espetáculo, um grande lembrete a todos do crime de Teobaldo em face do banimento oficial de Romeu.

— Diga a eles que morri de pestilência, então! — O desespero no rosto de Valentim é doloroso de se ver. — Eles já acreditam que o mosteiro está em quarentena, então não deve haver problema para convencê-los. Eles não seriam capazes de negar a lógica de um enterro apressado e, portanto, nenhum corpo para mostrar.

— Por mais verdade que isso seja, não seria suficiente para salvar o pescoço de Romeu. — Frei Lourenço junta as mãos. — A decisão que Éscalus tomou depende de você sucumbir ao ferimento que recebeu da adaga. Se afirmarmos que você contraiu a doença, os

Capuletos insistirão que isso torna Teobaldo inocente de sua morte, e Romeu, portanto, é culpado de assassinato.

— E não é uma simples farsa, Valentim. — Eu pego a mão dele, mas desta vez ele se afasta de mim. — Não seria o tipo de falsidade fácil de manter, ou que as pessoas poderiam ignorar se algum dia fosse descoberta. Se Frei Lourenço disser ao príncipe que você morreu, isso significará que você nunca poderá ir para casa de novo!

— Verona já não é minha casa há cerca de três anos — ele dispara de volta, com a raiva aquecendo seu tom. — O que me importa se não posso voltar? Você acha que eu descansaria à noite, dormindo na casa infestada de ratos de meu irmão, sabendo que você foi pendurado na ponta de uma corda porque continuo respirando?

— Mas... é a sua vida... Sua cidade.

— Você não sabe a que lugar eu pertenço! — ele exclama. — *Eu* não sei a que lugar pertenço e não trocarei minha vida pela sua... Eu me recuso! Isso é monstruoso, e se você me ama como diz que ama, não me pedirá para fazer uma escolha tão bárbara e egoísta.

Frei Lourenço repousa uma mão reconfortante no joelho de Valentim.

— Por favor, tente manter a calma. Eu sei que é um problema complicado, mas você ainda está fraco, e não vai adiantar nada...

— Não me diga como devo me sentir sobre o encontro de Romeu com sua morte como punição pela minha recuperação. — Valentim interrompe o monge com um olhar ressentido, seus olhos brilhando. — Não me diga para fazer as pazes com a sua partida de Verona para sempre, quando só agora consegui expressar o quanto ele significa para mim.

— Sua tristeza é justificada e não argumento contra ela — Frei Lourenço mantém seu otimismo silencioso. — Mas nem tudo está perdido. Já enganamos a Morte uma vez; talvez possamos encontrar uma maneira de fazer isso de novo. Mesmo que Romeu tenha que fugir por enquanto, pode ser que, com o tempo, o coração dos Capuletos amoleça, e eles abandonem a ideia de vingança.

— Nunca. — Disto não tenho dúvidas. Ele não conhece os Capuletos há tanto tempo quanto eu, nem tem uma compreensão íntima do quão antiga e profunda é a animosidade entre nossas linhagens.

— A única solução seria eu morrer e, então, de alguma forma, ser ressuscitado. — Valentim funga, desanimado. — O príncipe alteraria a sentença de Romeu, os Montéquios teriam seu espetáculo público… E, então, eu ficaria livre para ir aonde eu pudesse ser feliz. — Ele olha para mim com um sonho triste nos olhos. — Talvez até mesmo para Mântua.

— Você não poderia me seguir. — Mesmo que eu deseje isso mais do que qualquer coisa, seria errado da minha parte permitir isso. — E o seu irmão? Sua mãe e suas irmãs?

— Eu sentiria falta deles, é claro; de Mercúcio acima de todos. Mas já estou acostumado às saudades. — Ele parece muito mais velho do que sua idade quando se recosta na parede, com a face encovada. — Minhas irmãs raramente me escreviam quando eu estava em Vicenza, e nossa mãe não tem sido a mesma desde que nosso pai morreu… Eu duvido que notaria minha nova partida.

Demoro um pouco para perceber que ele não está apenas devaneando em voz alta, mas que há sinceridade e resignação em seu rosto.

— Você… Você está falando sério.

— Eu lhe disse uma vez que deixaria Verona com prazer se pudesse ver o mundo. — Ele consegue sorrir, enxugando as lágrimas. — Por que não começar agora, por Mântua?

— E se o nosso amor não durar? — eu contraponho, meus próprios olhos começando a marejar. — E se você se cansar de mim?

— Então eu iria até o barco mais próximo, e de lá para o mar aberto — ele responde com um encolher de ombros sereno. — Mas, se construirmos o nosso amor para que *dure*, pense em quantas aventuras poderíamos partilhar juntos! Se ao menos pudéssemos ter o melhor dos dois mundos.

— Se pudéssemos… Eu quero tantos amanhãs com você quanto o tempo permitir. — Estendo a mão para ele de novo, e desta vez ele me deixa pegar suas mãos nas minhas. Uma brisa agita o ar, carregando algumas pétalas macias através da janela do pomar do mosteiro.

Nosso tempo já está se esgotando, mas por enquanto o sol brilha, e ainda tenho mais chances de beijá-lo antes que seja tarde demais — antes que sejamos forçados a nos separar para sempre.

Então Frei Lourenço muda, dirigindo a nós um olhar hesitante, com uma sombra de apreensão.

— Se você realmente está disposto a fazer o que diz, Valentim... posso ter em minha biblioteca a solução que você procura.

29

— E NTRE OS ANTIGOS SEGREDOS QUE APRENDI na botica de meu pai estava a receita de um elixir capaz de induzir a um estado similar ao da morte. — Frei Lourenço cruza as mãos, pensativo. — Seus efeitos duram cerca de quarenta e duas horas, tempo suficiente para o corpo ser enterrado, momento no qual aquele que o ingere pode acordar de novo, como se saindo de um sono profundo.

— Acordar de novo? — repito, o sangue escorrendo do meu rosto. — O que *diabos*...?

— Ou em uma cripta. — Frei Lourenço acena com cuidado para Valentim. — Parecida com aquela que pertence à sua família no antigo cemitério, a sudeste das muralhas da cidade.

— É um lugar úmido e gelado, mesmo no verão, e fica fechado por uma porta trancada, não a dois metros e meio de terra e relva — diz Valentim, observando o monge com grande interesse. — Foi lá que sepultamos meu pai há três anos. Se... Se eu ficasse preso lá dentro por algum motivo, seria necessária apenas uma chave para me libertar.

— E o sol nasceria em um novo dia, sem que ninguém soubesse de sua ausência — finaliza Frei Lourenço com voz baixa e cuidadosa. — Não seria sem um grande risco... Mas, se funcionasse, você teria de conviver com as consequências de seu sucesso... Por outro lado, conseguir justamente o que quer.

— O que o senhor quer dizer com "grande risco"? — Meu estômago revira-se com essa perspectiva de ainda mais perigo. Tudo está acontecendo depressa demais, e nossos destinos parecem traçados pelas apostas de jogadores. — Valentim quase morreu uma vez. Eu não suportaria vê-lo em perigo de novo.

— O tônico é potente, claro, e para invocar a aparência de morte requer componentes que podem se tornar perigosos caso não sejam balanceados da maneira correta — ele diz isso como se estivesse falando de culinária. — Mas o mais importante é que, para acordá-lo novamente, para desfazer os efeitos da primeira preparação, é necessário um segundo elixir. Este deve ser administrado antes das quarenta e duas horas... ou, então, será tarde demais, e a morte passará de simulação para realidade.

Meu sangue gela.

— Não. É muito incerto, muito perigoso.

Mas ao mesmo tempo em que digo isso, Valentim anuncia:

— Eu farei isso.

— Não! — Eu o encaro, horrorizado. — Você mal acabou de se recuperar do veneno... E se algo der errado? E se você não puder ser acordado?

— Eu quase não acordei da última vez, certo? Mas cá estou. — Ele levanta o queixo. — Você ajudou Frei Lourenço a me salvar, apesar da ameaça que você sabia que isso representaria para sua vida; e, agora, eu é quem desejo salvá-lo, apesar da ameaça que isso possa representar para mim. Você não pode argumentar contra isso.

— Claro que posso! — A frustração aquece meu rosto. — Sobretudo se você diz que deseja fazer isso por minha causa. Qual teria sido o sentido de toda essa preocupação, do roubo das Lágrimas do Dragão para forjar um antídoto, de cuidar de você para que recuperasse a saúde, se você se jogará de novo nos braços da Morte, na esperança de que ela não o agarre mais uma vez? — Com um gesto decisivo, anuncio: — Eu... Eu proíbo!

— Você não pode fazer tal coisa. — Valentim permanece irritantemente calmo. — Se tivesse podido opinar, teria lhe dito para partir de Verona e não mais olhar para trás após a morte de Teobaldo. Por certo, eu não teria aprovado sua aventura imprudente com Julieta, muito menos por minha causa, mas essa foi uma decisão sua, assim como esta é minha.

— E o que dizer de seu irmão? — argumento em seguida, gesticulando de forma descontrolada em direção ao jardim. — Você não pensa que esse argumento vai convencê-lo, pensa? Que ele ficará contente de observá-lo abraçando de novo o destino do qual acabou de escapar?

— Mercúcio não precisa observar; pode virar de costas, se quiser. — Valentim cruza os braços sobre o peito. — Já me decidi.

— Mas... — Eu luto contra o pânico em meu peito. Por mais que tenha sonhado com um futuro perfeito com Valentim ao meu lado, a ideia de perdê-lo é ainda pior do que a ideia de ser forçado a deixá-lo. Ao Frei Lourenço, digo: — Certamente ele não está em condições de beber poções da morte agora mesmo!

— Vamos observar a recuperação de Valentim dia a dia e ver com que rapidez ele recobra suas forças. — Frei Lourenço fica em pé. — Na verdade, não poderemos esperar muito... Imagino que seremos forçados a tomar uma decisão antes do fim desta semana. Se ele não estiver pronto para enfrentar os desafios do tônico até lá, a questão estará fora de nossas mãos.

— Obrigado — Valentim diz com sinceridade, enquanto a ansiedade faz meu coração palpitar.

— O antídoto para as Lágrimas de Dragão ajudou a corrigir uma terrível injustiça e acredito que este plano possa fazer o mesmo. — Frei Lourenço nos lança um olhar afetuoso. — Uma vez eu disse a Romeu para dar-se a chance de ser feliz... E tenho fé de que esse ainda é o seu destino.

Com isso, ele pede licença para sair da sala, deixando-nos sozinhos.

Os próximos dias se passam em uma espécie de paz forçada, enquanto evitamos a qualquer custo voltar à questão. O nosso silêncio sobre o assunto é mais alto do que os trovões que agitam intermitentemente o céu primaveril. Mercúcio ficou furioso quando soube da trama sugerida, é claro, mas mesmo seus discursos mais enfáticos não conseguiram abalar a determinação de seu irmão. Aos poucos, a saúde de Valentim melhora, até que Frei Lourenço me permite acompanhá-lo em pequenas caminhadas pelo jardim do mosteiro.

Em uma dessas ocasiões, com o sol aquecendo minhas costas e o garoto que amo segurando meu braço para se apoiar, reúno coragem para abordar um assunto diferente que está pesando sobre mim.

— Valentim, o que você acha do casamento?

— Eu não... Eu não sei como responder a isso. — Uma risada surpresa pontua sua declaração. — Não é uma instituição que já tenha despertado meu interesse em particular, por razões óbvias, e os únicos casais que pude observar de perto casaram-se não por amor, mas por vantagem política. Pelo bem ou pelo mal. — Ele então encolhe os ombros e diz: — Alguns são bem-sucedidos, outros não, e poucos me pareceram verdadeiramente felizes.

— E se fosse um casamento por uma questão de sobrevivência? — eu pergunto, com os nervos torcendo um pouco minha língua. Colocando-o em um banco perto de uma fileira de arbustos floridos, explico o plano de Julieta: um arranjo nupcial que poderia, ao mesmo tempo, libertar-me da ameaça de vingança dos Capuletos e libertá-la do destino de se tornar o troféu do Conde Páris. — Não sei bem o que estou pedindo para você entender, mas... preciso ouvir o que você pensa, Valentim. — Meu rosto está fervendo. — O casamento tem sido algo que temi durante anos, por todas as razões que você descreve, mas agora acho que pode ser difícil recusar. E ainda...

Ele espera, mas, quando não continuo, ele pergunta com gentileza:

— E ainda?

— E, ainda assim, se eu pudesse escolher passar meu futuro com alguém, seria... seria com você. — Eu me obrigo a encarar seus suaves olhos castanhos, apesar da vulnerabilidade que isso me faz sentir. — Eu sei que não é possível viver da maneira que eu gostaria, mas me sinto desleal mesmo assim, de alguma forma, por sequer considerar a possibilidade. Não sei o que o futuro reserva, e cada momento que compartilhamos desde que você acordou do seu estupor pareceu um presente do próprio destino. O que eu devo fazer?

— Também não sei como responder a isso — diz ele com calma, após uma longa pausa. — Nesse futuro, com você ainda vivo e livre para fazer suas próprias escolhas, eu só gostaria que você fosse feliz. — Inclinando a cabeça, sorrindo de um jeito distante que me lembra daquela primeira noite sob o limoeiro, quando vi uma melancolia tão poética nele, ele acrescenta: — Nem sempre podemos escolher o futuro... Às vezes, o futuro simplesmente acontece, e podemos apenas escolher como vamos conviver com isso. Todos os nossos sonhos mais loucos dependem de estratégias, Romeu.

— Eu... — Contorcendo-me um pouco, limpo a garganta. — Isso é um pouco enigmático, não é? Não sei dizer em que direção esse conselho destina-se a me guiar.

— Bem, parece um plano bastante incerto. Talvez até perigoso — ele reflete com um tom neutro. — Há muitos riscos a enfrentar ao se casar com Julieta Capuleto, pois não há como prever como isso vai acabar. E se o dote não for pago? Vocês estão preparados para viver juntos na pobreza para sempre?

O calor sobe pelo meu pescoço, e eu fico imóvel.

— Bem, eu...

— E se vocês não forem nem um pouco compatíveis? — ele pressiona. — Julieta pode ser bastante teimosa, como você sabe. Imagine ser pobre *e* brigar todos os dias, por coisas grandes e pequenas. Ela sabe que você rói as unhas quando está nervoso?

Afastando meu polegar dos dentes, eu balbucio:

— Por certo, ela não é tão intolerante...

— E se um jovem devastadoramente bonito de Verona, dado como morto, retornar de forma misteriosa e conquistar você? A tentação levaria você a ser infiel à sua noiva?

Olho para ele, bem a tempo de captar o sorriso que pisca em seu rosto devastadoramente bonito, e então suspiro.

— Ah. Entendo o que você está fazendo.

— Eu não tenho ideia do que você quer dizer. — Com um sorriso inocente, ele diz: — Estou apenas apontando que o plano descrito por você traz riscos tão grandes quanto recompensas, e que você terá de viver com as consequências do seu sucesso. Isso é tudo.

— Você está tentando me fazer me sentir hipócrita por não desejar ver você envenenado pela segunda vez, e não vai funcionar — eu o informo, estreitando os olhos.

— Não? — Ele se vira para mim, a brisa agitando seus cachos, beijando as sardas espalhadas em seu nariz. — Parece-me que tudo o que queremos está ao alcance da mão... se estivermos dispostos a arriscar. A alternativa é eu ser devolvido a Verona, e você se tornará um fugitivo pobre, e talvez nunca nos vejamos de novo. — Estendendo a mão, ele passa o polegar por meu rosto, seu toque me fazendo recuperar o fôlego. — O que desejo é os nossos mais loucos sonhos se tornando realidade. E, se você apoiar o meu, eu apoiarei o seu. Sempre.

Mais tarde, no dia seguinte, uma figura solitária aparece nos campos atrás do mosteiro, avistada por Tommaso ao tocar o chamado para a oração noturna. Caminhando pela grama alta, vestida com uma roupa pesada e com o capuz erguido, sua identidade é impossível de discernir. Segue-se uma conversa tensa, com preocupações sobre quem poderia vir ao mosteiro por meios tão inconvenientes; no fim, Lourenço, Guillaume e Aiolfo partem para interceptar o estranho visitante.

Na verdade, a visitante: é Julieta.

— Meu pai está ficando cada vez mais impaciente — ela relata enquanto está sentada na capela, sem fôlego e suada pela jornada. — Ele quer me tirar de minha reclusão, mandando-me voltar para Verona a fim de me casar com o Conde Páris. Contratou mais homens para procurar Romeu no campo e patrulhar a estrada que passa por aqui.

A boca de Frei Lourenço forma uma linha reta. Ele diz:

— Temi que fosse assim.

— Tive de deixar minha ama com os cavalos a cerca de cinco quilômetros de distância e caminhar pela campina para evitar ser vista. Não sei se ele suspeita que Romeu esteja escondido aqui, mas ouvi dizer que ele está levantando dúvidas sobre sua quarentena.

— Ele envia um emissário diário para pedir notícias sobre a condição de Valentim, e para perguntar sobre o progresso do nosso suposto surto. — Frei Lourenço acende uma lamparina, e as sombras na igreja se aprofundam à medida que o sol se põe. — Estou ficando sem meios de afastá-lo, e meus irmãos estão cada vez mais inquietos com a interrupção de nossas missas regulares. Teremos que relatar mortes ou recuperações em breve e reabrir nossas portas ao público.

Meu estômago dói, agora perpetuamente instável. Os últimos dias me permitiram quase tanto tempo quanto gostaria para cuidar de Valentim, ler para ele, passear com ele pelos jardins... Mas cada minuto que passamos juntos é um grão de areia a menos deixado na ampulheta, e nós dois estamos ansiosos sobre o que vai acontecer quando tudo tiver passado.

— Como *está* Valentim? — Julieta pergunta e, atrás de mim, ouço Mercúcio se mexer.

Fiel à sua palavra, ele não saiu do mosteiro nenhuma vez desde que chegou com o irmão. E está mais relutante que qualquer um de nós em falar do inevitável.

— Pergunte ao emissário do seu pai — ele rebate rudemente. — Frei Lourenço já compartilhou com ele a informação relevante para os ouvidos dos Capuletos.

— Podemos confiar nela, Mercúcio. — Coloco a mão em seu braço, pedindo calma. — Ela não é nossa inimiga.

— Pergunto apenas como amiga de infância de Valentim. — Julieta dirige-lhe um olhar magoado. — Se eu quisesse compartilhar informações com meu pai, já seria esposa do Conde Páris. E é por isso que fiz mais essa difícil jornada até aqui.

Seu olhar repousa sobre mim, e percebo que chegou a hora de fazer outra escolha difícil. Recompondo-me, eu me levanto.

— A senhora e eu devemos conversar em particular. — Oferecendo-lhe meu braço, pergunto: — Posso acompanhá-la até o jardim?

— Por favor. — Ela sorri, mas isso não afasta o cansaço de seus olhos. — Não vou perguntar o que resultou de nossa busca nos aposentos de Teobaldo — diz ela enquanto saímos da igreja em direção aos claustros, com o barulho dos pássaros caçando insetos no jardim. — Mesmo que eu ache que tenho algum direito de saber disso. — Seu tom é leve, mas pontiagudo como meu florete, ainda que sem nenhuma má vontade. — No entanto, não posso culpar Mercúcio por duvidar de meus motivos, considerando-se o que minha família o fez passar.

— Ele gosta de fingir que é rude e agressivo demais para demonstrar emoções, mas tem um coração generoso. — Lembro-me de algumas das coisas que ele disse sob a influência do desespero e de ervas que causavam sonolência. — Ele sente as coisas muito profundamente. E o dobro no que diz respeito ao irmão.

A verdade é que Valentim melhorou muito desde aquela noite angustiante em que aplicamos o antídoto. Seu apetite voltou e, embora durma com frequência, sua resistência aumenta a cada dia. Ele até começou a brincar que está quase bem o suficiente para fingir sua própria morte.

Julieta não diz mais nada até entrarmos no jardim murado, onde podemos falar sem sermos vistos. Com o sol poente tornando o céu alaranjado acima de nós, ela diz:

— Como você adivinhou, estou aqui para obter uma resposta à minha proposição. Eu gostaria de poder lhe dar mais tempo para refletir, mas…

— Tempo e sorte são luxos dos quais ambos temos falta. — Eu dirijo a ela um pequeno sorriso, e então controlo meus nervos. — É verdade que nos restam poucas horas preciosas para ignorar o futuro e fazer o que quisermos. Mas já tive tempo suficiente para tomar a decisão.

— Ah, sim? — Ela fica imóvel e, acho, prende a respiração.

— Você estava certa sobre o que nos espera se não agirmos para controlar nossos próprios destinos — começo, de repente nervoso, apesar de ter ensaiado essas palavras várias vezes. — Eu... Eu estou convencido de que um casamento estratégico nos ofereceria a melhor oportunidade possível de criar uma vida que o mundo não nos concederá. E, se a manobra não der certo, bem... não ficaremos em pior situação por tentar.

Julieta exala pesadamente, cambaleando um pouco, e cai sobre o banco mais próximo. Olhando para mim, com alívio evidente em seu rosto, ela diz:

— Você está dizendo que aceita, então?

Coço o pescoço, pois o momento da verdade está próximo.

— Sim... sob uma condição.

— Diga. Se me salvar do Conde Páris, darei tudo o que você pedir.

— Você me disse que não tinha intenção de atrapalhar a felicidade que compartilho com Valentim, e que ficou feliz por termos nos encontrado — eu a lembro, ainda nervoso. — Preciso saber se você ainda se sente assim.

Ela encolhe os ombros, perplexa.

— Claro que sim.

— Então minha condição é esta: eu me casarei com você e esperarei até que o dote seja pago. E, então, podemos ir para Brescia, ou para qualquer outro lugar que a sorte permita... Se Valentim for conosco.

Julieta pisca, abre a boca e depois a fecha de novo. Após um momento de reflexão, ela diz:

— Por respeito a Mercúcio, não farei muitas das perguntas muito óbvias que essa declaração provoca; mas seria negligente da minha parte não ressaltar que, se Valentim viver, você se tornará oficialmente um assassino em fuga… Ao menos em Verona. Meu pai não seria obrigado a pagar o dote.

— Se Verona pudesse ser persuadida de que Valentim está morto, quando na verdade não está — começo com cuidado, incerto do quanto devo revelar, do quanto de culpa devo compartilhar, caso nossos planos deem errado —, você se oporia a ele fugir conosco? A se juntar a nós onde quer que possamos ir, vivendo o destino que nós três possamos ter juntos?

Julieta levanta-se de novo, com uma expressão intrigada, mas sem conflito.

— Se Valentim pudesse viver, e eu ainda pudesse escapar de um casamento com Conde Páris, há muito pouco com que eu não concordaria. Ele é um amigo querido e sempre foi. Eu ficaria muito feliz em tê-lo conosco.

Respiro fundo pela primeira vez em dias, pois um peso é tirado do meu peito.

— Obrigado.

— Não vou perguntar como você pretende administrar isso, mas fico grata se tiver encontrado uma maneira. — Julieta oferece o braço, mas, quando seguimos para a igreja de novo, ela hesita. — Quanto às nossas núpcias, pensei que… espero que você não leve isso a mal. — Quando arqueio a sobrancelha, ela continua: — Quando nos casarmos, e depois de algum tempo respeitável, eu… eu estava pensando que você poderia morrer.

Com um piscar de olhos assustado, digo:

— Lamento… Existe uma maneira adequada de reagir a isso?

— Não quero dizer de verdade, é claro — acrescenta ela na mesma hora, com o rosto ruborizado. — Eu só quis dizer que… bem, se Verona pudesse ser convencida de que você também está morto, isso resolveria muitos problemas. Se você estivesse perdido no fundo do Lago di Garda, por exemplo, nem seria necessário apresentar um cadáver. E você não precisaria mais se preocupar com a retaliação de Éscalus ou de Alboíno Capuleto, ou de qualquer outro; eu poderia tornar-me uma jovem viúva feliz no comando da própria fortuna, como você sugeriu uma vez. — Julieta dá um suspiro melancólico. — Eu poderia recompensá-lo generosamente por sua morte, é claro.

— Claro. — Não posso deixar de rir de como ela diz isso... mas também não posso deixar de considerar os argumentos dela. Uma vez libertado do nome Montéquio, eu poderia me tornar quem eu quisesse, *ir* a qualquer lugar que desejasse... poderia até realizar os sonhos de Valentim de ver a França, Bizâncio e a Catalunha.

E, afinal, se ele pode morrer e reviver por minha causa, uma boa ação não merece outra em resposta?

Dirijo um aceno de cabeça cavalheiresco para Julieta.

— Não consigo pensar em nenhuma razão para não honrar tal pedido. É graças a você que terei o que mais quero, um recomeço, e com certeza você também o merece.

— Um homem disposto a morrer por mim. Minha mãe ficaria extasiada — ela zomba. Quando chegamos de novo ao pórtico, porém, ela se vira para mim com linhas de preocupação na testa. — Romeu? Acho que... não devemos esperar muito para compartilhar nossa feliz notícia com os amigos.

Como não há melhor momento do que o presente, Julieta e eu somos casados na capela do mosteiro naquela mesma noite. Há uma estranha e despretensiosa cerimônia, oficializada pelo Frei Lourenço e testemunhada por Guillaume, Mercúcio e Valentim — que insiste em aparecer ao saber que Julieta aceitou meu acordo.

Não há tremor de terra, nem agitação no ar, nem mudança em minha alma; em um momento, sou solteiro e, no outro, sou casado — minha vida alterada em um piscar de olhos. E, quando os sinos da igreja badalam para as orações da noite, sai voando um trio de pombas empoleiradas no teto, passando por nós até alcançar as portas do átrio.

— Um bom prenúncio — diz Frei Lourenço com otimismo.

— Esperemos que sim. — Julieta amarra a capa ao pescoço de novo e ergue o capuz. — Preciso retornar ao convento, mas espero notícias.

E ela então parte da mesma forma com que veio, com sua silhueta aos poucos desaparecendo pelos campos atrás do mosteiro, em meio à escuridão.

30

NO DIA SEGUINTE, ENQUANTO FREI LOURENÇO envia uma carta aos seus amigos de Mântua, outro grupo de homens aparece na porta da igreja, exigindo entrada para procurar um fugitivo. Desta vez, porém, estão acompanhados por um médico a serviço do sr. Capuleto, que não se intimida com o suposto surto.

— Se me mostrarem seus aposentos, eu mesmo examinarei os pacientes — ele anuncia, passando pelo monge na porta. Pego de surpresa pela intrusão, mergulho em um nicho vazio entre duas colunas, mal escondido da vista, puxando Valentim comigo. — Todos eles, quero dizer. Tenho certeza de que fizeram o seu melhor, mas esta é uma enfermaria precária, e eles precisarão de alguém com real conhecimento sobre medicamentos.

— Há pouco que se possa fazer pelas vítimas da peste, a não ser esperar que a doença siga o seu curso. — Frei Lourenço mantém a voz despreocupada. — Como tenho certeza de que o senhor sabe. E um dos nossos pacientes já teve de ser retirado dos cuidados inadequados de um médico veronense... Receio que seu irmão não permitirá que o senhor o examine.

— Acha que precisamos do consentimento de um vadio qualquer para cumprir com nosso trabalho? — A segunda voz, que não pertence a nenhum dos homens anteriores, segue as mesmas táticas.

Pressionados um contra o outro, tentando não respirar alto para que não nos entreguemos, Valentim e eu temos uma conversa silenciosa e desesperada com nossos olhos. O que faremos se os homens decidirem forçar sua entrada? Não há outro lugar para nos escondermos, e não tenho mais para onde correr.

— Só quero dizer que ele é bastante hábil com a espada e, embora vocês quatro talvez conseguissem derrubá-lo, não creio que o Príncipe Éscalus aprovaria. — Frei Lourenço está calmo, mas seu tom é gélido. — Matar um homem inocente em um templo de Deus, meramente porque ele lhes parece ser um obstáculo, não é um crime que ele perdoaria.

Há um silêncio constrangedor, e então o primeiro homem tenta de novo, tingindo sua voz agora com o dobro da arrogância.

— Não importa quão nobres sejam suas intenções ao tratar este jovem, o senhor não é um médico qualificado para prestar esses cuidados. Mas eu sou, e nem o senhor, nem qualquer irmão impetuoso me impedirão de fazer o que preciso!

Gotas de suor picam a pele das minhas têmporas e começam a escorrer pelos meus olhos, que se voltam para o transepto sul, onde uma porta conduz à sacristia. Há uma janela ali — não muito grande, mas o suficiente para eu passar —, caso eu consiga chegar lá a tempo. Olho nos olhos melosos de Valentim, desejando que ele entenda meu plano, e ele entende. Com um olhar inquieto, ele balança a cabeça, com um enfático *não*. Ele entrelaça os dedos nos meus, segurando-me ali com ele. Eu posso sentir seu batimento cardíaco na palma de sua mão contra a palma da minha, e fico imóvel.

Que estranho pensar que que há pouco tempo esse mesmo gesto quase me derrubou, e agora parece ser tudo de que preciso para me manter firme.

— Se o senhor precisasse mesmo fazer algo aqui, eu ficaria feliz em deixá-lo — Frei Lourenço responde. — Nossa quarentena será suspensa dentro de alguns dias, quando certamente o senhor poderá retornar para prestar os seus serviços. Quanto ao jovem Valentim, enviaremos uma mensagem ao príncipe assim que houver uma mudança significativa em seu estado. Mas, até lá, embora a sua oferta de assistência seja apreciada, não é necessária. Tenham um bom dia, senhores.

Há mais ameaças fracas e protestos barulhentos, mas logo as portas se fecham e os homens vão embora.

Valentim e eu ainda estamos agarrados ao nosso nicho, ainda tomando decisões por meio de respirações e olhares, quando Frei Lourenço contorna a coluna com uma expressão grave.

— Temos pouco tempo.

Mais um dia inteiro se passa e então, de manhã, pouco antes da primeira oração, quando o céu está mudando de preto para cinza, eu sou convocado à cabeceira de Valentim. Já estou usando minhas roupas de montaria, com botas e uma capa emprestada que faz a minha pele coçar. Há um nó em minha garganta que não consigo engolir.

— Você está muito bonito — diz ele, seu rosto se iluminando enquanto eu entro na sala. Apoiado em uma pilha de almofadas, ele está sem camisa de novo, do jeito que estava quando chegou, do jeito que estará quando sair daqui, e eu coro ao vê-lo.

— Você que é o bonito — respondo, inexplicavelmente tímido. Mas é verdade; sua pele recuperou a cor saudável, seu rosto não está mais magro e seus olhos estão quase brilhando. — Como você pode ser tão destemido? Estou com os nervos em frangalhos e não sou eu quem vai vagar pelo vale das sombras da morte pela segunda vez! Você não tem dúvidas quanto a isso?

Ele dá de ombros, como se estivesse um tanto confuso.

— Não sei bem por quê, mas sinto como que uma… empolgação. Talvez seja apenas porque, pela primeira vez, estou decidindo a vida que desejo viver. Estou escolhendo para onde vou, e com quem. — Ele me puxa para a cama ao lado dele. — Estou empolgado com a ideia de ter mais dias amando você, Romeu. Mais dias sendo honesto sobre quem eu sou, vivendo para mim mesmo e não temendo um futuro vazio.

— Que lindo — eu murmuro, mais consciente do que nunca da sorte que tenho por conhecer alguém tão bom quanto Valentim, por ser amado por ele. — Será uma honra cuidar de você enquanto eu puder... Mas, enquanto isso, gostaria de ter um décimo da sua coragem.

— Eu vi você em combate. Duas vezes, aliás. Você não pode me dizer que não tem coragem. — Acariciando meu rosto, ele me convence a sorrir. — Estamos prestes a conseguir o impossível, a enganar o mundo e a ter o nosso final feliz. Você não pode me dizer que não está nem um pouco empolgado!

— Estou guardando minha empolgação para mais tarde, quando ficará menos tentadora para o diabo. Mas, quanto mais você me conta sobre o futuro, mais meu estômago descansa. — Passando o polegar pelas costas de sua mão, sua pele quente de novo onde estava terrivelmente fria, acrescento: — Não suporto pensar em você deitado em uma tumba, esperando por mim.

— Uma cripta — ele corrige com um sorriso provocador —, apesar do frio e da escuridão, é espaçosa por dentro. Embora, na verdade, não seja algo em que queira pensar muito. Fico feliz de não estar consciente durante o meu tempo lá dentro.

Mil e um pesadelos clamam por mim, lembrando-me de todos os desastres que podem nos acontecer, mas fecho meus ouvidos para eles. Pelo bem de Valentim, devo me concentrar no que temos a ganhar se esse nosso plano diabolicamente ousado funcionar.

— Serão as quarenta e duas horas mais longas que passarei, mas... cada minuto me deixará mais perto do dia em que terei você de novo em meus braços — digo a ele, respirando seu perfume, imaginando como seria um vinhedo em Brescia. — Não haverá segredos a serem guardados, nem vidas duplas, nem expectativas públicas ou dinastias a defender... Só nós. E a luz do sol nas colinas, e tantos beijos quanto uma vida inteira pode conter.

— Só nós e os beijos, e uma vida planejada por nós mesmos. — Valentim leva a mão até meu coração, que dispara sob seu toque. — Mas essa vida só começará com uma pequena morte. E, para mim, que já quase morri uma vez, é difícil ficar intimidado por um desafio tão insignificante.

— Só nós, os beijos... e Julieta — eu o lembro.

— Bem. — Ele sorri. — Pelo menos não ficaremos solitários.

E eu o beijo, porque sua boca parece implorar por isso — e porque o céu está clareando lá fora, e a luz das velas lambe as paredes, e as estrelas movem-se devagar lá em cima... aos poucos alinhando-se, como assim esperamos.

Uma batida na porta faz com que nos separemos antes da entrada de Frei Lourenço, com um Mercúcio semiconsciente o seguindo.

— Desculpem-me por interrompê-los. Não quero roubar o pouco tempo que têm, mas Romeu tem uma longa jornada à sua frente e... bem, você também tem uma.

— Eu sei. — Valentim recosta-se sobre as almofadas, sem abalo, confiante de que ainda teremos muito tempo juntos.

— Uma vez que tivermos feito o que precisamos fazer, enviaremos a notícia de sua morte a Verona. E, ao mesmo tempo, forneceremos os detalhes sobre o casamento de Romeu e Julieta. — Frei Lourenço dirige a mim um olhar sério. — O melhor seria você já estar em Mântua quando essas notícias circularem para além dos ouvidos do *palazzo*.

— Tem a minha palavra. — Em geral, não gosto de cavalgar de madrugada, pois é perigoso, e essa viagem será particularmente arriscada. Há muitos espiões dos Capuletos espalhados pelo caminho, e terei de trocar de cavalo para chegar lá a tempo. — Irei diretamente para o chalé que o senhor arranjou para nós e ficarei longe da vista de todos até o momento de... de administrar o segundo elixir.

Ele percebe a tensão em minha voz e aperta meu braço em sinal de consolo.

— Julieta já chegou ao chalé que foi preparado para vocês. Fica na terra de um fazendeiro que está contente em prestar esse favor aos freis sem fazer perguntas. — Ele então hesita. — Quando Verona souber que são marido e mulher, haverá grande falatório, e imagino que seus pais tentarão buscar respostas a qualquer custo. Mas, daqui a dois dias, quando sua sentença tiver sido devidamente reduzida ao exílio, não importará mais. Estarão livres da eterna rivalidade entre suas famílias, livres para viverem suas vidas como desejarem.

— Obrigado. — É uma palavra tão simples e fraca, tão inadequada para expressar toda a minha gratidão. — Obrigado por tudo que tem feito por mim, por nós. Não sei como teria feito sem o senhor.

— Pelo bem, pelo mal, você nunca precisará se perguntar sobre isso. — Seus olhos ganham um toque de humor. — Minha fé exige que eu ajude aqueles em necessidade, e que eu coloque a generosidade à frente do meu ego. Às vezes é difícil saber a diferença entre um e outro, mas eu espero que o que fiz por vocês seja digno de sua gratidão.

— Tem certeza de que nada pode dar errado com essa… poção sua? — Mercúcio rosna com considerável ressentimento enquanto encara o frasco de vidro sobre a mesinha ao lado da cama de Valentim. É compreensível que ele não demonstre grande entusiasmo por nosso plano, mas seu irmão o persuadiu a nos apoiar, de qualquer forma. — Não lhe causará nenhum mal, certo?

— Não se trata de magia, mas de alquimia. Ou medicina, se preferir — Frei Lourenço responde, e eu sinto o peso do segundo frasco na bolsinha amarrada ao meu cinto. — Passei grande parte da minha vida investigando como plantas, minerais e metais podem ser usados para a cura… E como, quando transmutados sob as condições certas, podem ser úteis de outras maneiras também.

A expressão de Mercúcio é de desconfiança.

— Isso não responde à minha pergunta.

— Nada de mau acontecerá a Valentim. — Frei Lourenço encara-o. — Apenas simula a morte; é natural que seus efeitos aborreçam você, e é natural que você tenha dúvidas. Mas, desde que Romeu guarde o tônico restaurador e a chave da cripta, seu irmão viverá de novo, tão saudável quanto antes, em dois dias. Eu prometo.

Mercúcio mostra-se inquieto.

— Ainda assim, nunca mais o verei.

— Isso não é verdade — Valentim protesta. — Brescia fica a apenas dois dias a cavalo de Verona. Um dia só, se trocar de cavalo. E lá você sempre será bem-vindo. — Mercúcio não responde, baixando os olhos com uma expressão irritada. — Não fique triste, por favor. Vamos consertar um terrível mal e salvar a vida de Romeu. Sei que você está triste porque partirei de Verona mais uma vez, mas… é algo que devo fazer.

— Eu não disse que estava triste com a sua partida — Mercúcio funga, dando de ombros, mas seu irmão percebe a verdade.

— Mas você *está* triste — Valentim responde, em tom orgulhoso. — Estou vendo.

— Não estou triste! Estou aliviado, isso sim — Mercúcio continua, passando a mão pelo cabelo. — Não precisarei mais me preocupar com você atrapalhando enquanto tento conquistar uma moça bonita. Além disso, você ronca, e eu não consigo dormir.

— Não ronco!

— Ronca, sim. — Mercúcio vira-se para mim, e eu vejo o brilho em seus olhos. — Romeu, estou dizendo para você depois não me acusar de não o ter avisado: ele ronca *muito*. Como um barril de pedras passando pelo moinho. Nem sei como não foi ainda expulso da cidade…

— Nada disso é verdade! — Valentim está rindo tanto que não consegue protestar. — Em especial a parte sobre as moças bonitas. As únicas mulheres de Verona que se deixam levar pelo charme do meu irmão são as semimortas ou as bêbadas.

— Ou as duas coisas — eu ajunto.

— Ah, calem a boca, vocês dois! — exclama Mercúcio, que enfim sorri. — Só espero que Valentim não comece a roncar lá na cripta, ou ele pode acabar rachando as paredes e derrubando toda a construção. — Ele ri da própria piada, mas depois seu queixo treme um pouco e ele cobre o rosto, para que não o vejamos chorar. — Ah, que se dane, *estou* triste. Eu amo você, sabe? Você é o meu único irmão, e agora preciso perdê-lo de novo.

— Nós já nos reencontramos uma vez, e nos reencontraremos de novo. — Valentim esfrega os olhos. — Afinal, Brescia precisa tanto de carpinteiros quanto qualquer outra cidade. Talvez um dia você queira morar lá, perto de nós.

— Talvez — Mercúcio consegue dizer com um sorriso fraco, mas não estou convencido.

É difícil imaginar Verona sem ele, ou ele sem Verona. Ele ficaria perdido em qualquer outro lugar.

— Eu amo você também, Mercúcio — diz Valentim, ignorando a plateia. — E não direi adeus, porque logo nos veremos de novo.

Mercúcio assente, com o rosto inchado e sua boca fechada, controlando emoções que ameaçam derrubá-lo. Quando fica claro que já não há nada a se dizer, Frei Lourenço avança alguns passos.

— Logo o sol nascerá. É melhor agirmos.

Não há trombetas, nem discursos finais. Abrindo o frasco, Valentim bebe o conteúdo com uma careta.

— Tem gosto de… Alcaçuz.

— Sim, é estranhamente gostoso — observa Frei Lourenço.

— Eu não gosto de alcaçuz. — Valentim deita-se sobre as almofadas. — Da próxima vez, faça sabor de figo.

— Eu não… não acho que existam outros sabores para isso. — Frei Lourenço sorri. — E eu espero, de coração, que esta seja a única vez que a minha habilidade com essa poção em particular seja colocada em prática.

Mas Valentim não responde.

Nenhuma parte de mim quer ficar ali enquanto o coração de Valentim desacelera até suas batidas tornarem-se imperceptíveis, até sua respiração como que parar e seu corpo esfriar. Ele será lavado e preparado como qualquer outro cadáver, para que seu corpo volte a Verona e seja colocado em seu suposto local de eterno descanso.

Embrulhando-me na capa, saio do claustro com pressa, correndo pelos jardins até chegar ao mesmo campo que Julieta cruzou alguns dias atrás. Tento me distrair com pensamentos de como lidarei com os obstáculos que me esperam a alguns quilômetros daqui, de que forma conseguirei chegar a Mântua sem ser visto e de qual será a sensação daqui a três dias, quando tudo isso tiver passado e estiver perdido na memória.

O que sinto agora é covardia, meu coração doendo com a memória cruel de deixar Valentim a morrer. Mas estou me arriscando para que ele viva de novo, para que *nós dois* possamos viver de novo.

Mas o frasco na bolsinha amarrada ao meu cinto bate em meu quadril a cada galope, lembrando-me do que está em jogo.

Só consigo pensar no garoto que amo — frio e abandonado — até meus olhos ficarem marejados, e eu já não conseguir distinguir o terreno à minha frente.

31

INHA IDA PARA MÂNTUA PASSA COMO UM borrão, minhas mãos segurando as rédeas com tanta força que começam a ter cãibras. Eu mantenho um olho na estrada e o outro fixo por cima do meu ombro — para me precaver contra lobos, saqueadores de estradas, patrulhas... Não sei o que seria pior. Cruzo quatro vezes com outros viajantes da madrugada, abaixando a cabeça e incitando meu cavalo a galopar, convencido de que eles deviam ser mercenários contratados pelos Capuletos.

Mas ninguém parece alarmado, nem ninguém me persegue; e, de alguma forma, encontro-me nos arredores de Mântua pouco depois da hora do café da manhã.

A casa onde vou me esconder tem estrutura rústica, sem adornos, com paredes de pedra e telhado de palha, escondida nos fundos do prado de um criador de ovelhas. Uma cortina se move quando chego e, assim que me aproximo, a porta se abre.

— Romeu. — Julieta está pálida, com os nós dos dedos brancos no batente da porta. — Graças a Deus é você. Eu pensei... bem, nem quero dizer no que pensei. Mas duvido que eu tenha dormido mais de vinte minutos nas últimas vinte horas.

— E eu sinto como se tivesse envelhecido vinte anos. — Estou trêmulo de nervosismo e fome, mas ela me envolve em um abraço afetuoso e depois me conduz para dentro.

A casa tem um só cômodo e uma lareira com chaminé. O espaço é quente e aconchegante, e uma comida modesta me aguarda sobre uma mesa de madeira rústica perto da janela. Devoro o alimento, empanturrando-me de pão fresco, queijo de leite de ovelha e frutas secas. Há também uma garrafa de vinho com especiarias, e eu bebo até minha língua ficar dormente.

— Não tenho notícias de casa — diz Julieta, andando de um lado para o outro de forma desajeitada no espaço confinado. — Não tenho *nenhuma* notícia. Depois de deixar o convento ontem, vim direto para cá e não vi ninguém além do fazendeiro e de sua esposa, que são muito gentis, mas parecem convencidos de que sou amante do papa ou uma concubina fugitiva.

— Imagino que a única notícia esteja sendo compartilhada agora. — O ar que respiramos parece pesar com os anos de fumaça da lareira. — Faz apenas cerca de duas horas desde que o frei enviou uma mensagem a Verona.

— Se eu pudesse ser um fantasma por tempo suficiente para voltar para casa e ouvir o que meus pais vão dizer. — Uma risada repentina e inadequada escapa dela. — Eles ficarão indignados. E a conversa entre meu pai e o Conde Páris… Ah, estou com arrepios!

Eu rio, zonzo de cansaço e do vinho para suportar o peso das minhas preocupações neste momento. Há apenas uma cama no quarto e nenhum outro móvel além da mesa e de duas cadeiras de encosto rígido.

— Você acha estranho que sejamos casados? Parece tão estranho para mim.

— Continuo me esquecendo de que é real — ela admite, balançando a cabeça. — Continuo me esquecendo de que, se tudo correr conforme o planejado, é assim que a vida será daqui em diante. — Seguindo meu olhar, ela olha ao nosso redor. — Nunca tive um quarto tão pequeno, muito menos uma casa inteira, muito menos uma que devo dividir com outra pessoa. Maridos e mulheres não têm privacidade?

Olho pela janela, para o pasto, que é como um mar verde se chocando contra uma floresta no horizonte.

— Assim que pudermos sair daqui, se tudo correr conforme o planejado, acho que seremos livres para tomar nossas próprias decisões sobre o que maridos e mulheres fazem.

Compartilhamos histórias por algum tempo, descrevendo como passamos a última semana sonhando acordados com a vida que pretendemos levar em Brescia. Conto a ela sobre Valentim, e ela me conta sobre sua despedida de sua ama — uma mulher que esteve ao seu lado, dia após dia, desde que era criança. Enquanto fala, ela começa a chorar, e percebo quantos sacrifícios ela mesma teve de fazer para escapar.

— Assim que estivermos estabelecidos em Brescia, talvez possamos mandar buscá-la — sugiro. — Eu não sei muito sobre como administrar uma casa, e você vai gostar de ter por perto alguém que não seja tão perdido quanto eu quando se trata de preocupações femininas.

— Obrigada. — Ela assoa o nariz no lenço. — Eu gostaria muito disso. Obrigada por pensar nisso.

Conforme a noite cai, nossa conversa se torna cada vez mais abstrata, passando por todo tipo de assunto que mantenha as nossas mentes ocupadas. Mas não posso deixar de catalogar cada hora que passa, medindo o tempo decorrido desde os últimos momentos conscientes de Valentim na cama, o tempo que resta até acordá-lo de novo.

Coloco o frasco com o segundo tônico sobre uma prateleira; então, temendo que caia, começo a carregá-lo na mão para todos os lugares; mas, ainda assim, com medo de deixá-lo cair, coloco-o de volta na bolsa; e, por fim, com medo de que esbarre em algo e quebre, coloco-o de volta na prateleira. Não havia ingredientes suficientes para preparar uma segunda dose e, no que me diz respeito, esta dose é mais preciosa do que qualquer quantia de ouro, seda ou especiarias que a terra possa produzir.

Quando nenhum de nós consegue ficar acordado nem mais um minuto, ofereço-me para dormir no chão, mas Julieta protesta.

— Você está sendo absurdo. Somos amigos, não somos? Se conseguirmos dormir, com certeza nos manteremos em uma proximidade respeitosa.

E, assim, dividimos a cama em nossa primeira noite juntos como marido e mulher — ambos bem acordados e olhando para a parede. Depois de um tempo, Julieta começa a rir do absurdo disso, e eu acabo rindo junto.

Quando o sol nasce, mal descansamos; mas, mesmo assim, saímos da cama, retomando nossas inquietas voltas pelo cômodo.

Meu estômago dói de preocupação, e o sol avança devagar no céu. A tarde transforma-se em mais tarde, até eu pensar que vou perder os sentidos. Ao primeiro sinal da noite, corro para selar minha montaria… E descobrir que Julieta já fez isso. Ambos os cavalos estão preparados.

Um pouco confuso, eu me viro para ela.

— Você vem comigo?

— Claro que vou! — Ela solta um suspiro de ansiedade. — Você acha que eu poderia suportar mais uma noite nesta ruína desolada sozinha, sem nada para fazer além de me preocupar? Vou sair correndo daqui.

A gratidão transborda de mim, mas ainda hesito.

— Será perigoso… Além de todos os perigos normais das estradas após o escurecer, não há como prever como seu pai reagirá quando o príncipe declarar que não serei enforcado pela morte de Teobaldo.

— Sim, há — ela responde, bufando. — Por ser míope e vingativo, ele vai colocar uma recompensa pela sua cabeça. Portanto, você precisa de um segundo par de olhos e de ouvidos enquanto cavalga de volta ao território dele, e com certeza pode ajudá-lo ter a filha dele entre você e quaisquer homens armados e famintos pelo ouro dos Capuletos. Meu pai pode não se importar comigo, mas os assassinos contratados sabem que perderão sua recompensa se me causarem algum mal.

— Você faria isso? — Minha garganta está apertada de novo, e ficarei feliz quando isso acabar, pois estou cansado de chorar o tempo todo. — Por mim?

— Por você e Valentim. — Ela sorri, embora seu nervosismo seja palpável. — E por Mercúcio, e pela justiça... E por mim, também. Estamos juntos nisso, Romeu. Nosso casamento pode não ser de verdade, mas a parceria é. Quero fazer o meu papel.

Incapazes de ficar parados, vagamos pelo pasto até o sol enfim começar a se pôr. Quando o último fragmento desaparece no horizonte, montamos em nossos cavalos e os guiamos de volta para o norte, em direção a Verona.

Escurece depressa, e nos forçamos a manter um galope estável, tanto para manter nossos cavalos longe de buracos invisíveis como para ouvir qualquer batida de cascos na estrada. Meus dedos estão firmes nas rédeas, e verifico com frequência a integridade do frasco dado por Frei Lourenço. Meus pensamentos estão como que enlameados.

E se a poção da morte não tiver sido preparada da forma correta? Eu me pergunto. E se o efeito passar, e Valentim acordar sozinho, congelando em um bloco de pedra em frente aos restos mofados de seu pai? *E se ele não puder ser acordado de forma nenhuma?* Julieta mal fala enquanto cavalgamos, mas, pela maneira como sua mandíbula está posicionada, com seus lábios pressionados com tanta força um ao outro e sem cor, posso dizer que ela está tão nervosa quanto eu.

Nossa cautela nos beneficia. Várias vezes, desviamos nossas montarias bem a tempo de evitar outros cavaleiros, escondendo-nos entre as árvores enquanto eles passam. Mas, quanto mais nos aproximamos da cidade, mais difícil se torna fazer isso. Quando estamos a cerca de dez quilômetros de distância, o fedor dos curtumes de Verona apenas começando a azedar o ar, um homem que acreditávamos estar bem à frente de nós se vira inesperadamente de volta, pegando-nos de surpresa em uma curva.

Nós congelamos, e nossas mãos buscam instintivamente as armas que escondemos sob nossas capas, mas o cavaleiro está abalado demais para notar. Com os olhos arregalados e o rosto pálido, ele diz:

— Se estão a caminho de Verona, é melhor pegarem outra rota.

É Julieta que primeiro encontra sua voz:

— Por quê?

— Há um grupo de homens bloqueando a estrada à frente. — Ele olha por cima do ombro. — Dizem que estão procurando alguém, mas não dizem quem ou com que autoridade agem. — Fazendo o sinal da cruz, ele faz uma oração silenciosa de agradecimento. — Com certeza são bandidos, e tenho sorte de ser esperto. Disse a eles que não carrego dinheiro e que estava a caminho de Verona para pegar uma quantia emprestada. Era mentira, mas eles devem ter acreditado em mim, pois me deixaram ir.

Julieta e eu trocamos um olhar preocupado, e sinto um suor frio esculpindo canais na poeira e na fuligem que agora se apegam a cada centímetro da minha pele. Não importa quem sejam — saqueadores, assassinos ou até mesmo os guardas do príncipe disfarçados —, não podemos correr riscos. Os primeiros nos roubariam e matariam; os segundos nos matariam e depois nos roubariam; e os terceiros me prenderiam por violar meu exílio.

Quando o homem se afasta, Julieta quebra o silêncio.

— Teremos de deixar os cavalos e continuar a pé. Se esta estrada está sendo vigiada, todas estão sendo vigiadas.

— Seu pai de fato tem tanto dinheiro sobrando?

— E muito mais — diz ela. — Mas você ficaria chocado com quão modesta é a quantia necessária para incitar certos homens ao assassinato.

Deixamos nossos cavalos em uma clareira próxima, amarrados a um par de arbustos — fortes o suficiente para resistirem se os cavalos puxarem suas trelas, mas fracas o suficiente para se quebrarem se não pudermos retornar e os animais ficarem desesperados. Não é um pensamento feliz, e eu o atiro no mesmo buraco escuro onde guardei todos os outros horrores que minha imaginação sinistra criou esta noite.

Esgueirando-me pelos campos, tento não contar todos os minutos preciosos que estão passando. Estamos muito mais lentos agora, e o tônico dado por Frei Lourenço bate com urgência em meu quadril, lembrando-me de que as quarenta e duas horas de Valentim estão se esgotando. Sob a capa, eu suo frio e quente ao mesmo tempo.

Rastejando-nos pelo mato perto de uma estrada lateral, passamos por outro bloqueio improvisado — uma carroça tombada, acompanhada por um trio de homens grandes com espadas na cintura. Prendo a respiração, cada folha de grama que roça em meu manto fazendo um ruído tão alto que parece uma tempestade em meus ouvidos. Só expiro de novo quando passamos por eles e enfim temos o primeiro vislumbre da luz das tochas tremeluzindo ao longo das fortificações da cidade.

— A vista daqui é de tirar o fôlego. — Julieta enxuga o rosto; seu cabelo está todo desgrenhado. — Nunca percebi isso antes. Ou, talvez, eu simplesmente nunca tenha percebido como quiseram dificultar a entrada na cidade, conforme os caprichos do príncipe. Toda essa muralha, todos esses homens… E tão poucos portões.

— Que sorte a nossa eles deixarem os mortos *deste* lado das fortificações — murmuro, ousando me levantar pela primeira vez em meia hora, avistando, enfim, o cemitério ao longe. — Tudo o que temos de enfrentar está do outro lado de um só muro, do tipo que já escalamos antes, e depois um punhado de vigias à procura de ladrões de túmulos.

— Como *nós* — ela murmura de volta. — Pelo menos por motivos técnicos.

— Planejamos pegar apenas o que não pertence àquele lugar.

— Esse seria um ótimo epitáfio — bufa Julieta.

— *Pare!* Quem está aí?!

A voz, aguda e alta, vem de algum lugar na escuridão logo à frente, e Julieta e eu ainda estamos buscando nossas armas quando dois homens empunhando espadas surgem de trás de um grupo de zimbros a apenas cinco metros de distância. Só quando finalmente tenho meu florete em mãos é que percebo que eles não estão nos atacando, mas *rindo* de nós.

— A expressão na sua cara! — Benvólio dá uma gargalhada tão entusiasmada que mal consegue respirar, arregalando os olhos e imitando um terror infantil que tenho quase certeza de que só pode ser uma imitação minha. — Eu gostaria de poder preservar esse momento em âmbar, para que eu pudesse apreciá-lo nas próximas décadas.

— Parecia que você estava prestes a molhar as calças — Mercúcio interrompe, passando o braço em volta dos ombros de Ben. Depois, com mais respeito: — E você, suas saias, minha senhora.

— Vão à merda. — Julieta estreita os olhos, mas, mesmo assim, há neles uma clara sensação de alívio. Sua resposta, porém, os faz cair em novas gargalhadas, e devemos esperar até que eles se cansem antes de falarmos de novo.

— Estou feliz que você tenha chegado até aqui sem morrer de medo, primo. — Ben me dá um tapinha nas costas como forma de cumprimento, mas depois me dirige um sorriso genuíno. — É bom vê-lo.

— O sentimento é mútuo — digo a ele com honestidade, embora, caso não estivéssemos tão pressionados pelo tempo, eu gostaria de dar um soco na cara dele. — Não sabia que você se juntaria a nós.

— Você está brincando! — ele zomba. — Um plano imprudente e irresponsável que envolve poções mágicas, mortes falsas e a abertura de uma cripta sob a lua cheia? Na verdade, estou profundamente ofendido por não ter sido incluído nesta aventura ridícula desde o começo!

— Você trouxe a chave da cripta? — Julieta pergunta a Mercúcio com a mão ainda apoiada no punho de sua espada curta, seus olhos rastreando a pista em ambas as direções.

Em geral, as garotas veronenses não são treinadas em nenhuma arte de combate, então não consigo adivinhar o quão habilidosa ela é com uma lâmina. Mas, a essa altura, já aprendi a não a subestimar.

— Não. Vim até aqui com a intenção de libertar meu irmão do sepultamento vivo e a deixei na minha outra bolsa. — Mercúcio aponta para a bolsa de couro pendurada em seu cinto. — Sim, claro que trouxe!

— Não vamos perder tempo, então. — Julieta se vira e atravessa a rua em direção ao cemitério.

Escalar o muro é uma tarefa simples e, ao mesmo tempo, estressante. Nunca em minha vida imaginei que teria de entrar furtivamente em um cemitério à luz do luar, abrir uma cripta e arrastar um corpo para fora dela — e o medo de ser pego, somado à superstição de fazer isso, é suficiente para me deixar desajeitado.

Sou o último a cair no chão dentro dos limites do cemitério e o último a engatinhar entre as lápides, com uma névoa pesada lançada pelo Ádige rolando à nossa volta e agarrando-se à terra. Grilos e sapos reparam a nossa chegada, e uma coruja pia de modo ameaçador do alto de uma árvore retorcida, que se arqueia contra o céu noturno.

— Atmosfera adorável, não acha? — Benvólio sibila em meu ouvido esquerdo e eu quase salto para fora da minha pele. Rindo, ele diz: — Essa cara foi ainda melhor que a primeira!

Meu coração bate tão forte que o sinto na ponta dos dedos. Eu olho para ele.

— Decidi que não sentirei sua falta quando estiver em Brescia.

— Sentirá, sim.

Ele me cutuca nas costelas, abrindo um sorriso atrevido. De perto, sob o luar, enfim noto marcas de arranhões nas costas de suas mãos e outra logo abaixo do queixo — vergões inchados e irritados que parecem suspeitamente familiares.

Estreitando os olhos para ele, pergunto:

— Você arrumou um gato enquanto eu estive fora?

— Bem, alguém tinha de cuidar de Hécate enquanto você brincava no campo com um bando de monges descalços, ou não? — Seu rosto fica vermelho, as sobrancelhas se unindo. — Ela ficou deprimida depois que você fugiu. Encontrei-a chorando em seu quarto e quase tive de arrastá-la pelo rabo!

Ocorre-me que Ben estivesse falando mais por si mesmo do que por uma gata que apenas me tolera, e acho que fico emocionado.

— Posso ver que ela não gostou muito de seus esforços.

— Ela é a emissária do próprio diabo — Ben bufa, balançando a cabeça. — Ela rola de costas e mia para ganhar carinho na barriga, mas, se eu chego perto, ela se torna um furacão furioso de dentes e garras… E é assim que me retribui por conseguir peixe e creme de leite para ela quase todos os dias!

Dando um tapinha no ombro dele, digo:

— Bem, estou feliz em saber que ela encontrou um novo lar. Você será um tutor maravilhoso, primo.

— Ah, não, não serei! Ela vai com vocês três para Brescia, nem que eu mesmo tenha de levá-la — declara Ben enfaticamente, bufando. Depois de um momento, ele acrescenta: — A propósito, não posso acreditar que você se casou com Julieta Capuleto! Que surpresa eu tive… Depois de tudo que você reclamou quando eu fiz você comparecer àquele baile de máscaras e dançar com todas aquelas garotas. — Ele ri, mas depois fica desconfiado e quieto, com uma expressão pensativa: — Primo… Há uma coisa que eu queria perguntar a você.

Estou tão distraído, tão preocupado com o tempo, que não capto a gravidade do seu tom.

— O que é?

— Eu… — Ele hesita, olhando para qualquer lugar, menos para mim. — Como você sabe, às vezes fico frustrado com seu nervosismo quando se trata de romance…

— *Às vezes?* — repito, incrédulo.

— Mas eu só tive boas intenções e… estou começando a pensar que posso ter sido injusto com você. — Ele coça a nuca. — Quando fui ver você no mosteiro, percebi como... como você estava preocupado com Valentim. E, agora, Mercúcio diz que ele vai segui-lo até Brescia, embora se recuse a dizer muito mais sobre isso, o que é...

— É claro que eu estava preocupado com ele. — Meu rosto deve estar quente o bastante para queimar a maldita névoa. — Ele recebeu um golpe que era destinado a mim e quase morreu por isso! E é claro que ele deve vir para Brescia; ele não pode permanecer aqui depois de retornar dos mortos.

— Foi mais do que apenas culpa, Romeu — diz ele suavemente. — Eu sei que você acha que sou incapaz de me concentrar em outra coisa além de mulheres, mas eu vi o jeito com que você olhou para Valentim naquele dia, na praça. E eu não entendi o que significava até... bem, até recentemente.

— Você disse que tinha uma pergunta para mim. — Mal consigo forçar as palavras, e minha pele está vibrando com o pânico. — Mas ainda não ouvi nenhuma.

— Eu sei que existem homens que não desejam romances com mulheres... Eu, pessoalmente, não consigo entender isso, mas ouvi dizer que acontece. — Ele tenta fazer uma piada, mas não dá certo. E, por fim, vai direto ao ponto: — Você é um homem assim, Romeu?

— Digamos que sim. — Minhas mãos estão tremendo. — Você desaprova?

Para minha surpresa, Ben bufa.

— Eu nem de longe vivi o tipo de vida que me proporcionaria o privilégio de desaprovar as façanhas românticas de outro homem. — E logo ele acrescenta: — Embora eu me sinta obrigado a lembrá-lo dos serviços que prestei às mulheres casadas infelizes de Verona, que salvaram mais de uma união de terminar em catástrofe. Deveriam nomear um dia em minha homenagem.

— Ou muitas crianças misteriosamente ruivas — brinco. — Mas você não respondeu à minha pergunta.

— Você também não respondeu exatamente à minha, gostaria de salientar. — Ele suspira. — Mas não, Romeu, eu não desaprovo você. Não creio que eu compreenda inteiramente... mas talvez isso não importe. Fiquei muito tocado quando você disse que eu era mais um irmão para você do que um primo, pois sempre senti o mesmo. — Por fim, Ben olha para mim e posso ver como ele está falando sério. Ele sempre riu e se irritou com facilidade, mas nunca foi bom em expressar sentimentos mais refinados. — Se você significa para Valentim o que ele parece significar para você, fico feliz em saber que você esteja feliz.

A coruja pia novamente, e a névoa balança ao luar enquanto uma brisa toca as lápides, mas não é o vapor pesado que faz o cemitério subitamente se confundir ao meu redor. Meu coração se enche ao perceber que foi assim que Ben escolheu se despedir.

— Além disso, estou extremamente irritado com todo o tempo e energia que desperdicei tentando arranjar garotas para você — ele acrescenta, inclinando-se sobre mim e estalando a língua. — Pelo menos tive o bom senso de guardar as lindas para mim e dar as sobras para você.

Ele está brincando e merece uma piada em resposta, mas agora estou preocupado demais para falar. Tudo que posso fazer é dar uma risadinha.

— A cripta está logo à frente — indica Mercúcio em voz baixa e tensa quando nos aproximamos dele e de Julieta. Eles estão agachados atrás de um amplo monumento de pedra, com os olhos cautelosos enquanto analisam a floresta. — Há alguém ali, porém. Acabamos de ver... *Ali*.

Uma luz aparece, bruxuleante, com brilho difundido pela neblina. É estranho e lindo, e penso comigo que, se de alguma forma eu sobreviver a esta noite, terei de me lembrar de apreciá-la em retrospectiva.

Ben aperta os olhos.

— Não consigo ver nada, mas deve ser um dos vigias... Nenhum ladrão de túmulos que se preze se arriscaria a carregar uma lamparina.

A sensação de frio em minhas entranhas atinge meu peito, minha mandíbula cerrada, minha mão segurando o frasco com força. A ansiedade distorce minha noção de tempo, e não tenho ideia de quanto nos resta antes que seja tarde demais... Antes que Valentim não possa mais ser revivido.

—Também pode ser alguém de luto... — Ao sugerir isso, Julieta não parece convencida. — Alguém que não poderia vir durante o dia.

— As únicas pessoas que consigo pensar que se enquadram nessa categoria, pelo menos no caso do meu irmão, estão presentes — sussurra Mercúcio. — E Valentim é a primeira pessoa a ser sepultada nesta seção do cemitério em meses.

— Um vigia, então. — Ben aperta a mandíbula. — Eles fazem questão de vigiar as sepulturas recentes, pois elas são os alvos mais atraentes para os ladrões. — Inclinando-se, sem nenhum pingo de vergonha, ele arranca um buquê de flores meio murchas da base do monumento diante de nós. — E acho que é aqui que serei útil. Não esperem por mim... Resgatem Valentim e corram para ficar em segurança. Nós todos nos veremos em um futuro melhor!

E, com isso, ele dá a volta no monumento e mergulha na névoa, desaparecendo quase instantaneamente de vista. Mas apenas alguns momentos se passam antes de ouvi-lo gritar:

— Ei, você, com a luz!

— Quem está aí? — Vem a resposta alarmada do velho. — Fique onde está. Que negócio o traz aqui na calada da noite, sem nenhuma lamparina?

— Vim apenas prestar homenagem à minha falecida mãe — responde Benvólio, exagerando, eu acho, no tom de sofrimento. — Veja, eu trouxe um buquê das flores favoritas dela. Hum... violetas.

— Parecem ser lilases.

— Bem, ela não saberá a diferença. — E, alegremente, ele continua: — De qualquer forma, deixei cair minha lamparina e, infelizmente, agora estou perdido... Passei metade da última hora vagando entre as pedras, procurando o nome dela. Eu estava prestes a perder as esperanças quando avistei o senhor. — Ben mente com facilidade. — O senhor é o vigia, não é? Deve conhecer este lugar como a palma da sua mão.

— Sim, eu sou, e é isso que faço — o homem grunhe.

— O senhor poderia encontrar uma forma, em seu coração, de me ajudar a procurar o túmulo de minha mãe? — Ben parece tão sofrido que poderia ser um órfão pedindo esmolas. — Não tenho comigo mais do que um punhado de moedas, mas terei prazer em pagá-las ao senhor pelo seu trabalho.

— Ah, muito bem. — O homem parece bem menos irritado. — Qual é o nome dela?

— Maria. Maria Alberti.

— *O quê?* — Ele logo se irrita de novo. — Deve haver uma dúzia de mulheres enterradas aqui com esse nome... talvez mais!

Ben suspira melancolicamente.

— Ela pode ter um nome comum, mas era uma mulher extraordinária. Morreu salvando-me de um incêndio quando eu era criança, e eu venho aqui todos os anos no aniversário daquela fatídica noite, na mesma hora em que ela deu seu último suspiro. É a única vez que sinto como se ela ainda estivesse comigo.

O velho praguejo baixinho, mas a lamparina começa a se mover, afastando-se da cripta da família de Mercúcio e se aprofundando na neblina.

— Bem, o que você está esperando? Acompanhe-me, ou isso nos levará a noite toda!

Ben corre atrás dele, agradecendo profusamente. Quando não mais conseguimos ouvi-los, Julieta se vira para mim com os olhos quase comicamente arregalados.

— Aquilo foi...

— Notável? — sugere Mercúcio.

— Exagerado? — eu acrescento, crítico.

— *Chocante* — ela conclui. — Ele roubou um ramalhete do túmulo de alguém e depois mentiu sobre a morte de sua mãe... Não tem medo de desafiar o destino?

— Mas a mãe dele está morta — Mercúcio balança a mão no ar. — Talvez ela não tenha agido como ele descreveu, mas a dor prega peças na memória.

— Sim. Tanto que ele até esqueceu o nome verdadeiro dela. — Meu tom é seco, mas estou impressionado com a rapidez com que meu primo pensa. — Eles buscarão por Maria Alberti, quem quer que ela seja ou tenha sido, até o amanhecer.

— E partiremos daqui dentro de uma hora — diz Mercúcio, levantando-se, deixando o monumento para avançar em direção às brumas ondulantes, e nós o seguimos na mesma hora.

Como a maioria das criptas mais antigas de Verona, a que pertence à família de Mercúcio é bem modesta — uma construção retangular de pedra cinzenta, escurecida pelo tempo, com detalhes mais delicados desgastados. Mas, apesar de tudo isso, ainda é grandiosa, e suas dimensões denunciam sua importância. Não há dúvida de que abriga os mortos de uma linhagem proeminente.

Tirando uma grande chave da bolsa presa ao seu cinto, Mercúcio sussurra para Julieta:

— Fique atenta e, se vir alguém chegando, é só nos dar o sinal.

— E que sinal é esse? — Ela o encara com um olhar incrédulo. — Devo bater palmas? Latir como um cachorro? Se houver pessoas aqui fora — ela aponta para a escuridão turva — com certeza me ouvirão se eu gritar: "Parem de arrombar essa tumba, tem gente vindo!".

— Bom argumento. — Duas manchas vermelhas brotam em suas bochechas. — Apenas tente não dizer isso em particular, nem ser pega em geral, e já ficarei feliz.

Eles se encaram como um par de basiliscos, até que Julieta enfim se retira para as sombras, escondendo-se atrás de um arbusto em frente à cripta. Puxando-me para o outro lado e levando-me até a porta trancada, Mercúcio resmunga:

— Ela é impossível. Não acredito que você se casou com ela.

— Foi você quem nos apresentou — alfineto, divertindo-me com a inimizade deles.

— Sim. E, depois de todas as coisas estúpidas que fiz, de todas as minhas transgressões indiscretas, quem poderia imaginar que esse seria o meu pior erro? — Ao inserir a chave na fechadura, suas mãos tremem tanto que ele precisa tentar três vezes… e, então, a chave parece não girar. — Isso só pode ser magia das trevas, eu sei; não há chance de esta ser a chave errada; nós a usamos para abrir a cripta há dois dias. O destino está tentando me ensinar uma lição!

Nunca o vi tão frenético, então coloco a mão em seu braço.

— Deixe-me tentar. O destino já me ensinou lições suficientes. Já deve estar entediado com o jogo.

Mas não estou mais calmo do que ele. Meus medos giram como uma nuvem em espiral, e meus dedos também tremem. Se a chave não funcionar…

Ajustando a posição, eu a empurro com cuidado, deixando-a encontrar seu lugar invisível da fechadura… Eu me esforço para continuar respirando. Em algum lugar na escuridão além desta porta, Valentim espera por mim, aproximando-se do ponto sem retorno. Estamos atrasados — sinto isso em meus ossos — e estou com medo de encontrar apenas o cadáver dele lá dentro, já fora do alcance do tônico em meu cinto.

Ou, talvez, ele esteja morto desde o momento em que engoliu a poção de Lourenço, e eu o encontrarei dois dias depois, em seu processo de retorno à terra.

Ouve-se um clique quando a chave se posiciona, o mecanismo gira e a trava se abre. Percebo uma mudança na luz, um calor revelador infiltrando-se no pálido brilho prateado do luar que incide sobre a cripta, e minhas costas ficam rígidas antes mesmo de ouvir a voz atrás de nós.

— Ora, ora, ora. Não é uma visão agradável: dois ladrões de túmulos, pegos em flagrante. E um deles, ainda por cima, fugitivo da justiça.

Viro-me devagar, o horror subindo das solas dos meus pés e fazendo cócegas no meu couro cabeludo. Cercado pela neblina, o Conde Páris nos observa com uma satisfação sinistra, com uma lamparina lançando sombras macabras em seu rosto. Com ele está um criado corpulento que nunca vi antes, mais alto que Mercúcio e de constituição mais robusta que a cripta que acabamos de abrir.

— Você me chama de ladrão de túmulos por ter vindo ao local de descanso de meu único irmão? — Há tanto veneno no tom de Mercúcio que estou surpreso que não queime minha pele. — Essa é uma insinuação e tanto, vinda de gente como você.

— Eu digo o que vejo. — Páris dá um passo à frente, ainda presunçoso. — Abrindo uma cripta à meia-noite, com um homem procurado ao seu lado... Como você explicará isso ao príncipe?

Enfim encontro minha voz e cuspo de volta:

— Não sou um fugitivo. Teobaldo era um assassino... Que matou *seu* parente... E sua morte foi bem-merecida.

— Mas você está banido, não está? — desafia Páris. — E, ainda assim, aqui está.

— E lá está Verona. — Mercúcio gesticula na direção da cidade a distância, a luz das tochas tremeluzindo ao longo das muralhas acima da neblina. — Romeu não entrou na cidade, portanto não está violando o decreto do príncipe.

— Ele está perto o suficiente. — Páris estreita os olhos. — Estes terrenos sagrados pertencem ao bom povo de Verona, tanto quanto a praça e a arena, e Romeu está pisando neles. Zombando do castigo que suas ações lhe renderam.

— O que você está fazendo aqui, Páris? — Mercúcio dá um passo em direção ao primo, com os punhos cerrados. — Não me diga que é para prestar homenagem ao meu irmão, pois você nunca demonstrou respeito por ele quando estava vivo. Você nem compareceu ao funeral dele!

— Como eu poderia, quando eu sabia que você e sua mãe estariam lá? O mais ganancioso dos meus parentes, sempre recorrendo a mim em busca de uma solução para sua embaraçosa pobreza. — Ele bufa de forma sinistra. — Apesar de toda a sua arrogância e fanfarronice, você é um representante patético do nosso sangue. A única razão pela qual esperei até tão tarde para fazer esta triste visita foi minimizar a chance de outro encontro com você depois de sua vergonhosa atuação na praça, diante do príncipe. Valentim, pelo menos, teve o bom senso de manter a cabeça baixa e a boca fechada. E, sim, prestarei meus respeitos para ele.

— Saia daqui! — Mercúcio avança e Páris recua um passo, seu criado levando a mão a uma espada embainhada em seu quadril. — Quando meu pai morreu e Valentim precisou de sua ajuda, você recusou; quando Teobaldo mentiu diante do príncipe, você colocou em dúvida nossa honra; e, agora que Teobaldo matou o garoto que você afirma respeitar, prenderia aquele que vingou sua morte? — Com o rosto vermelho brilhante, ele aponta o dedo para as colinas escuras. — Saia! Você não tem o direito de pronunciar o nome dele, muito menos de visitar seu túmulo… Você não é do meu sangue!

— A morte de Valentim foi uma tragédia lamentável. — Páris contrai a mandíbula, recusando-se a ceder. — Também foi um acidente. Se ele não tivesse interferido, seria Romeu deitado neste cemitério, como ele bem mereceria. — Seus olhos brilham quando ele volta sua raiva para mim. — Este traiçoeiro seduziu Julieta, atraindo-a para o pecado, e roubou de mim não apenas uma noiva, mas uma *fortuna*.

— É nisso que você escolhe pensar… E aqui, entre todos os lugares? — Mercúcio balança a cabeça, em desgosto. — Todo dinheiro que você já tem, toda glória e todo respeito, e ainda assim não basta. Você defende o nome de um assassino desprezível, *o assassino de meu irmão*, porque culpa Romeu por lhe custar a chance de ficar um pouco mais rico?

— Não preciso me explicar para você. — Páris está raivoso. — Seu irmão era a última esperança que sua triste família tinha de recuperar a grande dignidade que seu pai levou com ele até o túmulo. E, no que me diz respeito, é Romeu o culpado pela morte de Valentim. Não Teobaldo. — Desembainhando sua espada, ele a aponta em minha direção: — E providenciarei para que ele seja entregue à justiça esta noite.

Mercúcio desembainha sua própria lâmina.

— Então você terá que passar por mim primeiro.

— A escolha é sua. Eu farei isso se for necessário. — Páris acena para o criado silencioso, que brande sua lâmina, não me deixando escolha a não ser seguir o exemplo. O pânico cresce em meu peito enquanto as coisas fogem repentina e irrecuperavelmente do meu controle.

Já estou farto de violência e derramamento de sangue, *mais* do que farto; o que quero mais do que tudo é paz. Pegar o garoto que amo e desaparecer para sempre da vista de Páris — dos Capuletos, dos Montéquios e da rivalidade que me consome e que já destruiu minha vida uma vez. A cripta está aberta, a ampulheta está acabando, e estou a poucos passos de Valentim — e, agora, à medida que o conde e seu criado avançam sobre nós, há uma chance de que eu nunca consiga chegar lá.

Páris vem direto em minha direção e, antes que possa se colocar entre nós, Mercúcio é interceptado pelo criado carrancudo de seu primo. O homem é imenso, com um pescoço grosso e ombros carnudos que esticam o tecido da camisa; ele ataca com força bruta. Mercúcio salta para trás, dissolvendo-se na neblina, e o homem dá início à perseguição — sem mais nem menos, fico sozinho com mais um vilão vingativo e sedento de sangue que me responsabiliza por seus infortúnios.

— Você tomou o que me foi prometido, seu pirralho mimado, e terei prazer em terminar o que Teobaldo começou — Páris provoca antes de investir contra mim, rápido como um chicote. A ponta de seu florete quase atinge a pele do meu rosto antes de eu desviar, afastando-me para o lado, para mais longe da cripta.

— Não tomei nada que você tivesse o direito de reivindicar como seu — digo honestamente, sentindo o peso da minha espada, tentando usar a raiva contra ele. — Não houve um anúncio de casamento entre você e Julieta. Você não passava de mais um pretendente lamentável e ganancioso, implorando pela aprovação do pai dela, e ela riu de você pelas suas costas.

— Mas eu vou rir por último esta noite! — ele declara ferozmente, e então avança, sua lâmina se movendo tão rápido na escuridão que quase não consigo vê-la chegando.

Eu desvio duas vezes, e o metal tine com força — e, então, para o meu choque, sinto a ferroada de seu florete na pele da minha orelha.

O sangue escorre pela lateral do meu pescoço, quente e escorregadio, e reorienta minha atenção. Ele é um espadachim melhor do que eu esperava, e não posso me dar ao luxo de ficar tão distraído, de ficar pensando em quão perto estou de me reunir com Valentim. Eu me movo mais rápido, tentando usar a neblina e as sombras a meu favor, para não lhe dar vantagem, mas ele consegue me driblar mesmo assim.

Em segundos, ele me coloca na defensiva; logo estou recuando a cada passo, mal conseguindo me manter fora do alcance de sua arma, com o frasco chacoalhando dentro da bolsa. Ele ataca com a precisão mortal de uma naja, prevendo com um instinto infalível a direção que estou prestes a seguir, onde estão minhas fraquezas. Por fim, consegue atingir meu rosto. Depois rasga a manga da minha camisa, e eu não consigo revidar com um único golpe.

E, então, quando recuo após outro de seus golpes repentinos, tropeço em uma lápide quebrada e tombo no chão. O impacto arranca o ar de meus pulmões e, quando o frasco é pressionado contra a minha coxa, tudo parece desacelerar. Páris avança, seus dentes brilhando ao luar, e eu já sei que não serei capaz de desviar desse novo ataque a tempo.

Mas não há ataque. Para minha surpresa, Páris simplesmente... congela. Com a espada estendida, a ponta a poucos centímetros do meu coração, ele para, ficando mortalmente imóvel. Eu o encaro com perplexidade, respirando com dificuldade e piscando para tirar o suor dos olhos, para entender o que está diante de mim.

A ponta de uma espada curta, lançada para fora das sombras projetadas por um aglomerado de arbustos grossos em frente à cripta da família de Mercúcio, encontrou a carne tenra logo abaixo do queixo de Páris. Ele começa a falar, mas a lâmina pressiona para cima, com força suficiente para tirar uma única gota de sangue. O homem fecha a boca enquanto Julieta aparece sob o luar.

— Largue sua arma, Conde Páris, ou este cemitério reivindicará outro homem morto esta noite.

Ele respira fundo pelo nariz, calculando suas chances. Dirigindo-se a ela, ele diz:

— Não sabe o que está fazendo, minha senhora...

— Estou protegendo meu marido — ela responde friamente, o sangue dele deslizando sobre o aço da espada. — Que tipo de mulher eu seria se não o fizesse?

Páris engole em seco, seus olhos ainda em mim.

— Ele assassinou seu primo.

— Teobaldo matou Valentim, e pagou por isso com sua vida, conforme determina a lei. — Ela inclina a cabeça. — O senhor não o conhecia bem, mas ele ansiava por batalhas e sempre esteve predestinado a morrer pela espada. Diga-me... e o senhor?

O homem lambe os lábios, ainda pensando, ainda resistindo — a ponta da espada ainda ao alcance do meu peito.

— A senhora está fora de si, não está pensando com clareza. Não é tarde demais para você recuperar o que jogou fora por causa desse... Desse menino covarde e traiçoeiro. Não tenho dúvidas de que seu pai vai entender que você caiu nas mentiras dele, e assim ele a perdoará...

— O senhor nunca se cansa de ouvir a própria voz? — O tom de Julieta sobe, e a raiva traz cor ao seu rosto. — Nunca para com seus subterfúgios sem sentido e com essa tagarelice manipuladora? — Pressionando a lâmina mais fundo em sua carne, arrancando um leve gemido de Páris enquanto mais sangue escorre, ela afirma: — Não o ouvi proferir uma declaração sincera durante todo o seu tempo em Verona. Cada palavra que sai de sua boca é calculada e falsa, e estou surpresa com o sucesso que o senhor obtém de suas inúmeras desonestidades!

— Julieta...

— Cale-se — ela ordena, vibrando de fúria. — O senhor veio aqui não para me cortejar, não para me conquistar, mas para me *adquirir*. Para me adicionar ao seu baú do tesouro como faria com qualquer outro objeto de valor apreciável. Mas, se de fato acredita que meu pai me perdoaria pela desobediência em qualquer circunstância, é porque não o conhece. E se também acha que eu busco o perdão dele, isso prova o quão pouco me conhece.

— A sra. Julieta parece não refletir sobre sua atual posição. — Seu lábio contrai-se, mas ele mantém a voz neutra, apesar do metal em sua garganta. — A senhora foi deserdada. Não haverá mais riqueza e privilégio provenientes de sua ascendência afortunada. E como seu... *marido* está no exílio, ele não pode lhe oferecer nada, e apenas vai consolidar as perdas que a senhora já sofreu.

— Até mesmo com a faca no pescoço, o senhor só consegue pensar em termos de perdas e ganhos materiais. Mas refleti, *sim*, sobre minha posição, e preferiria me tornar uma vadia indigente a ser sua infeliz esposa. — A mão livre de Julieta move-se para o seu ventre, em um gesto sutil, mas que Páris entende muito bem. — Além disso, como a história me julgaria se eu escolhesse riqueza e conforto a proteger minha família?

Os olhos dele arregalam-se, e seu rosto fica pálido, mostrando uma tempestade de emoções conflitantes em sua expressão.

— A senhora não... não pode ter sido assim tão *tola*...

— Pela última vez, largue sua espada e chame seu criado, ou eu lhe mostrarei do que uma mulher é capaz quando está "fora de si". — Seus olhos brilham enquanto ela usa a lâmina para erguer o queixo dele, até que ele abandona seu florete com a mão trêmula. Sem perder tempo, ela me diz: — Vá e leve a arma dele com você. Há algumas coisas que eu gostaria de dizer a ele em particular.

Não hesito nem por um momento. Ficando em pé, embainhando minha espada e pegando a lâmina de Páris da grama orvalhada a seus pés, corro de novo para a cripta. As brumas agitam-se com o som do duelo contínuo de Mercúcio e, depois, com a voz do conde pedindo de modo abrupto que seu homem se renda, mas ignoro tudo. Meu pescoço está coberto de suor frio e nervoso, minhas mãos instáveis enquanto abro a porta e entro. Já se passaram mais do que as quarenta e duas horas que Frei Lourenço explicou que o elixir duraria, e minha mente está vazia por causa do pavor.

Pegando uma tocha na parede atrás da porta, acendo-a rapidamente e desço correndo os degraus esculpidos que levam à câmara mortuária. O ar é úmido e fétido, cheirando a mofo, decomposição e umidade perpétua; cobre meus pulmões quando o inspiro, e luto contra o reflexo de vomitar quando a abóbada subterrânea enfim surge diante de mim.

Lajes de pedra revestem as paredes, com formas humanas estendidas sobre elas, envoltas em mortalhas manchadas e apodrecidas. Os tecidos esfarrapados, encrostados pelo tempo e pela absorção de uma umidade indescritível, sugerem horrores ainda piores do que escondem. Penso que estão todos a dormir, à espera de que alguém os acorde, à espera de uma oportunidade de se levantarem, como espero que pelo menos um deles o faça.

O esquife de Valentim é fácil de identificar, e sua mortalha ainda está imaculada. Meu coração fica preso na garganta enquanto tropeço para a frente, lutando para pegar o frasco com movimentos bruscos. Ainda está inteiro, ainda selado, intacto. Prendendo a respiração, minhas mãos estão tão instáveis que mal consigo encaixar a tocha no candeeiro, caio de joelhos ao lado dele... E, então, afasto sua mortalha.

Seu rosto é revelado, pálido e sem marcas, sua cor impossível de decifrar sob o brilho alaranjado e oscilante da tocha. Ela dança sobre seu peito e ombros, e minha respiração fica presa, lágrimas inundando meus olhos quando me lembro da noite em que nos conhecemos — a noite em que tudo isso começou, quando ele estava vestido como um fauno ao luar.

Arrancando a tampa do frasco e forçando sua boca a abrir, derramo o que consigo entre seus lábios.

Quando termina, e ele ainda não se move, encontro sua mão — fria e intacta — descansando ao lado de seu corpo. Eu a aperto, pressiono-a contra o meu rosto. Chorando demais para conseguir falar, eu faço uma oração silenciosa, implorando por intercessão, por misericórdia... Por um final feliz para um garoto que nunca fez nada de errado, mas que foi punido mesmo assim.

Mesmo nas minhas piores fantasias, nunca me permiti pensar sobre o que eu faria se chegasse até aqui apenas para encontrar um cadáver. Como eu conseguiria ir embora, deixar Verona para trás, recomeçar em outro lugar, com o sacrifício de Valentim pairando sobre mim. Apesar de todas as vezes que imaginei o pior fim possível, nunca pensei no que aconteceria se a história terminasse e eu tivesse de continuar.

Estou tão perdido em meu desespero que nem percebo quando sua mão se contrai na minha, quando seus lábios se abrem um pouco e um suspiro superficial sai de seus pulmões. Sua garganta move-se, seus olhos movimentam-se por trás das pálpebras... E, então, abrem-se com lentidão e resistência. Leva um momento para que se concentrem e para eu aceitar que o que estou vendo é real. Então, ele tosse.

— Ro-Romeu?

— *Valentim!* — Eu me engasgo ao pronunciar seu nome, sentindo o terror colidir com uma parede de alívio, como se esse impacto fosse me partir ao meio. Abraçando-o sem saber se estou rindo ou soluçando, ou ambos ao mesmo tempo, eu toco seu rosto, sua testa, os cachos macios de seu cabelo. Ele está tão frio… Mas está vivo.

Ele está vivo.

— Você está… está sangrando. — Sua voz está fraca e ofegante, mas suas sobrancelhas franzem-se de preocupação por mim. — O que aconteceu?

— Eu… — Balançando a cabeça, com lágrimas escorrendo, começo a rir. — Não é nada, apenas um arranhão ou dois. Levarão pouco tempo para curar. — E, com essa palavra, *tempo*, percebo quanto tempo agora temos, quanta sorte acabamos de arrancar das mandíbulas do destino. Por dois dias, não ousei acreditar no futuro, temendo o pior tipo de decepção. Mas, agora, parece que temos um, afinal. — Não importa. Nada importa, exceto o fato de você estar acordado e nós estarmos juntos.

— Eu estou acordado. — Ele parece se dar conta disso pela primeira vez, e a compreensão surge em sua expressão, sua boca se abrindo em um daqueles sorrisos que eu temia nunca mais ver. — Funcionou?

— Sim. — Pressiono meus lábios nas costas de sua mão, fechando os olhos e deleitando-me com sua proximidade. Ele nunca saberá o quão perto esteve de cair no esquecimento, pois não acredito que algum dia terei a força de contar a ele. — Funcionou. O príncipe acredita que você está morto, e eu fui oficialmente banido… Estamos livres, Valentim. Nossas vidas nos pertencem agora. Nós controlamos nosso destino e ninguém pode nos separar se escolhermos um ao outro.

— E eu escolho. — Ele sorri ainda mais, seus olhos brilhando à luz do fogo, e ele se volta para mim. Pressionando a mão sobre meu coração, ele sussurra: — Eu escolho você, Romeu. Eu o amo e mal posso esperar para amá-lo mais.

Inclinando-me, encostando minha testa suavemente contra a dele, eu sussurro:

— Ensinaremos as tochas a brilhar.

E então eu o beijo, e meu coração dispara enquanto as sombras se movem nas paredes ao nosso redor. A noite ainda não acabou, mas lá fora, neste momento, nada mais parece importar. Por um momento, nada pode nos atingir.

Sua boca é doce e sua pele brilha, e eu me deixo afundar nele. Afundar em uma felicidade que o destino, no fim das contas, reservou para mim.

INFINITO COMO O MAR

O SOL EM BRESCIA PARECE BRILHAR MAIS FORTE do que em qualquer outro lugar onde já estive — embora seja natural que eu pense assim. Todos os dias eu acordo com o canto dos pássaros, com a luz quente derramando-se sobre as colinas cobertas de videiras, com seus frutos crescendo escuros e pesados à medida que o verão passa. Eu aprendi mais do que jamais pensei ser possível sobre como fazer vinho e fico ansioso pelos passeios diários pelas vinhas, pelo tempo passado com os pés no chão de terra e as folhas verdes escorrendo entre meus dedos.

A casa é um pouco precária e, durante as nossas primeiras semanas aqui, Julieta realizou uma vistoria completa da propriedade, listando todos os reparos necessários. Havia muito a fazer, mas começamos pelos mais importantes, como tapar um buraco no telhado e substituir os degraus rachados e bambos que levam até a adega, e faltam menos reformas agora. Ben e Mercúcio já nos visitaram duas vezes, e ela não pensou duas vezes antes de colocá-los para trabalhar também.

Valentim iniciou uma horta. Pequena, a princípio, embora ele tenha planos ambiciosos — nada parecido com as plantações extensas em que Julieta e eu fomos criados, nem com a de seu tio em Vicenza, mas uma hortinha suficiente para nos alimentar um dia no futuro. Ele está enfim vivendo seu sonho de reviver um solo abandonado, e até começou a fazer experimentos na cozinha. Até agora, todos os pratos foram um desastre, mas com cada um acho que me apaixonei um pouco mais por ele.

Na noite em que saímos da cripta, ele mal conseguia ficar de pé, com as pernas tão moles quanto as de um potro recém-nascido. Julieta estava esperando por nós dois junto com Mercúcio — que parecia bastante abatido, depois de uma batalha exaustiva com seu enorme oponente, mas o Conde Páris não estava em nenhum lugar por perto.

"Eu o deixei ir embora", relatou Julieta, voltando os olhos para a sombra enorme das muralhas de Verona. "Foi preciso ser persuasiva, mas ele enfim ordenou que seu criado se retirasse e entregasse sua espada. E, em troca, permitimos que eles saíssem."

"Isso foi sensato?" A névoa ainda abraçava o chão, fundindo as sombras e escondendo qualquer coisa que estivesse a mais de alguns metros em qualquer direção; poderia haver muitas oportunidades de Páris se vingar.

"Veremos." Ela não parecia preocupada como eu. "Eles estão desarmados agora, bem como em menor número, então não acho que arriscariam outro ataque até conseguirem encontrar novas armas e reforços."

"Eu estimo cerca de uma hora antes que isso aconteça", Mercúcio estava ensanguentado, com a camisa rasgada e o rosto machucado, com os olhos turvos ao ver seu irmão.

"Com sorte, o Conde Páris morderá a isca e começará a espalhar rumores por Verona de que estou grávida." E, sorrindo severamente, Julieta acrescentou: "Acho que esse será o impulso exato de que o Príncipe Éscalus precisa para exigir que meu pai confie a você todo o meu dote".

Ela estava certa, como se viu. E, embora tenha sido entregue junto com uma carta furiosa, deserdando Julieta e quaisquer filhos que ela venha a ter, não trouxe nada além de alívio. Julieta também está livre agora, para viver como quiser, sozinha ou não. No momento, ela busca soluções para os problemas de nossa velha casa e vende jarras do vinho que fabricamos no mercado da cidade. Isso dá a ela um propósito — algo que ela afirma nunca ter tido antes — e amigos.

Quanto a mim, ainda passo tanto tempo beijando Valentim quanto podemos, consciente de que o tempo do qual dispomos é precioso. De que temos sorte por podermos viver à nossa maneira. Ele ainda está planejando uma grande aventura para nós, ainda fantasiando com viagens pelo mundo, mas, por ora, parece estar satisfeito em Brescia. Nós nos sentamos juntos a cada pôr do sol, lá fora, no jardim, sob uma pérgula cheia de vegetação crescida que Julieta pretende consertar, para que eu possa desenhar as videiras salpicadas de vaga-lumes, o céu noturno se espalhando atrás do sopé, ao norte, e a floração noturna dos botões que se agarram ao antigo muro do jardim.

Hécate junta-se a nós, é claro, enrolando-se aos nossos pés e ronronando alto o suficiente para assustar os grilos. Fiel à sua palavra, Ben a trouxe para nós, e ela se apaixonou perdidamente por Valentim à primeira vista. Não posso dizer que a culpo, embora às vezes eu tenha de admitir que fico com ciúmes, pois só ele consegue fazer carinho em sua barriga.

Pela primeira vez, não tenho ideia do que o futuro trará, porque ainda não decidi. Escolho navegar nesta felicidade e imaginar todas as possibilidades que temos pela frente, infinitas como o mar.

NOTA DO AUTOR

COMO ATOR EM RECUPERAÇÃO E EX-GRADUANDO em teatro, com algumas peças de Shakespeare em meu currículo (incluindo *Romeu e Julieta* — eu ia interpretar Páris em uma produção que acabou não dando certo no último ano do Ensino Médio), pensei que escrever este romance fosse ser moleza.

Eu estava errado.

Acontece que escrever um romance de ficção histórica ambientado nos anos 1300, baseado em outra obra que foi apenas vagamente fiel a uma certa ideia do passado, é extremamente desafiador. Tive que pesquisar tudo, da flora nativa do norte da Itália aos passos de dança medieval e às etimologias de cerca de cem ou mais expressões. (Não é fascinante saber que a expressão "caça ao ganso", no sentido de uma empreitada malsucedida, teve origem não no século XIV, como eu esperava, mas em uma peça escrita duzentos anos depois, intitulada *A tragédia de Romeu e Julieta*?).

Ah, e há outra coisa que devo mencionar: a peça original de Shakespeare não é um romance feito para jovens leitores suspirarem; é um alerta dirigido aos adultos. Contém algumas das mais belas e líricas meditações do bardo sobre o amor... Mas é, em sua essência, a história de dois jovens tão negligenciados e manipulados por seus egocêntricos pais que suas vidas terminam em uma tragédia sem sentido e evitável. Trata-se de uma advertência para nos lembrar de que a vida é curta e o amor é precioso, e de que, ao desrespeitarmos a vontade de nossos filhos, nós os colocamos em perigo, assim como a nossa felicidade e bem-estar moral. É uma mensagem que, acredito, ainda é válida para a sociedade contemporânea.

Algumas tragédias queer já foram escritas, inclusive baseadas em *Romeu e Julieta*, e eu fiquei hesitante em pisar nesse terreno específico. Queria contribuir com algo um pouco mais esperançoso. Neste ponto da história, observando de onde a nossa comunidade veio — de onde eu mesmo vim, como um adolescente assustado sentindo-se inseguro e incompreendido —, queria recontar *Romeu e Julieta* como se tivesse sido escrito para um público jovem. Como se, em vez de uma lição terrível sobre dois jovens impulsivos que não puderam contar com o apoio da geração mais velha, fosse uma história de resiliência. Uma história sobre a família e a confiança que construímos e um amor bem fundamentado e duradouro.

Uma história sobre pessoas queer arrancando a felicidade das mandíbulas de um mundo que foi moldado contra elas. Um conto tão velho quanto o tempo.

À medida que as sombras se erguem de novo, e a velha feiura desperta para sacudir a sua cabeça repugnante contra a paz pela qual lutamos arduamente por tanto tempo, lembre-se disto: não podemos ser corrigidos ou contidos. Somos infinitos como o mar e ensinaremos as tochas a brilhar.

AGRADECIMENTOS

A JORNADA DE (QUASE) CEM MIL PALAVRAS COmeça com um único passo, e neste caso o passo foi dado por minha editora, Emily Settle. Foi ela quem me ofereceu esta incrível oportunidade, que ouviu todas as minhas ideias e preocupações e que forneceu a orientação crítica necessária para moldar o livro que você tem em suas mãos. Foi também Emily que garantiu que a gata Hécate ganhasse um final feliz, e por esse motivo (entre muitos outros) ela tem meus eternos agradecimentos.

Eu precisaria dar uma festa no mais puro estilo Capuleto, com pavões alugados e tudo, para expressar minha gratidão às equipes da Feiwel e Macmillan que ajudaram a criar este livro. Para Samira Iravani, Ilana Worrell, Celeste Cass, Brittany Pearlman, Morgan Rath, Brittany Groves, Melissa Zar, Gaby Salpeter, Kristen Luby e Elysse Villalobos: obrigado do fundo do meu coração. E a Jean Feiwel e Liz Szabla, outro obrigado em alto e bom som.

Não há nada como a sensação de ver seus personagens ganharem vida através dos olhos de outra pessoa, e Julie Dillon me deixou sem fôlego com a linda capa deste livro. Muito obrigado por seu trabalho deslumbrante e por dar a Romeu e Valentim um momento tão perfeito e romântico.

Sem minha agente, Rosemary Stimola, minhas ambições literárias — como o próprio Shakespeare poderia ter dito — "não passariam de um mero sonho". Obrigado mais uma vez por ajudar minhas palavras a encontrarem suas asas, e por me dar conselhos quando mais preciso deles!

Escrevi a maior parte deste romance em isolamento, conversando apenas com meu marido. Ao menos até as férias chegarem, quando me tornei o pior hóspede do mundo para nossos amigos e familiares — ainda me isolando enquanto lutava para cumprir os prazos. Muito, muito obrigado aos meus pais; às minhas irmãs Jaime e Ann; aos meus irmãos Dan e Dave; a Nick, Mars e Jennifer; aos meus muitos sobrinhos, que me impressionam mais a cada dia; à minha sogra Māra e, claro, a Todd; e um agradecimento especial a Lelde Gilman, que abriu seu coração e sua casa, e foi bem ali que cliquei o botão para enviar o primeiro rascunho deste livro.

É difícil agradecer a alguém que não está mais aqui, mas eu tenho de tentar. Obrigado, Debie, por me ensinar (da maneira mais difícil) a me posicionar e por me ensinar (da maneira mais fácil) as alegrias do conforto compartilhado. Obrigado, mãe, por uma vida inteira de histórias divertidas, por ser uma personagem com *P* maiúsculo e por me dizer de maneiras grandes e pequenas (e comoventes e irritantes) que seu amor sempre foi ilimitado e inqualificável. Sinto saudades de vocês duas.

E, por fim, há também o Leste e, nele, o sol. Uldis, não há ninguém com quem eu preferiria sobreviver a uma pandemia, ficar trancado em um país estrangeiro ou preso na fronteira, além de você. Obrigado por tornar tão fácil escrever sobre como é estar apaixonado. *Es tevi mīlu, Ulditi.*